Karen San

DE

Vera

Thriller

Rowohlt Taschenbuch Verlag

4. Auflage August 2024
Originalausgabe
Veröffentlicht im Rowohlt Taschenbuch Verlag, Hamburg, Mai 2024

Redaktion Tobias Schumacher-Hernández
Covergestaltung Hafen Werbeagentur, Hamburg
Coverabbildung Shutterstock
Satz DTL Documenta
Gesamtherstellung CPI books GmbH, Leck
ISBN 978-3-499-01319-5

Montag, 20. Januar

Sellnitz auf dem Darß, am Abend

Das Haus duckte sich einsam und dunkel unter einer Gruppe hoch aufragender Kiefern. Schneeflocken segelten vom nachtschwarzen Himmel und bildeten eine glitzernde Puderzuckerschicht auf dem Dach und den Sträuchern im Vorgarten. Hier auf dem Darß war es kälter als in Greifswald, die Luft roch salzig. Ein entferntes Grollen war zu hören, das von der Brandung herrühren musste, ansonsten war es still. Nele durchzuckte der Gedanke, wie abgelegen ihr Refugium war. Wenn sie hier um Hilfe schrie, würde niemand sie hören.

Unsinn. Was sollte schon passieren? Hier war sie sicher. Kein Mensch wusste, dass sie für zwei Wochen ein Ferienhaus in Sellnitz gemietet hatte, nicht einmal ihre Familie. Sie hatte allen erzählt, dass sie eine Auszeit brauche und ein paar Tage Urlaub machen würde, mehr nicht. Wenn keiner wusste, wo sie war, konnte sie auch keiner versehentlich verraten.

Sie trat an die Tür und schloss auf. Drinnen war es kalt und roch nach Putzmittel und Feuchtigkeit. Kein Wunder. Bestimmt stand das Haus seit Wochen leer. Wer mietete schon mitten im Winter ein Feriendomizil an der Ostsee?

Nele stellte das Gepäck auf den Boden und schloss sorgfältig hinter sich ab, erst dann schaltete sie das Licht ein. Ein mulmiges Gefühl stieg in ihr auf, als alles um sie herum hell aufstrahlte. Obwohl sie allein war, kam es ihr vor, als würden sie tausend Augen anstarren. Würde sie je wieder ohne Angst einen Raum betreten, oder würde das Gefühl des Ausgeliefertseins sie für den Rest ihres Lebens begleiten?

Um die düsteren Gedanken zu verscheuchen, erkundete Nele ihr Zuhause auf Zeit. Die Räume waren klein, aber sehr gemütlich eingerichtet, mit massiven Kiefernholzmöbeln und farbenfrohen weichen Teppichen auf den abgenutzten Dielen.

Als Nele im Schlafzimmer im Obergeschoss ihre Reisetasche auspackte, glaubte sie, unten eine Tür zu hören. Ihr Herzschlag setzte aus, sie hielt inne und horchte.

Nichts.

Angsthase, schalt sie sich selbst. Ein altes Haus macht ständig irgendwelche Geräusche. Du solltest dich besser daran gewöhnen, sonst hast du in spätestens drei Tagen den Verstand verloren. Sie verstaute die Kleidung im Schrank, breitete ihre Waschutensilien auf der Ablage über dem Waschbecken aus und stieg die steile Treppe wieder hinunter, um die Lebensmittel auszupacken. Als sie die Diele durchquerte, kam es ihr vor, als ob jemand hinter ihr wäre.

Entsetzt fuhr sie herum und glaubte, eine Bewegung im Wohnzimmer zu sehen. Ihre Kehle wurde eng. Sie tastete in ihrer Hosentasche nach dem Handy. Verdammt, sie hatte es oben auf dem Bett liegen gelassen.

Zögernd blickte sie die Treppe hinauf. Sollte sie ihrer Angst nachgeben und das Handy holen?

Nein, entschied sie. Es war niemand im Haus, sie war allein mit ihrer Angst. Sie straffte die Schultern und ging in die Küche. Ihre Hände zitterten, als sie die Einkäufe im Kühlschrank verstaute. Eigentlich hatte sie vorgehabt, sich etwas Feines zum Abendessen zu kochen, sie hatte Zutaten für ein leckeres Curry besorgt. Doch ihr war der Appetit vergangen. Ein heißer Kakao mit einem Schuss Cognac, um die Nerven zu beruhigen, dann im Bett noch etwas lesen und hoffentlich schnell einschlafen, mehr brauchte sie nicht. Morgen bei Tageslicht würde sie über ihre Panik lachen. Hoffentlich.

Während sie die Milch auf dem Herd erwärmte, kehrte das unangenehme Gefühl zurück, nicht allein im Raum zu sein. Es kribbelte so stark in ihrem Nacken, dass sie fast glaubte, den Atem des Eindringlings an ihrem Hals zu spüren. Sie versuchte, das Gefühl zu ignorieren, so gut es ging, und gab dem Drang, sich umzuschauen, nicht nach. Mit vor Kälte und Angst steifen Fingern rührte sie das Kakaopulver ein und goss das heiße Getränk in einen Becher.

Mit dem Kakao in der Hand wandte sie sich der Tür zu und erstarrte. Ein Mann stand dort, die Arme verschränkt, den Oberkörper lässig an den Türrahmen gelehnt. Er trug eine von diesen Mützen, die nur Schlitze für die Augen freiließen.

Nele schrie auf und ließ den Becher fallen. Heißer Kakao ergoss sich über ihren Fuß, doch sie nahm den Schmerz kaum wahr. Sie blinzelte, starrte den Eindringling fassungslos an. Das war ein Albtraum, das musste ein Albtraum sein. Niemand wusste, dass sie hier war, sie hatte mit keinem Menschen über dieses Haus gesprochen. Er konnte sie nicht gefunden haben.

«Überrascht, mich zu sehen?», fragte der Mann, und seine blauen Augen blitzten amüsiert.

Neles Blick schoss suchend umher. Über dem Herd hing eine Magnetleiste mit Messern. Doch ihr Widersacher war schneller. Mit einem einzigen großen Schritt war er bei ihr und packte ihr Handgelenk.

«Denk nicht einmal daran», drohte er.

Nele wich zurück. «Was wollen Sie von mir?»

Er packte sie fester und beugte sich vor. «Ich möchte, dass du mir deine Narben zeigst», flüsterte er ihr ins Ohr.

Dienstag, 21. Januar

Ehemaliger Fliegerhorst Pütnitz bei Ribnitz-Damgarten, am Morgen

Kriminalhauptkommissar Tom Engelhardt schlug den Kragen seines Mantels hoch und beobachtete mit zunehmender Beklemmung, wie der Mann das Kabel abrollte und sich dabei langsam von dem Haus entfernte, in dem der Sprengsatz deponiert war. Mehr und mehr überkam ihn das Gefühl, dass das hier ein kolossaler Fehler war. Welcher Teufel hatte ihn bloß geritten?

Trotz der eisigen Januarkälte schwitzte Tom. Der Anblick der kleinen Gestalt, die neben dem Mann herlief, zog ihm die Brust zusammen. Der viel zu große knallorangefarbene Kermel-Overall, der Helm und die riesige Schutzbrille ließen sie unfassbar verletzlich wirken. Tom presste die Zähne zusammen. Verdammt, was tat er hier eigentlich? Ein Kind hatte auf diesem Gelände nichts zu suchen. Am liebsten wäre er losgerannt, hätte seine Tochter gepackt und wäre mit ihr davongelaufen.

Aber dafür war es zu spät. Die beiden hatten ihn erreicht. Tom tauschte einen nervösen Blick mit dem Mann.

«Alles bestens, sie macht das wunderbar», sagte dieser so fröhlich, als hätte er Romy gerade beigebracht, wie man Pferde striegelt. Er hieß Günther Koopmann, hatte einen gigantischen Schnauzbart und war Sprengmeister beim Kampfmittelräumdienst.

«Ich bin eine gute Sprengmeisterin», bestätigte Romy selbstbewusst.

Tom nickte bloß, er traute seiner Stimme nicht. Eigentlich sollte diese Aktion seiner bald sechsjährigen Tochter demonstrieren, wie gefährlich es war, mit Sprengstoff zu hantieren, selbst wenn es nur der Inhalt von ein paar Feuerwerkskörpern war. Romy und ihr Kindergartenfreund Elias hatten aus den Überresten von Silvester eine Bombe gebaut und sie auf einem Baugrundstück in Sellnitz gezündet. Zum Glück war niemand verletzt worden. Tom hatte gedacht, dass eine Belehrung durch einen echten Sprengmeister effektiver sein würde als eine Strafe. Jetzt war er nicht mehr so sicher. Es kam ihm vor, als würde er Romy für ihren Leichtsinn auch noch belohnen.

Was Inga wohl dazu gesagt hätte? Tom hatte versucht, sich vorzustellen, wie sie mit der Situation umgegangen wäre, doch seine Gedanken hatten sich sinnlos im Kreis gedreht. In letzter Zeit hatte er das Gefühl, dass Inga ihm entglitt, dass das Bild von ihr, das er im Herzen trug, langsam verblasste. Bestimmt war das gut so, bestimmt bedeutete es, dass er endlich loslassen und sein Leben ohne sie leben konnte. Doch es machte ihm Angst.

Tom schüttelte unwillkürlich den Kopf und ließ seinen Blick über das mit Schneeresten gesprenkelte Gelände wandern. Koopmann, der sich bereit erklärt hatte, diese eher unkonventionelle Vorführung zu veranstalten, hatte extra ein kleines rotes Puppenhaus aus dem 3D-Drucker neben der ehemaligen Landebahn des Fliegerhorstes aufgestellt, samt Auto im Carport. Auf Figuren, die Menschen darstellen sollten, hatte er zum Glück verzichtet. Tom wollte nicht, dass seine Tochter nachts von Albträumen aus dem Schlaf gerissen wurde, die von Puppen mit abgerissenen Köpfen handelten.

Das Gelände, das im Zweiten Weltkrieg von der Wehrmacht und später von den sowjetischen Luftstreitkräften genutzt worden war, lag weitgehend brach, bloß im Sommer fand hier ein

Festival statt. Angeblich gab es Pläne für eine Feriensiedlung, denn der alte Flugplatz grenzte direkt an den Bodden.

Koopmann wandte sich an Romy. «Und was machen wir jetzt?»

«Die Schnur anzünden?»

«Nein. Unser Sprengsatz wird mit Strom gezündet. Deshalb müssen wir das Pyrokabel am Zündmodul befestigen, hier unter dem Knopf, siehst du?»

«Ich mach das.» Romy beugte sich eifrig über das Gerät, der Sprengmeister zeigte ihr, wie sie es machen musste.

Nachdenklich betrachtete Tom seine Tochter, die mit Feuereifer bei der Sache war, obwohl ihre Finger, trotz mehrfach hochgekrempelter Ärmel, kaum aus dem Anzug ragten. Koopmann hatte ihm erklärt, dass er den Overall bei der Entschärfung von Bomben normalerweise gar nicht trug, weil er im Ernstfall ohnehin unzureichend Schutz bot und lediglich die Bewegungsfreiheit einschränkte. Das hatte er Romy gegenüber jedoch nicht erwähnt. Sie sollte ja begreifen, wie gefährlich das Hantieren mit Sprengstoff war und wie viele Sicherheitsvorkehrungen Experten dabei trafen – und hoffentlich daraus etwas lernen.

Das Kabel war jetzt befestigt, die Sprengung konnte erfolgen. Der Sprengmeister gab Romy Gehörschutz-Kopfhörer und deutete auf das Zündmodul. «Wenn ich dir Bescheid gebe, drückst du auf diesen Knopf. Aber keinesfalls früher. Man darf nie sprengen, ohne vorher ein Sprengsignal abzugeben. Verstanden?»

Romy nickte ernst und setzte die Kopfhörer auf.

Der Mann stieß mit dem Signalhorn einen lang gezogenen Ton aus. Dann ließ er zwei kurze Töne erschallen, nickte Romy zu und hob den Daumen.

Sie drückte auf den Knopf, und im selben Moment knallte

es ohrenbetäubend. In hundert Metern Entfernung schoss eine Fontäne aus Sand und Kunststoffteilen in die Luft.

Wieder ließ Koopmann das Horn erklingen, diesmal waren es drei kurze Töne. Die Entwarnung.

Romy durfte Schutzbrille, Helm und Kopfhörer ausziehen, dann machten sie sich gemeinsam auf den Weg, um das Resultat der Sprengung zu begutachten.

Tom schnappte nach Luft, als er sah, wie wenig von dem Häuschen übrig war. Bis auf ein paar verformte rote Teile, die in einem Radius von zwanzig Metern über das Gelände verstreut lagen, war nichts übrig. Von dem Auto im Carport, unter dem Koopmann den Sprengsatz befestigt hatte, fehlte jede Spur. Obwohl Tom darauf gefasst gewesen war, löste der Anblick ein Gefühl der Beklemmung in ihm aus.

Rasch blickte er zu Romy hinunter, die mit ernster Miene auf die Stelle starrte, wo das Haus gestanden hatte, und sich auf die Unterlippe biss.

«Das arme Haus», murmelte sie.

Tom ergriff ihre Hand. «Sieht ganz schön schlimm aus. Zum Glück hat niemand darin gewohnt.»

«Papa?» Sie sah zu ihm hoch.

«Ja, Schatz?»

«Wenn ich groß bin, will ich Sprengmeisterin werden.»

Sellnitz, am selben Morgen

Mascha Krieger beobachtete durchs Fenster, wie ihre Kollegin Lisa den Kombi der Spurensicherung parkte, ausstieg und sich der Haustür näherte. Mit einem Mal kamen ihr Zweifel. Machte sie sich nicht lächerlich mit diesem Aufwand wegen einer Kleinigkeit, für die es bestimmt eine harmlose Erklärung gab? Nahm sie den Fall zu persönlich? Wurde sie allmählich paranoid?

Und wenn schon. Mascha drückte den Rücken durch, trat in den Flur und öffnete die Tür. «Hallo, Lisa, danke, dass du gekommen bist.»

Lisa Alandt arbeitete im Kommissariat für Spurensicherung in Anklam und half dabei, einen rätselhaften mutmaßlichen Doppelmord hier auf dem Darß zu untersuchen. Vor elf Tagen waren die sterblichen Überreste eines Mannes und einer Frau bei einer Sturmflut freigelegt worden. Die beiden waren noch immer nicht identifiziert.

Mascha versah ihren Dienst normalerweise ebenfalls nicht in Sellnitz, sondern beim LKA in Schwerin. Sie war als Kryptologin hinzugezogen worden, weil bei den Knochen eine CD mit verschlüsselten Daten entdeckt worden war.

Lisa grinste. «Ich gebe zu, du hast mich neugierig gemacht.» Sie stellte den Spurenkoffer ab und blickte sich um. «Das Haus ist ein Traum. Ich hab's ja bisher nur von außen gesehen. Echt megagemütlich.»

Mascha deutete in die Küche. «Magst du einen Kaffee, bevor du loslegst?»

«Klar, gerne.» Wieder ließ Lisa den Blick schweifen. «Wo ist eigentlich Tom?»

«Ein Termin mit seiner Tochter.» Mascha mied Lisas Blick und machte sich an der Kaffeemaschine zu schaffen. Tom wusste nichts davon, dass Mascha die Kollegin hergebeten hatte. In sein Haus. Zwar hatte ihn die Sache mit dem umgedrehten Bild gestern Abend genauso irritiert wie sie, aber heute Morgen hatte er nichts mehr davon hören wollen.

«Wir haben beide überreagiert», hatte er mit einer wegwerfenden Handbewegung gesagt. «Vergiss den Quatsch, wir haben genug mit dem Doppelmord zu tun.»

Mascha reichte Lisa eine dampfende Tasse und sah zu, wie die Kollegin vorsichtig nippte. Die Platzwunde auf ihrer Stirn war fast verheilt, die Haut darum jedoch noch gelbgrün verfärbt.

«Was ist?» Lisa schaute auf.

«Ich finde es bewundernswert, wie gut du den Unfall weggesteckt hast.» Die Kollegin war bei einem Erdrutsch am Kliff verschüttet und in letzter Sekunde gerettet worden.

«Na ja.» Lisa senkte den Blick.

Mascha trat näher und legte ihr die Hand auf die Schulter, plötzlich besorgt. «Was ist los?»

«Nichts.»

«Wenn du nicht darüber reden willst …»

Lisa seufzte. «Ich habe Albträume, in denen ich irgendwo eingesperrt bin und keine Luft kriege. Manchmal ist es ein dunkler Keller, manchmal ein Labyrinth, und ich finde den Ausgang nicht. Einmal war es ein Sarg. Nicht gerade angenehm. Inzwischen kriege ich schon Schweißausbrüche, wenn ich mein Bett nur sehe.»

«Oh Mist. Hast du dir Hilfe gesucht? Du weißt, dass dir das zusteht.»

«Schon klar.» Lisa stellte die Kaffeetasse auf dem Tisch ab. «Aber was, wenn die Psychologin mich für dienstuntauglich erklärt? Das will ich auf keinen Fall.»

«Das verstehe ich, aber …»

«Du verrätst mich doch nicht?», unterbrach Lisa und sah sie bittend an.

Mascha konnte die Sorge ihrer Kollegin gut nachvollziehen, und sie würde sich in ihrer Situation vermutlich genauso verhalten. Dennoch machte sie sich Sorgen.

«Wenn du mich ebenfalls nicht verrätst», sagte sie schließlich.

Lisa zog die Brauen hoch. «Wovon redest du?»

«Tom weiß nicht, dass ich dich hergebeten habe.»

«Na wunderbar. Ich riskiere also nicht nur, von meinem Chef eins auf den Deckel zu kriegen, weil ich unautorisierte Ermittlungen durchführe, sondern auch, es mir mit Tom zu verderben. Mein Chef ist mir egal, aber …»

«Ich nehme es auf meine Kappe», sagte Mascha rasch. «Ich habe dir gegenüber behauptet, Tom wäre eingeweiht.»

«Klar doch.» Lisa griff nach ihrer Tasse, leerte sie und stellte sie zurück. «Dann zeig mal her.»

Sie gingen ins Wohnzimmer, Mascha deutete auf den Kamin. «Das Bild steht auf dem Sims. Wir haben es nicht angerührt. Aber natürlich sind Toms Fingerabdrücke daran. Und Romys vermutlich auch.»

«Du hast mir noch nicht erklärt, worum genau es hier eigentlich geht. Hat das mit unserem Fall zu tun?»

Mascha zögerte. «Das glaube ich nicht.»

«Was mache ich dann hier?» Die junge Kollegin verschränkte die Arme. «Ich helfe dir gern. Aber wenn ich nicht weiß, wonach ich eigentlich suche …»

Mascha holte Luft. «Du hast doch mitbekommen, dass meine Kollegen beim LKA und ich einem Stalker auf der Spur sind. Genau genommen ist der Typ viel mehr als ein gewöhnlicher Stalker. Aber anfangs wussten wir nur von einem Opfer, einer Studentin. Zuerst ist er in ihren Computer eingedrungen, dann in ihre Wohnung. Inzwischen sind wir ziemlich sicher, dass es weitere Opfer gibt, und womöglich auch gewaltsame Übergriffe. Ich habe ihm unter einer falschen Identität eine Falle gestellt, um ihm auf die Spur zu kommen, aber dabei ist etwas schiefgegangen. Ich fürchte, er weiß, dass ich bei der Polizei arbeite. Und wahrscheinlich auch, dass ich im Augenblick in Toms Gästezimmer wohne.»

«Oh, fuck.»

«Gestern Abend ist uns aufgefallen, dass das Foto von Toms verstorbener Frau umgedreht wurde, mit dem Gesicht zur Wand.»

Lisas Blick wanderte zum Kamin. «Du glaubst, dieser Typ war hier im Haus?»

«Ich vermute, das mit dem Bild sollte eine Botschaft an mich sein, ja.»

«Scheiße, Mascha, was hast du jetzt vor?»

«Den Kerl schnappen, was denkst du, warum ich dich hergebeten habe?»

«Solltest du nicht in eine sichere Wohnung ziehen?»

«Und die Kollegen meine Arbeit machen lassen?» Mascha schüttelte den Kopf. «Ich wusste, was passieren kann, als ich zugestimmt habe, den Lockvogel zu spielen. Das gehört zum Job.» Ihre Worte klangen abgebrühter, als sie sich fühlte.

«Und Romy?»

«Übers Wochenende war sie bei ihrem Kindergartenfreund. Aber dann ist diese Sache mit dem Sprengstoff passiert …» Mascha hob hilflos die Schultern. «Stalker sind Feiglinge. Ich glaube nicht, dass der Kerl sich dem Haus nähern wird, wenn er weiß, dass sich zwei Polizeibeamte darin aufhalten.»

«Trotzdem ...» Lisa wirkte nicht überzeugt.

Mascha wusste, dass sie mehrere Nichten und Neffen hatte, an denen sie sehr hing, eine beneidenswert große, fröhliche Familie, so anders als Maschas eigene. Und sie hatte recht. Romy könnte in Gefahr sein, sie mussten eine andere Lösung finden. «Ich werde noch einmal mit Tom darüber reden, es ist seine Entscheidung.»

«Wie du meinst. Dann mache ich mich mal an die Arbeit.»

«Danke.» Mascha griff nach ihrem Rucksack, der auf dem Sofa lag. «Ich habe noch was zu erledigen und fahre dann aufs Revier. Zieh einfach die Tür zu, wenn du fertig bist.» Sie stockte, dann fügte sie hinzu: «Wenn du was findest, Einbruchspuren oder so, lass es mich sofort wissen. Ich rede dann mit Tom. Und bitte zu niemandem sonst ein Wort.»

«Keine Sorge.» Lisa öffnete den Koffer und breitete Pinsel sowie weitere Utensilien auf dem Tisch aus, die sie brauchte, um Fingerabdrücke zu nehmen. «Ich bin nicht scharf darauf, mir Toms Zorn zuzuziehen, das überlasse ich gern dir.»

Auf dem Weg zum Auto blickte Mascha sich mit einem mulmigen Gefühl um. Sie hatte ein schlechtes Gewissen, weil sie Tom hinterging. Aber sie hatte gute Gründe. Toms Haus lag am Ende einer Sackgasse, dahinter begannen die Dünen. Es sah idyllisch aus, mit dem schneebedeckten Reetdach und dem malerischen Vorgarten, aber es war auch ungeschützt. Es gab kein Sicherheitssystem, Haustür und Fenster waren höchstwahrscheinlich Jahrzehnte alt.

Im Grunde war es unverantwortlich, dass sie bei Tom wohnte, solange sie davon ausgehen musste, dass ein Perverser hinter ihr her war. Und dabei hatte sie Lisa noch nicht einmal erzählt, warum sie das Hotel verlassen hatte und zu Tom gezogen war.

Der Unbekannte hatte sie auf dem Parkplatz überfallen und ihren Talisman aus ihrem Zimmer geklaut, während sie bewusstlos im Schnee lag. Sie war nur kurz ausgeknockt gewesen, aber in der Zeit hätte der Mistkerl mit ihr machen können, was er wollte.

Am selben Morgen

Es hatte wieder angefangen zu schneien, als die Soko Sturm auf dem Sellnitzer Revier zusammenkam. Tom hatte Romy im Kindergarten abgeliefert und war noch schnell beim Bäcker vorbeigefahren, da ihm der Magen knurrte. Das wäre jedoch nicht nötig gewesen, denn sein Kollege Paul Hendricks hatte wie immer eine große Tüte Backwaren mitgebracht. Paul war seit fast vierzig Jahren leidenschaftlicher Surfer, deshalb konnte er Unmengen von Brötchen, Kuchen und Teilchen verdrücken, ohne zuzunehmen. Manchmal beneidete Tom ihn darum.

Auf dem Besprechungstisch am Fenster standen eine Kanne Kaffee und Becher bereit. Björn André, der Kriminalbeamte aus Teterow, der ihr Team auch im vergangenen Herbst schon für eine Ermittlung verstärkt hatte, saß vor seinem Laptop und tippte konzentriert, Mascha hockte auf Toms Schreibtisch und telefonierte leise. Ihr Gesicht war angespannt, bestimmt machte sie sich noch immer Sorgen wegen des umgedrehten Fotos. Doch Tom glaubte nicht, dass der mysteriöse Stalker etwas damit zu tun hatte. Mal abgesehen davon, wie unwahrscheinlich es war, dass der Unbekannte wusste, dass Mascha derzeit bei ihm wohnte, kam Tom das Vorgehen zu subtil vor für einen Mann, der bisher dadurch aufgefallen war, dass er sehr deutliche Hinweise hinterließ, wenn er in eine fremde Wohnung eindrang. Zumal ihm schleierhaft war, was der Kerl damit hätte bezwecken wollen.

Mascha beendete das Gespräch. «Na, wie war's mit Romy?»

«Frag nicht.» Tom verdrehte die Augen. «Ich fürchte, die Aktion ist nach hinten losgegangen. Jetzt will sie Sprengmeisterin werden.»

«Ist doch cool», meinte Paul, ließ sich am Tisch nieder und schnappte sich einen Schürzkuchen. «Besser, als wenn sie von einer Modelkarriere träumen würde.»

«Da bin ich nicht so sicher.» Tom setzte sich ans Kopfende und legte seine Notizen ab. «Können wir anfangen?»

«Jederzeit.» Björn schob den Laptop ein Stück von sich weg. «Den Bericht kann ich auch später fertig schreiben.»

Gerade als sie loslegen wollten, kam Lisa in den Raum gestürzt. «Sorry, hatte noch was zu erledigen.» Ihre Wangen waren von der Kälte gerötet.

«Alles okay?» Tom sah sie fragend an.

Sie tauschte einen Blick mit Mascha und winkte dann ab. «Alles bestens.»

Tom fragte sich, was für ein Geheimnis die beiden Frauen hatten. Was auch immer es war, jetzt war nicht die Zeit, darüber nachzudenken. Er zog ein Blatt zu sich heran. «Ich fasse noch mal zusammen, wo wir stehen, in Ordnung? Vor elf Tagen wurden zwei Skelette im Sand gefunden, nachdem in der Nacht ein Stück von der Steilküste abgebrochen war. Es handelt sich um die sterblichen Überreste eines Mannes und einer Frau. Hinweise an den Knochen deuten darauf hin, dass sie Opfer eines Verbrechens wurden. Die Rechtsmedizin hat inzwischen auch die Altersschätzung verfeinert. Demnach war der Mann zwischen fünfzig und sechzig und die Frau zwischen dreißig und fünfunddreißig Jahre alt. In der Nähe der beiden wurde eine CD entdeckt, die Daten darauf sind jedoch verschlüsselt, und das Passwort konnte noch nicht geknackt werden.» Er blickte fragend zu Mascha.

«Ich arbeite dran.»

Tom nickte. «Zunächst sah es so aus, als würde es sich bei den Toten um zwei weitere Opfer des sogenannten Darß-Rippers handeln, der im Sommer 1989 mehrere Paare in den Dünen umbrachte und nie gefasst wurde. Den Mörder von damals konnten wir ermitteln, doch er hat nichts mit den Skeletten vom Kliff zu tun. Gestern wurde an der Fundstelle ein Ehering entdeckt, der uns mit etwas Glück bei der Identifizierung helfen wird.»

«Dazu gibt es Neuigkeiten», hakte Paul ein. «Die Meldeabfrage hat zwar keinen Treffer ergeben, aber auf unseren Aufruf hin hat eine Zeugin angerufen. Sie glaubt, der Ring gehört ihrer ehemaligen Nachbarin, einer Iris Hertz.»

«Bist du der Sache schon nachgegangen?»

«Habe nur kurz die Meldedaten gecheckt. Die Frau ist vor sieben Jahren unbekannt verzogen.»

«Das ist ja interessant», murmelte Björn.

«Und sie ist verheiratet», fuhr Paul fort. «Mit Manuel Hertz. Er ist noch unter derselben Adresse gemeldet. Hier ist sie.» Er schob einen Zettel über den Tisch.

Tom warf einen Blick darauf, der Mann lebte in Sellnitz, gar nicht weit vom Revier entfernt. «Wir besuchen ihn, sobald wir hier fertig sind. Vielleicht ist alles ganz harmlos, die beiden haben sich getrennt, und sie ist weggezogen.»

«Und der Ring?», wollte Lisa wissen. «Glaubst du, der lag zufällig bei den Skeletten?»

«Wir werden es herausfinden. Zunächst müssen wir so viel wie möglich über die Frau in Erfahrung bringen. Wer kennt sie, wer weiß etwas über sie? Paul, du sprichst mit der Nachbarin, und dann setzt du dich mit Björn zusammen und treibst weitere Zeugen auf. In ein paar Stunden wissen wir vielleicht schon, ob Iris Hertz unser Opfer sein könnte.»

«Wenn sie erst vor sieben Jahren verschwand, könnte sie die

Besitzerin der CD sein», sagte Mascha. «Sobald ich mehr über sie weiß, werde ich versuchen, mit diesen Informationen das Passwort zu knacken.»

Tom hoffte, dass es ihr gelingen würde. Zwar bestand nach wie vor die Möglichkeit, dass die CD nichts mit den Toten zu tun hatte, aber sein Instinkt sagte etwas anderes.

«Dann sind die Aufgaben für heute klar», sagte er. «Was ist mit dir, Lisa?»

«Ich muss erst mal nach Anklam zurück, sobald am Kliff alles abgebaut ist.»

«Vielleicht hast du aber auch hier noch was zu tun.» Mascha zog einen Beweismittelbeutel mit einem Zettel darin aus ihrem Rucksack und legte ihn auf den Tisch.

Tom schaltete sofort. «Du warst im Hotel?»

Mascha nickte und wandte sich an die anderen. «Tom und ich haben gestern darüber gesprochen, wie merkwürdig es ist, dass Kira von heute auf morgen verschwunden ist.»

Kira Blanck war eine junge Kollegin aus Stralsund, die ebenfalls der Soko angehörte, sich aber aus privaten Gründen Urlaub genommen hatte.

«Ich dachte, da wäre was mit ihrer Familie», brummte Paul.

«Das hat sie auch ihrem Chef gegenüber behauptet», bestätigte Mascha. «Hast du ihn erreicht, Tom?»

«Er will nachher zurückrufen.»

«Jedenfalls geht sie nicht an ihr Handy und antwortet auch nicht auf Nachrichten», fuhr Mascha fort. «Deshalb war ich eben im Hotel und habe an der Rezeption nachgefragt, ob sie vielleicht bei ihrer Abreise irgendwas erzählt hat. Aber sie hat gar nicht persönlich ausgecheckt, sondern bloß den Schlüssel auf der Theke abgelegt, zusammen mit diesem Zettel.»

«Zeig her.» Paul streckte die Hand aus.

Mascha schob ihm den Beutel hin.

«‹Muss leider vorzeitig abreisen, K. Blanck›», las er vor. «Kurz und knapp, aber nicht besorgniserregend, oder? Schließlich zahlt die Behörde das Zimmer, sie hat also nicht die Zeche geprellt oder so.»

«Niemand hat gesehen, wie sie das Hotel verlassen hat», beharrte Mascha.

«Du glaubst, ihr ist etwas passiert?», fragte Lisa mit gerunzelter Stirn.

«Ich kenne Kira nicht sonderlich gut», schaltete Björn sich ein. «Ist diese Funkstille denn so ungewöhnlich?» Er zog den Zettel zu sich heran.

«Nicht wirklich», räumte Mascha ein. «Keiner von uns ist eng mit ihr befreundet. Aber ich habe ein ungutes Gefühl. Ich hätte gern, dass Lisa in ihrem Zimmer nach Spuren sucht.»

«Auf keinen Fall», widersprach Tom. Er verstand, warum Mascha sich Sorgen machte, und ihm selbst kam die Sache auch seltsam vor, aber er konnte nicht aufgrund eines Bauchgefühls Polizeiressourcen in Anspruch nehmen.

«Aber …», protestierte Mascha.

«Lass uns abwarten, bis ich mit ihrem Chef gesprochen habe. Dann können wir immer noch anders entscheiden.»

«Ich denke, du solltest schnellstmöglich versuchen, den Mann zu erreichen», sagte Björn, den Blick auf den Zettel geheftet.

Tom fuhr zu ihm herum. «Wieso?»

Björn tippte auf den Zettel. «Ich habe doch Kiras Notizen zu den Zeugen im Ripper-Fall durchgesehen. Das hier ist definitiv nicht ihre Handschrift.»

Am selben Morgen

Janine Kaiser wachte mit hämmernden Kopfschmerzen auf. Der Druck auf die Schläfen war so heftig, dass sie kaum wagte, sich zu rühren. Als sie die Augen öffnete, wurde sie von einem Lichtstreifen geblendet, der durch den Spalt zwischen den Vorhängen kommen musste.

Sie stöhnte auf, wollte sich wieder unter der warmen Bettdecke verkriechen, doch da war keine. Und das, was sie für ihr Kissen gehalten hatte, war kratzig und stank unangenehm. Sie stockte. Ihr kam ein schrecklicher Verdacht.

Sie fuhr hoch, presste die Hände auf die Schläfen, weil der Schmerz sie zu zerreißen drohte. Dann blickte sie sich ängstlich um.

Herr im Himmel, wo war sie diesmal gelandet? Sie lag auf einem Haufen Stroh, durch die Ritzen der Bretterwände ihres Nachtlagers konnte sie Schnee erkennen. Ein Stall vielleicht. Oder eine Scheune. Jetzt merkte sie auch, wie kalt es war.

Janine schloss resigniert die Augen. Es war also wieder passiert. Sie war mitten in der Nacht losgelaufen, eine Schlafwandlerin auf der Flucht vor – vor was auch immer. Ihren Erinnerungen, der Vergangenheit, der Wahrheit. Sie wusste es nicht.

Immerhin hatte sie offenbar noch so viel Verstand besessen, sich einen Unterschlupf zu suchen, der sie zumindest ein bisschen vor der eisigen Januarkälte schützte. Hätte sie sich im Schnee niedergelegt, wäre sie jetzt tot.

Aber wo war sie? Und wie war sie hergekommen?

Sie zog die Handschuhe aus und tastete mit steifen Fingern nach ihrem Handy, atmete auf, als sie es in ihrer Jackentasche fand. Der Akku war fast leer. Und Torge hatte mehr als ein halbes Dutzend Mal versucht, sie zu erreichen.

Rasch rief sie ihn zurück.

«Hey, wo steckst du, Mum? Ich hab mir Sorgen gemacht.»

Janine rieb sich die Stirn. «Alles okay, ich bin bei einer Freundin. Es ist spät geworden und …»

«Aber du warst doch gestern Abend noch zu Hause.»

«Ich erkläre es dir später, okay? Geh jetzt zur Schule.»

«Machst du Witze? Es ist gleich zehn, was glaubst du, wo ich bin? Zum Glück ist gerade Pause, sonst würden sie jetzt mein Handy einkassieren.»

Oh shit. «Tut mir wirklich leid, Torge.»

«Habt ihr gesoffen oder was?»

«Torge, bitte. Ich kann …»

«Muss jetzt los, Mum. Bis später.»

Janine atmete auf. Wenigstens ging es ihrem Sohn gut. Sie steckte das Handy weg und versuchte aufzustehen. Es zerriss ihr fast den Schädel, aber schließlich stand sie, wenn auch etwas wackelig, auf dem strohbedeckten Boden. Sie trat auf die Tür zu und öffnete sie.

Grelles Licht stach ihr in die Augen, und einen Moment lang sah sie nichts außer weißem Flimmern. Dann nahm die Landschaft Konturen an. Weite Felder, am Horizont ein Waldstück. In einiger Entfernung eine Landstraße und jenseits davon ein paar Häuser. Alles war schneebedeckt, und aus den grauen Wolken über ihr rieselte es unaufhörlich weiter.

Janine hielt nach etwas Ausschau, das ihr vertraut vorkam, aber alles wirkte fremd. Wo zum Teufel war sie?

Am selben Morgen

Tom drehte den Zündschlüssel, der Anlasser orgelte, doch der Motor sprang nicht an. Er warf Mascha, die auf dem Beifahrersitz saß, einen frustrierten Blick zu und probierte es erneut. Wieder nichts. Nach einigen weiteren Versuchen gab er auf, es hatte keinen Sinn.

«Also gut, dann eben mit deinem Wagen», sagte er nach einem Blick durch die Windschutzscheibe ins immer dichter werdende Schneetreiben.

«Wir könnten auch zu Fuß gehen», schlug Mascha vor. «Ist ja gleich um die Ecke. Oder Manuel Hertz aufs Revier bestellen.»

«Ich will ihn sofort sprechen. Wenn es eine harmlose Erklärung für das Verschwinden seiner Frau gibt, müssen wir das schnellstmöglich wissen.»

Zwei Minuten später saßen sie in der Dienstlimousine des LKA. Mascha startete den Motor, im selben Moment klingelte Toms Handy. Daniel Neuhoff, Kiras Chef. Endlich.

Tom stellte auf laut, damit Mascha mithören konnte.

«Hallo, Herr Neuhoff. Ich hoffe, Sie können uns beruhigen», sagte er.

«Leider nicht», entgegnete der Kommissariatsleiter. «Ganz im Gegenteil. Ich mache mir große Vorwürfe.»

Tom wechselte einen raschen Blick mit Mascha, deren Gesicht blass geworden war.

«Erzählen Sie», bat er mit belegter Stimme.

«Ich schätze Kira sehr», begann Neuhoff. «Sie ist fleißig, zuverlässig und sehr engagiert. Deshalb hat sie einen großen Vertrauensvorschuss bei mir. Als sie per SMS um Sonderurlaub bat, fand ich das zwar merkwürdig, doch ich gewährte ihn sofort. Die Familie hat oberste Priorität. Ich wünschte ihr alles Gute und bat sie, den Papierkram nachzuholen, sobald sie sich dazu in der Lage fühle. Das war am vergangenen Dienstag, also vor genau einer Woche. Seither habe ich nichts von ihr gehört, und ich bin nicht einmal auf die Idee gekommen, dass etwas nicht in Ordnung sein könnte.»

Am Dienstagmorgen hatte auch Tom Kira zum letzten Mal gesehen. Und am Nachmittag hatte Mascha bemerkt, dass ihr Hotelzimmer verlassen war.

«Haben Sie ihre Familie kontaktiert?», fragte er.

«Gerade eben.» Neuhoff seufzte. «Den Eltern geht es gut, es gab keinen Notfall, keine Krankheit, keinen Unfall. Jetzt sind sie natürlich in heller Aufregung. Ich habe ihnen versprochen, mich zu kümmern. Allerdings habe ich keine Ahnung, wo ich anfangen soll. Ihr Handy ist ausgeschaltet, zuletzt war sie bei Ihnen auf dem Darß. Hat sie irgendwelche Andeutungen gemacht?»

«Was für Andeutungen?»

«Nun ja. Vielleicht hat sie eine Beziehung, von der niemand wissen soll.»

Tom runzelte die Stirn. Die Vorstellung, Kira könnte von heute auf morgen mit einem Lover auf und davon sein, kam ihm vollkommen absurd vor. Das passte so gar nicht zu der ehrgeizigen jungen Frau. Andererseits kannte er Kira nicht wirklich gut. Genau genommen wusste er fast nichts über sie.

«Gibt es denn Hinweise darauf?», wollte er wissen.

«Ich habe die Kollegen gefragt, die täglich mit ihr zusammenarbeiten, die können sich das nicht vorstellen. Leider scheint Kira auch keine enge Freundin zu haben, die wir fragen können.»

Tom zupfte an seiner Jeans. «Dann müssen wir die Möglichkeit in Betracht ziehen, dass sie Opfer eines Verbrechens wurde.»

«Bei Ihnen auf dem Darß? Glauben Sie das wirklich?»

Tom zögerte. Er wollte und durfte nicht über den Stalker sprechen. «Es gibt da eine laufende Ermittlung mit einem unberechenbaren Täter», antwortete er vage. «Und wir haben herausgefunden, dass sie nicht persönlich aus dem Hotel ausgecheckt hat. Der Zettel, den sie an der Rezeption hinterließ, weist eine fremde Handschrift auf. Möglich, dass sie den Darß nie verlassen hat.»

«Grundgütiger.» Neuhoff klang schockiert.

Tom streckte den Rücken durch. «Ich werde die Fahndung nach ihr einleiten. Und dafür sorgen, dass jede Streifenbesatzung im Land ein Foto von ihr bekommt. Außerdem werde ich einen Beschluss für ihre Handy-Verbindungsdaten beantragen.»

«In Ordnung», sagte Neuhoff. «Ich mach von hier aus, was ich kann. Vielleicht treibe ich ja doch noch jemanden aus ihrem Bekanntenkreis auf, der mehr weiß. Wir bleiben in Verbindung. Hoffen wir, dass es falscher Alarm ist.»

Am selben Morgen

Janine brauchte unendlich lange, bis sie es an die Landstraße geschafft hatte. Ihr Kopf dröhnte noch immer, und sie hätte alles gegeben für eine Aspirin. In einiger Entfernung entdeckte sie ein Ortsschild, also stapfte sie durch den Schnee darauf zu. Vielleicht half der Name ihrer Erinnerung auf die Sprünge. Im Internet nachschauen konnte sie nicht, das Handynetz reichte gerade zum Telefonieren. Außerdem war der Akku so gut wie leer. Immerhin wärmte sie das Laufen, auch wenn jeder Schritt ihren Schädel erschütterte, als würde jemand mit dem Hammer darauf einschlagen.

Ein Motorengeräusch näherte sich von hinten, ein Wagen hielt neben ihr, das Fenster wurde heruntergelassen.

«Frau Kaiser?», fragte eine ungläubige Stimme. «Geht es Ihnen gut?»

In dem Auto saß ein älteres Ehepaar, das häufig in ihrem Laden Bücher und Schreibwaren kaufte. Janine wäre beinahe in Tränen ausgebrochen vor Erleichterung.

«Bin liegen geblieben», antwortete sie und setzte ein verlegenes Lächeln auf. «Leider kann ich nicht auf den Pannendienst warten, ich muss schnellstmöglich zurück nach Sellnitz.»

«Ach je, Sie Ärmste.» Die Frau sah sie mitleidig an. «Steigen Sie ein, wir nehmen Sie mit.»

Dankbar öffnete Janine die hintere Wagentür. Zum Glück schienen sich die beiden nicht darüber zu wundern, dass sie sich kein Taxi gerufen hatte. Im Auto war die Heizung voll aufgedreht, und Janine ließ sich mit einem Seufzer auf die Rückbank sinken.

«Ganz schön verrücktes Wetter», sagte der Mann. Er trug trotz laufender Heizung Jacke und Mütze, genau wie seine Frau.

Janine versuchte sich zu erinnern, wie er hieß, aber es wollte ihr nicht einfallen. «Das ist wahr», murmelte sie. «So viel Schnee haben wir hier sonst nicht.» Am liebsten hätte sie einfach nur geschwiegen, aber sie wollte nicht unhöflich erscheinen.

«Was macht denn Ihr Sohn?», wollte nun die Frau wissen. «Wir haben ihn lange nicht im Laden gesehen. Der ist doch bestimmt schon größer als Sie. Wie alt ist er noch mal?»

«Vierzehn.»

«Da fangen sie an, schwierig zu werden.»

Janine gab ein zustimmendes Geräusch von sich und zog den Reißverschluss ihrer Jacke auf. Im Wagen war es extrem warm, und sie begann zu schwitzen. Als sie die Handschuhe in die Tasche stecken wollte, ertastete sie Papier.

Ein heißer Schreck durchfuhr sie. Nach ihrer letzten Episode hatte sie auch Zettel bei sich gehabt. Leider hatte sie diese erst gefunden, nachdem sie die Jeans gewaschen hatte. Lediglich eine Art skizzierte Karte hatte sie retten können. Darauf war ein Haus am Waldrand markiert, in dem, wie sich herausgestellt hatte, zwei alte Damen lebten. Janine kannte die beiden nicht, und sie hatte nicht die geringste Ahnung, warum sie die Karte bei sich getragen hatte. Sie wusste nicht einmal, ob sie selbst oder jemand anders sie gezeichnet hatte.

Mit einem bangen Gefühl in der Magengrube nahm sie die Zettel aus der Tasche. Fünf kleine Blätter, herausgerissen aus einem Notizblock, genau wie beim letzten Mal. Wörter waren darauf gekritzelt, die keinen Sinn ergaben. Vielleicht schrieb sie im Wahn einfach irgendwelche Dinge auf, die keinerlei Bedeutung hatten.

Gerade wollte sie die Zettel zurück in die Tasche schieben, da fiel ihr Blick auf einen Namen. Entsetzt keuchte sie auf.

«Alles in Ordnung mit Ihnen, Frau Kaiser?», fragte der alte Mann besorgt und warf einen Blick über die Schulter.

«Alles bestens.» Rasch ließ Janine die Zettel verschwinden. «Ich fürchte, ich habe mich beim Warten in der Kälte ein wenig verkühlt.»

«Damit ist nicht zu spaßen», erklärte die Frau in mütterlichem Ton. «Am besten lassen Sie sich ein heißes Bad ein, wenn Sie nach Hause kommen.»

«Das werde ich», versprach Janine. Sie wandte den Blick zum Fenster, vor dem es immer heftiger schneite, doch alles, was sie sah, waren die Buchstaben des Namens, die sich wie eine Drohung in ihre Netzhaut eingebrannt hatten.

Am selben Morgen

Mascha stellte den Motor aus, machte aber keine Anstalten auszusteigen. Sie musste mit Tom reden, aber ihr graute davor.

«Keine Lust, den warmen Wagen zu verlassen?», fragte Tom.

«Ich muss dir was sagen.»

Er sah sie an. «Was ist los?»

Mascha tippte mit dem Finger auf das Lenkrad. «Die Sache mit dem Foto hat mir keine Ruhe gelassen.»

«Welches Foto?»

«Von Inga. Du weißt schon.»

«Was hast du gemacht?», fragte er scharf. Dann veränderte sich sein Gesichtsausdruck. «Lass mich raten: Du hast mit Lisa darüber gesprochen.»

Mascha hob die Hände. «Ich weiß, dass es dein Haus ist und ich mich nicht einmischen sollte. Aber wenn jemand eingebrochen ist, dann meinetwegen. Deshalb musste ich etwas tun.»

«Und?» Er verschränkte die Arme.

«Lisa hat Fingerabdrücke von zwei Personen am Bilderrahmen gesichert. Von einem Kind und von einem Erwachsenen. Vermutlich von Romy und dir. Sie braucht natürlich noch Vergleichsabdrücke, um sicherzugehen. Das ist aber nicht alles», fuhr sie rasch fort, als Tom den Mund öffnete. «Sie hat Einbruchspuren an der Terrassentür entdeckt. Jemand hat sie aufgehebelt.»

«Das kann nicht sein.» Der Ärger verschwand aus Toms Gesichtsausdruck, er wirkte irritiert. «Sie war verschlossen, als ich gestern Abend heimkam.»

«Lisa vermutet, dass der Einbrecher über die Terrasse ins Haus eindrang und es auf der Vorderseite wieder verlassen hat. Erinnerst du dich, ob die Haustür abgeschlossen war?»

«Fuck, nein. Weiß ich nicht mehr.» Tom überlegte. «Und bei den Einbruchspuren ist sie sich sicher?»

«Sprich am besten selbst mit ihr. Aber lass deine Wut nicht an ihr aus, sie hatte keine Ahnung, dass du nicht in die Aktion eingeweiht warst.»

«Das glaube ich dir nicht, Mascha.»

«Bitte, Tom. Ich weiß, mein Verhalten war nicht korrekt. Aber darum geht es jetzt nicht. Jemand ist in dein Haus eingebrochen. Wir müssen das ernst nehmen.»

Er lehnte sich im Sitz zurück. «Was schlägst du vor?»

«Ich suche mir ein Zimmer. Oder eine Ferienwohnung. Dann ist Romy aus der Schusslinie.»

«Und du stellst dich diesem Kerl allein? Kommt gar nicht infrage.» Etwas in seinem Blick ließ Maschas Herz höherschlagen.

«Hast du eine bessere Idee?», fragte sie mit belegter Stimme.

«Noch nicht.» Er blickte nach draußen ins Schneetreiben. «Lass uns erst mal mit Hertz reden.»

«In Ordnung.» Mascha streckte die Hand nach dem Türgriff aus.

«Eins noch», sagte Tom. «Tu so was nie wieder ohne mein Einverständnis.»

Mascha schluckte. «Versprochen.» Sie öffnete die Tür und stieg aus.

Manuel Hertz wohnte in einem gesichtslosen Reihenhäuschen in der Nähe des Ortszentrums.

Ein Mann Ende dreißig mit geröteter Nase und Fünftagebart

öffnete ihnen die Tür. Tom stellte Mascha und sich vor, Hertz bat sie herein.

«Ich halte etwas Abstand, um Sie nicht anzustecken», sagte er und ließ sie auf dem Wohnzimmersofa Platz nehmen, während er sich selbst auf einem Sessel niederließ. Kaum saß er, sprang er wieder auf. «Ich habe Ihnen gar nichts zu trinken angeboten. Wie unhöflich von mir.»

Tom winkte ab. «Machen Sie sich keine Umstände.»

Zögernd setzte Hertz sich wieder. Er zog ein Taschentuch hervor und putzte sich umständlich die Nase. Mascha hatte das Gefühl, dass er genau wusste, weshalb sie gekommen waren, und den Augenblick der Wahrheit so lange wie möglich hinauszögern wollte.

«Sie stammen aus Sellnitz?», fragte sie, um das Gespräch mit einem unverfänglichen Thema zu beginnen.

«Hier geboren und aufgewachsen.» Er stopfte das Taschentuch zurück in die Tasche seiner Jogginghose.

«Was machen Sie beruflich?»

«Kfz-Mechaniker. Angestellt. Habe zwar den Meister, aber der ganze Papierkram liegt mir nicht.»

Mascha betrachtete ihn aufmerksam. Wenn man sich die Erkältungssymptome wegdachte, war er ziemlich attraktiv. Schmales Gesicht, hohe Stirn, dunkle, nur von wenigen Strähnen Grau durchzogene Haare und blaue Augen.

«Wir interessieren uns für Ihre Frau. Sie haben sich vor einigen Jahren getrennt, aber nie scheiden lassen, ist das richtig?»

Hertz senkte den Blick. «Iris wollte hoch hinaus. Ich habe ihr wohl nicht genügt.» Er zuckte mit den Schultern.

«Wir haben versucht, die Wohnadresse Ihrer Frau zu ermitteln», schaltete Tom sich ein. «Ohne Erfolg.»

Manuel Hertz lachte freudlos auf. «Sie ist nicht einfach nur in den nächsten Ort gezogen. Oder nach Hamburg oder Berlin.

Das wäre ihr viel zu wenig gewesen. New York, das war immer schon ihr Traum.» Er stand auf, nahm ein Foto aus dem Regal und betrachtete es. «Sie wollte Model werden. Das Zeug dazu hatte sie jedenfalls, finden Sie nicht?» Er hielt ihnen das Foto hin. «Als das nicht klappte, hat sie davon geträumt, irgendwelchen Stars die Haare zu machen. Sie ist Friseuse.»

Mascha nahm das Bild entgegen und betrachtete es. Ein deutlich jüngerer Manuel Hertz und an seiner Seite eine blutjunge Braut im weißen Spitzenkleid und mit kunstvoll hochgesteckten Haaren. Er hatte recht, seine Frau war wunderschön und ihr Lächeln bezaubernd.

Es fiel Mascha schwer, sich vorzustellen, dass es ihre sterblichen Überreste waren, die sie am Kliff gefunden hatten. Und dann kam ihr ein Gedanke. Würde ein Mann, der seine Frau getötet hatte, das Hochzeitsfoto jahrelang im Regal stehen lassen?

«Haben Sie die Adresse Ihrer Frau in New York?», fragte sie.

«Leider nicht. Sie ist von heute auf morgen verschwunden, hat sich nie wieder bei mir gemeldet.»

«Hat sie einen Koffer gepackt? Kleidung mitgenommen?»

«Nein.»

«Und das hat Sie nicht gewundert?»

«Ich dachte, dass sie ganz neu anfangen, ihr altes Leben komplett hinter sich lassen wollte. Sie hatte mir ja seit Wochen damit in den Ohren gelegen. Sie hatte eine kleine Erbschaft gemacht, von einer Tante irgendwo in Süddeutschland. Sie wollte, dass wir uns mit dem Geld in den USA eine neue Existenz aufbauen. Aber ich wollte nicht fort, der Darß ist meine Heimat. Iris meinte, sie würde allein gehen, wenn ich sie nicht begleite. Ich dachte bis zum Schluss, dass sie es nicht wirklich ernst meint.» Er vergrub das Gesicht in den Händen. «Ich hätte mit ihr gehen sollen.»

«Und seither wohnen Sie hier allein?», fragte Mascha. «Keine neue Partnerin?» Obwohl Hertz seiner Frau offenbar noch immer nachtrauerte, konnte sie sich nicht vorstellen, dass es in sieben Jahren nicht wenigstens eine kurze Affäre gegeben hatte.

Hertz hob den Blick, seine Augen waren feucht. «Ich wollte nie eine andere.»

Mascha sah Tom an. Der räusperte sich.

«Hat Ihre Frau sich irgendwann mal in den Finger geschnitten? So heftig, dass eine Narbe zurückgeblieben ist?»

«Wie kommen Sie darauf?»

«Hat sie?», hakte Tom nach.

Die Anthropologin hatte bei der Untersuchung der Skelette eine Spur am Knochen des linken Zeigefingers gefunden, die darauf schließen ließ.

Manuel Hertz' Augen verdunkelten sich. Er zog das Taschentuch wieder aus der Tasche, erhob sich und trat ans Fenster. Er kehrte ihnen den Rücken zu, während er sprach, und presste dabei das Tuch vor die Augen.

«Die Toten vom Kliff.» Seine Worte waren kaum zu verstehen. «Sind Sie deshalb hier?»

«Ja. Wir halten es für möglich, dass es sich bei dem weiblichen Skelett um Ihre Frau handelt.»

«Nein!» Die Schultern des Mannes begannen zu beben.

Mascha sprang auf und trat neben ihn. «Bitte beantworten Sie die Frage meines Kollegen», bat sie sanft.

Hertz lehnte den Kopf gegen die Scheibe. «Es ist beim Zwiebelschneiden passiert», flüsterte er. «Sie hat geschimpft und geheult, nicht wegen der Schmerzen, sondern weil sie überzeugt war, dass die Narbe das Ende ihrer Modelkarriere bedeutet. Das war natürlich Unsinn, aber so war sie. In der einen Sekunde fröhlich, in der nächsten am Boden zerstört.»

Am selben Tag

Björn André kämpfte sich durch den knöcheltiefen Schnee über die Hauptstraße von Sellnitz. Sein Bein schmerzte heute besonders heftig, und er musste sich zusammenreißen, um nicht allzu stark zu humpeln. Hinzu kam eine dunkle Vorahnung, so als braue sich etwas zusammen. Manchmal bildete Björn sich ein, sein Bein wäre nicht nur wetterfühlig, sondern besäße zudem so etwas wie ein Gespür für drohende Katastrophen. Was natürlich vollkommener Unsinn war.

Sein Unwohlsein hatte wohl eher mit dem unerklärlichen Verschwinden ihrer Kollegin zu tun als mit übernatürlichen Kräften. Die Sache beunruhigte ihn, und er fürchtete, dass sie kein gutes Ende nehmen würde.

Björn blieb vor dem Schaufenster eines Fahrradverleihs stehen und gönnte sich eine Verschnaufpause. Einen Moment lang betrachtete er die Räder, dann bemerkte er eine Frau, die sich in der Scheibe spiegelte. Irgendetwas an ihr erregte seine Aufmerksamkeit. Er drehte sich um und erkannte Janine Kaiser. Die Buchhändlerin wirkte aufgewühlt, ihr Gesicht war blass, die Augen saßen tief in den Höhlen.

Rasch überquerte Björn die Straße, bereute es jedoch sofort, als sein Bein mit einem Stechen protestierte.

«Frau Kaiser», rief er. «Auch bei dem ungemütlichen Wetter unterwegs?»

Sie schien einen Moment zu brauchen, bis sie ihn erkannte.

«Ach, Sie sind's. Herr André, richtig? Wollten Sie zu mir?» Sie blickte in die Richtung, wo die Buchhandlung lag.

«Nein, ich habe einen anderen Termin. Alles in Ordnung bei Ihnen?»

«Natürlich.»

Sie strich sich eine rotblonde Strähne aus dem Gesicht, und Björn bemerkte, dass ihre Finger zitterten. Etwas stimmte definitiv nicht mit dieser Frau. Aber es hatte nichts mit ihrem Fall zu tun, deshalb ging es ihn nichts an, so gerne er helfen würde.

«Dann einen schönen Tag noch.»

Als er sich abwandte und weiterlief, waren die Schmerzen im Bein kaum auszuhalten. Zum Glück war es nur noch ein kurzes Stück bis zu seinem Ziel.

Der Friseursalon, in dem Iris Hertz bis zu ihrem Wegzug aus Sellnitz gearbeitet hatte, lag zwischen einer Boutique und einem Fischlokal. Björn spähte durch die Scheibe. Eine junge Frau mit türkisblauer Strubbelfrisur war damit beschäftigt, einer älteren Dame die Haare zu schneiden. Eine zweite, deutlich ältere Salonangestellte fegte den Boden.

Björn trat ein. Sofort drehte sich die ältere Friseurin um.

«Guten Morgen, wie kann ich Ihnen helfen?»

«Mein Name ist Björn André, ich bin von der Polizei. Ich suche eine Cordula Schneider.»

Die Frau stellte energisch den Besen ab und baute sich vor ihm auf. «Steht vor Ihnen. Worum geht es?»

«Können wir irgendwo in Ruhe reden?»

Die junge Kollegin drehte sich neugierig zu ihnen um. Cordula Schneider zögerte, dann nickte sie und deutete auf eine Tür. Dahinter befand sich ein kleiner Raum mit einer winzigen Küchenzeile, einem Tisch und zwei Stühlen. Auf der Spüle stapelten sich die Kaffeetassen, auf dem Tisch lag eine Tüte vom Bäcker.

Die Friseurin schloss die Tür und deutete auf einen der Stühle. «Kaffee?»

«Sehr gerne.» Björn ließ sich nieder und streckte das schmerzende Bein aus.

Cordula Schneider machte sich an der Maschine zu schaffen, legte ein Pad ein und stellte eine Tasse darunter. Björn schätzte sie auf Mitte vierzig, das rote Kleid spannte deutlich um ihre Hüften, die Stiefel mit den hohen Absätzen kaschierten nur unzureichend, dass sie kaum einen Meter sechzig groß war. Das kinnlange blonde Haar fiel weich um ihr Gesicht.

Sie stellte ihm die Tasse hin. «Milch? Zucker?»

«Gerne.»

Erst als sie ebenfalls vor einer dampfenden Tasse saß, kam Björn zum Thema. «Es geht um Ihre ehemalige Kollegin Iris Hertz.»

Schneider nickte mit zusammengepressten Lippen. «Das dachte ich mir.»

«Wieso?»

«Wegen dieser Knochen am Strand. Ich war mir immer sicher, dass Iris sich gemeldet hätte, wenn sie es wirklich nach Amerika geschafft hätte.»

«Sie wollte also auswandern?»

«Am liebsten nach New York. Aber ihr Mann …» Cordula Schneider zuckte mit den Schultern. «Er ist ein lieber Kerl, verstehen Sie mich nicht falsch. Aber mit Iris' Träumen konnte er nichts anfangen.»

«Sie haben also nie wieder etwas von ihr gehört?»

«Nein.»

«Wie konkret waren ihre Auswanderungspläne denn?»

«Das weiß ich nicht. Ich dachte, dass sie viel redet, aber letztlich doch hier in Sellnitz alt wird. So wie wir alle. Und dann war sie eines Tages weg, und Manuel sagte, sie habe ihn verlassen.

Von einem Tag auf den anderen.» Die großen blauen Augen der Friseurin wirkten mit einem Mal traurig. «Ich hätte ihr gewünscht, dass sie es schafft.»

Björn nahm einen Schluck von seinem Kaffee. Er war so bitter, dass sich sein Magen zusammenkrampfte. «Erinnern Sie sich, ob sich Frau Hertz vor ihrem Verschwinden irgendwie anders verhalten hat als sonst?»

«Eigentlich nicht, nein … bis auf …»

«Ja?»

«Sie hat komische Andeutungen gemacht.»

«Welcher Art?»

«Dass es Veränderungen geben würde in ihrem Leben, und dass sie bald niemandem mehr die Haare schneiden müsse. Ich dachte erst, sie wäre schwanger.»

«Aber das war es nicht?»

«Nein. Sie wollte nie Kinder haben. Sie wollte ja eigentlich Model werden. Und sie war wirklich hübsch, sie hätte es schaffen können.» Schneider griff nach ihrer Tasse und blickte gedankenverloren hinein.

«Könnte ein anderer Mann im Spiel gewesen sein?», fragte Björn.

Cordula Schneider stellte die Tasse ab und starrte ihn entsetzt an. «Großer Gott, Sie glauben wirklich, die beiden Skelette …» Sie schlug die Hand vor den Mund.

«Im Augenblick versuchen wir bloß in Erfahrung zu bringen, wo Iris Hertz sich aufhält», bremste Björn sie rasch. «Erinnern Sie sich, wann genau Ihre Kollegin verschwunden ist?»

«Im vergangenen November waren es sieben Jahre. Ich weiß es so genau, weil sie die Kürbis-Dekoration im Fenster gemacht hatte und ich es nicht übers Herz brachte, sie gegen die Weihnachtsdeko auszutauschen.» Schneiders Augen schimmerten feucht.

«Also hatten Sie schon damals ein komisches Gefühl? Warum sind Sie nicht zur Polizei gegangen?»

«Lieber Himmel, ich dachte doch nicht, dass ihr was passiert ist. Ich war einfach traurig, dass sie von heute auf morgen auf und davon ist. Ich dachte immer, wir wären Freundinnen, und sie würde mich in ihre Pläne einweihen.»

Am Abend

Draußen schlug eine Wagentür zu, Mascha blickte vom Bildschirm auf und horchte. Schritte, die im Schnee knirschten, ein Pfiff, dann das fröhliche Bellen eines Hundes. Sie atmete auf.

Tom und sie hatten nach längerem Hin und Her entschieden, dass sie nicht länger bei ihm bleiben konnte. Es war zu gefährlich für Romy. Da ein Hotel aber ebenfalls keine gute Lösung war, wohnte sie nun in der Ferienwohnung eines Surfkumpels von Paul. Die Wohnung wurde offiziell nicht vermietet, tauchte in keinem Reiseportal auf. Hier würde der Stalker sie also nicht so schnell finden. Um ganz sicherzugehen, hatte sie außerdem den Dienstwagen vor dem Revier abgestellt.

Bevor sie bei Tom ausgezogen war, hatte Mascha ihr Handy, ihren eigenen Laptop und auch den der erfundenen Maria Heinrich überprüft. Auf keinem der Geräte hatte sie eine Malware gefunden, mit deren Hilfe der Täter sie hätte aufspüren können. Die Kamera und das Mikro von Marias Laptop waren zwar noch infiziert, aber solange sie beides nicht aktivierte und zudem abgeklebt ließ, drohte von der Seite keine Gefahr.

Trotzdem wurde Mascha den Eindruck nicht los, dass jemand sie beobachtete. Und das nicht erst seit dem Vorfall auf dem Parkplatz. Seit sie in die Rolle der Maria Heinrich geschlüpft war, fühlte sie sich auf eine seltsame Art ausgeliefert. Es machte sie nervös, das Opfer zu spielen, auch wenn es nur digital war.

Die Ferienwohnung war klein und eher spartanisch eingerichtet. Bodenfliesen in einem hellen Ockerton, ein Schlafsofa, ein Tisch am Fenster, ein riesiger Fernseher, eine Minikochnische, ein schwarz gefliestes Bad. Und schnelles Internet, was Mascha sehr gelegen kam.

Der Kühlschrank war leer gewesen bis auf ein paar Dosen Bier. Mascha hatte Milch für Kaffee dazugestellt, mehr brauchte sie fürs Erste nicht. In einer Kommode hatte sie frische Bettwäsche und auch ein sauberes Handtuch gefunden. Obwohl die Wohnung im zweiten Stock lag, sodass niemand von draußen hineinsehen konnte, hatte sie das Rollo heruntergelassen. Doch auch das ließ ihr Unbehagen nicht verschwinden.

Mascha konzentrierte sich wieder auf ihre Aufgabe. Sie hatte die Software, die das Passwort auf der CD knacken sollte, mit Informationen über Iris Hertz gefüttert, doch bislang ohne Erfolg.

Sie wussten ja nicht einmal, ob es sich bei den Knochen vom Kliff wirklich um die sterblichen Überreste der verschwundenen Friseurin handelte. Zwar gab es eine Tante, die in Wismar wohnte, doch sie wollten die Frau erst um eine DNA-Probe bitten, wenn die Hinweise sich verdichteten. Zudem konnte die CD auch dem Mann gehört haben, der mit Hertz verscharrt worden war. Oder ihrem Mörder.

Mascha seufzte. Sie war gut in ihrem Job, aber sie war keine Hackerin, sondern bloß eine Polizistin mit Spezialausbildung. Ein Gedanke kam ihr. Schnell verwarf sie ihn wieder, das durfte sie nicht tun.

Sie stand auf, schenkte sich ein Glas Merlot ein, nippte und dachte nach. Dann fasste sie einen Entschluss.

Sie setzte sich wieder an den Laptop und formulierte eine Nachricht.

Brauche einen Exploit. Die Sache eilt.

Sie lehnte sich zurück, das Weinglas in der Hand.

Lange musste sie nicht warten, bereits nach wenigen Minuten ploppte die Antwort auf.

Habe gerade Langeweile. Worum geht es?

Mittwoch, 22. Januar

Sellnitz, am Morgen

Tom beendete das Telefonat und machte sich eine Notiz. Er lehnte sich im Stuhl zurück und blickte nachdenklich hinaus in die Winterlandschaft vor dem Polizeirevier. Die Suche nach Kira gestaltete sich schwierig. Zumal sie so wenig wussten. Sie hatten keine Ahnung, ob die Kollegin freiwillig oder unfreiwillig untergetaucht war, ob sie sich noch auf dem Darß aufhielt oder längst weit weg war. An schlimmere Möglichkeiten wollte Tom vorerst gar nicht denken.

Immerhin hatte er einiges in die Wege geleitet, um Kira zu finden. Sämtliche Polizisten in Mecklenburg-Vorpommern besaßen ein Foto von ihr. Zudem hatte die KTU das Hotelzimmer untersucht. Leider war es bereits wieder vermietet worden, sodass es unwahrscheinlich war, dass sich Spuren fanden. Das Hotel besaß auch eine Sicherheitskamera im Eingangsbereich, die Aufnahmen wurden jedoch regelmäßig neu überspielt. Laut Mascha gab es dennoch eine Chance, die Bilder vom fraglichen Zeitraum wiederherzustellen, vorausgesetzt, die neuen Dateien waren nicht deutlich größer als die überspielten. Sie hatte versprochen, sich nachher an die Arbeit zu machen.

Die Streifenbeamten Senior und Babyface befragten die Hotelangestellten und auch die Gäste. Doch bisher hatten sie nichts in Erfahrung gebracht. Kiras Handy war ausgestellt, deshalb ließ es sich nicht orten. Auf die Verbindungsdaten warteten sie noch. Es gab einige weitere Kameras in Sellnitz. Ihre beiden Kollegen Laurel und Hardy fuhren herum und sammelten die Aufnahmen ein, aber es wäre ein großer Zufall, wenn Kira auf einer davon zu sehen wäre.

Eine Kopie des Zettels, der zusammen mit dem Zimmerschlüssel bei der Rezeption abgegeben worden war, sowie eine Vergleichsprobe hatte Tom an einen Schriftsachverständigen gemailt, das Original war im LKA zum Abgleich von möglichen Fingerabdrücken.

Tom war sich noch immer nicht sicher, ob sie möglicherweise überreagierten. Dafür kannte er Kira nicht gut genug. Aber alles, was er über sie wusste, passte nicht dazu, dass sie einfach so von heute auf morgen von der Bildfläche verschwand.

Mehr Sorgen als um Kira machte er sich jedoch um Mascha. Egal ob dieser mysteriöse Unbekannte in sein Haus eingedrungen war oder nicht, fest stand, dass er Mascha bereits einmal angegriffen hatte. Es gefiel Tom überhaupt nicht, dass sie die Nächte allein in dieser Wohnung verbrachte. Falls der Typ sie beschattete, nutzten sämtliche Sicherheitsvorkehrungen nichts, dann wusste er längst, wo sie untergeschlüpft war.

Andererseits wollte Tom seine Tochter nicht in Gefahr bringen. Wer wusste, wozu dieser Verbrecher fähig war, wenn er sich in die Enge getrieben fühlte. Oder wenn er glaubte, Mascha damit treffen zu können.

Natürlich war Romy über Maschas Auszug enttäuscht.

«Habt ihr euch gestritten?», hatte sie beim Abendessen gefragt.

«Nein, Mascha braucht Ruhe beim Arbeiten.»

«War ich zu laut?»

«Ganz bestimmt nicht, mein Engel.» Er hatte sie in die Arme genommen. «Mascha ist nicht deinetwegen fort.» Er hatte gespürt, dass sie kurz davor gewesen war, in Tränen auszubrechen.

Sie musste das Gefühl haben, dass alle Freunde sie verließen. Erst Elias, und nun Mascha. «Was hältst du davon, wenn ich dir ein neues Buch vorlese, ein ganz besonderes für große Schulkinder?»

«Aber ich bin noch kein Schulkind.»

«Ein Vorschulkind.»

«Welches Buch?»

«Eins von einer gefährlichen Reise unter der Erde.» Dann hatte er seine eigene abgegriffene Ausgabe von «Kleiner König Kalle Wirsch» aus dem Regal genommen und ihr die ersten Kapitel vorgelesen.

Es klopfte, Tom schreckte auf.

Senior steckte den Kopf zur Tür herein. «Darf ich kurz stören?»

«Bitte sag, dass du gute Nachrichten hast.»

«Ich fürchte, damit kann ich nicht dienen.» Der Kollege zückte seinen Notizblock. «Ein Anruf aus dem Krankenhaus. Heute Morgen wurde eine junge Frau eingeliefert, die in ihrer Wohnung überfallen wurde.»

«Lieber Himmel, wie geht es ihr?» Tom musste unwillkürlich an Mascha denken.

Senior zuckte mit den Schultern. «Sie scheint nicht schwer verletzt zu sein, aber sie steht unter Schock. Offenbar fand der Überfall bereits in der Nacht auf Dienstag statt, aber die Frau war erst heute in der Lage, Hilfe zu rufen.»

«Wie schrecklich. Kümmere dich darum, zeichne ihre Aussage auf.» Tom zögerte. «Nimm Mascha mit, vielleicht möchte sie lieber mit einer Frau sprechen. Eine Psychologin wäre auch eine gute Idee.»

«Alles klar, Chef.»

Erst als Senior die Tür wieder geschlossen hatte, kam Tom der Gedanke, dass es sich bei dem Opfer um Kira handeln könnte. Doch im selben Moment verwarf er ihn wieder. Die Frau war in ihrer Wohnung überfallen worden, Kira aus ihrem Hotelzimmer verschwunden, und das schon vor über einer Woche.

Am selben Vormittag

Mascha blickte durch das Fenster im Krankenhausflur über die verschneite Landschaft, dorthin, wo das Kliff liegen musste. Würden sie je in Erfahrung bringen, wer dort verscharrt worden war und warum?

Sie schob die Frage weg, dachte an die junge Frau, die sie gleich befragen würde. Mascha war nicht abergläubisch, aber es kam ihr wie eine Warnung des Schicksals vor, dass diese Frau zu Hause überfallen worden war, nur wenige Tage nachdem ein Unbekannter sie selbst angegriffen hatte und in ihr Hotelzimmer eingedrungen war. Sie hatte verdammt viel Glück gehabt.

Senior, der sich auf die Suche nach jemandem gemacht hatte, der ihnen mehr über den Vorfall erzählen konnte, kehrte zurück, eine Frau um die sechzig mit grauem Pferdeschwanz und Arztkittel im Schlepptau.

«Das ist Frau Doktor Herwig, die behandelnde Ärztin», stellte er sie vor. «Und das ist meine Kollegin Mascha Krieger.»

«Können Sie uns sagen, was geschehen ist?», fragte Mascha.

«Das wissen wir nicht, die Patientin hat bislang kaum ein Wort gesprochen. Wir haben lediglich in Erfahrung gebracht, dass sie Nele Deters heißt und in Greifswald lebt.»

«Sie ist gar nicht von hier?», hakte Mascha überrascht ein. «Ich dachte, sie wäre in ihrer Wohnung angegriffen worden.»

«Es war wohl ein Ferienhaus.»

«Und sie war allein dort?»

«Offenbar.»

«Hat sie Verletzungen davongetragen?»

Die Ärztin zögerte. «Sie wurde entkleidet, gefesselt und geschlagen. Darauf lassen die Hämatome an ihrem Körper schließen. Und sie war stark unterkühlt, weil sie auf der Suche nach Hilfe draußen in der Kälte umhergeirrt ist.»

Mascha schluckte. «Wie lang?»

«Ein paar Stunden, nehme ich an. Sie war offenbar orientierungslos.»

«Wurde sie vergewaltigt?», fragte Senior.

«Es sieht nicht danach aus.» Die Ärztin zog ein Handy aus der Tasche und blickte darauf. «Aber es gibt Formen der sexuellen Nötigung, die keine physischen Spuren hinterlassen.»

«Und Frau Deters hat Ihnen nicht mehr erzählt?», wollte Mascha wissen.

«Leider nicht. Sie steht noch immer unter Schock und redet kaum. Wir haben versucht, weitere Details aus ihr herauszubekommen, aber es ist schwierig. Vielleicht haben Sie ja mehr Glück.» Herwig blickte erneut aufs Handy. «Ich muss jetzt los, tut mir leid.»

Zwei Minuten später standen Mascha und Senior vor dem Zimmer. Mascha klopfte und trat ein, der Kollege folgte ihr.

Die Frau im Krankenbett sah erschreckend jung aus, fast wie ein Teenager. Ihr Blick war starr zur Decke gerichtet. Das lange blonde Haar floss über das weiße Kopfkissen, die Hände lagen auf der Decke, die Fesselspuren an den Handgelenken waren nicht zu übersehen.

«Frau Deters?», sprach Mascha sie vorsichtig an.

Der Kopf schoss herum, sie sah erst Mascha, dann Senior argwöhnisch an.

«Ich bin von der Polizei», sagte Mascha. «Mein Name ist Mascha Krieger. Das ist mein Kollege Bernd Kruse. Fühlen Sie sich in der Lage, uns ein paar Fragen zu beantworten?»

Nele Deters schüttelte stumm den Kopf.

Mascha trat näher. «Wir wollen den Mann finden, der Ihnen das angetan hat.»

Wieder schüttelte die Frau den Kopf, den Blick noch immer auf Senior geheftet.

Der begriff. «Ich gehe runter in die Cafeteria, damit ihr beide euch in Ruhe unterhalten könnt.»

Nachdem er die Tür hinter sich geschlossen hatte, zog Mascha sich einen Stuhl heran. «Sie möchten jetzt sicherlich nicht allein sein, können wir irgendwen für Sie anrufen?»

«Bitte nicht», flüsterte Nele. «Ich will nicht, dass jemand erfährt …» Tränen liefen ihr über die Wangen.

«Sie können es sich jederzeit anders überlegen.» Mascha drückte sanft ihre Hand. Es kam häufig vor, dass Gewaltopfer sich schämten. «Sind Sie denn bereit, mir zu erzählen, was passiert ist?»

«Muss das sein?»

«Sie wollen doch auch, dass wir den Täter ergreifen, oder?» Mascha nahm das Handy aus der Tasche. «Darf ich unser Gespräch aufzeichnen?»

Deters nickte und wischte die Tränen weg.

Mascha fing mit den einfachen Fragen an. «Sie leben in Greifswald, richtig?»

Sie nickte wieder.

«Was machen Sie beruflich?»

«Ich bin Pferdewirtin, auf einem Reiterhof bei Lubmin.» Nele Deters schien sich ein wenig zu entspannen.

«Sie arbeiten mit Tieren, wie schön.»

«Das war schon immer mein Traum.»

«Und was machen Sie hier in Sellnitz? Urlaub?»

Die junge Frau blickte zum Fenster. «Eine Art Auszeit, ja. Dachte ich.»

«Allein?»

«Ja.»

«Erzählen Sie bitte, was am Montagabend passiert ist.»

Nele Deters biss sich auf die Unterlippe. «Es war schon dunkel, als ich angekommen bin. Ich habe direkt hinter mir abgeschlossen, weil ich gleich so ein komisches Gefühl hatte. Und dann …» Wieder stiegen ihr Tränen in die Augen.

«Lassen Sie sich Zeit.»

«Dann stand er plötzlich da. Ich hatte mir gerade einen Kakao gemacht, da kam er in die Küche. Er muss im Haus auf mich gewartet haben.» Sie wischte sich erneut die Tränen weg. «Er trug eine Skimaske, ich konnte nur seine Augen sehen. Und dann hat er mich gepackt und … ich kann das nicht.» Sie schluchzte.

«Sie machen das sehr gut, Nele.»

«Ich verstehe nicht, wie er mich gefunden hat.»

«Gefunden? Wie meinen Sie das?»

«Ich habe niemandem erzählt, wohin ich fahre. Er konnte es nicht wissen.»

«Moment mal», hakte Mascha ein, plötzlich alarmiert. «Sie kannten den Mann?»

«Nicht wirklich, nein. Aber er belästigt mich schon seit ein paar Wochen.»

«Wie belästigt er Sie, Nele?»

«Er beobachtet mich, keine Ahnung, wie. Er hat mir Nachrichten aufs Handy geschickt, wusste irgendwie immer, was ich gerade mache.»

«Haben Sie Anzeige erstattet?»

Sie schüttelte den Kopf.

Mascha beugte sich vor. «Wo ist Ihr Handy, Nele?»

«Es ist weg», stieß die junge Frau weinend hervor. «Deshalb

konnte ich ja keine Hilfe rufen. Es war oben im Schlafzimmer. Aber als ich es holen wollte, nachdem … da war es verschwunden.»

Mascha dachte nach. «Besitzen Sie einen Computer oder ein Tablet?»

«Beides. Habe ich aber nicht dabei.»

Mascha nahm sich vor, ein Team in die Wohnung der jungen Frau zu schicken. Ein schrecklicher Verdacht begann in ihr aufzusteigen.

«Ich möchte mich jetzt ausruhen», sagte Nele Deters.

«Selbstverständlich. Beantworten Sie mir nur noch eine Frage: Hat der Mann irgendetwas zu Ihnen gesagt?»

«Nein.» Sie stockte. «Nur am Anfang, als er in die Küche kam. Er fragte mich, ob ich überrascht wäre, ihn zu sehen.»

«Sonst nichts?»

Sie zögerte.

«Erzählen Sie es mir, es könnte wichtig sein.»

Nele Deters wimmerte leise. «Er sagte, er wolle meine Narben sehen.»

Am selben Vormittag

Ich sitze in meinem Wagen und betrachte das Päckchen Tabletten, das ich mir gerade in der Apotheke geholt habe. Schon das zweite diese Woche. Ich muss dringend etwas unternehmen. Aber im Augenblick habe ich drängendere Probleme.

Und gerade ist noch eins hinzugekommen. Als ich aus der Apotheke kam, stand sie plötzlich vor mir. Ich weiß nicht, wer von uns beiden sich mehr erschreckt hat. Natürlich war mir klar, dass wir uns früher oder später über den Weg laufen würden. Aber in dem Augenblick habe ich einfach nicht damit gerechnet.

Jetzt sitze ich in meinem Wagen, beobachte den Laden und denke über ihre Reaktion nach. Sie hat mich angestarrt, als würde der Leibhaftige vor ihr stehen. Überhaupt sah sie grässlich aus, zerzaustes Haar, bleich und übernächtigt. Dabei war sie früher einmal sehr hübsch.

Ich habe mich wortlos an ihr vorbeigedrückt und mich nicht noch einmal umgedreht. Doch ich könnte schwören, dass sie mir hinterhergestarrt hat.

Ich bin sicher, dass sie nichts von damals weiß. Und das ist sehr beruhigend, denn sie ist extrem labil. Sie wäre ein unkalkulierbares Risiko. Leider kann sie mir dennoch schaden, wenn auch auf andere Weise. Ich muss irgendwie dafür sorgen, dass sie die Klappe hält.

Ich betrachte den Laden. Ein Häuschen mit rot lackierter Holzfassade, ein winterlich dekoriertes Fenster mit einer

Schneelandschaft aus Watte. Bisher habe ich mich ferngehalten, aber vielleicht wird es Zeit, mich drinnen ein wenig umzuschauen.

Gerade als ich aussteigen will, taucht der Junge an der Straßenecke auf. Torge. Ich hätte ihn fast nicht erkannt. Ich rechne kurz, komme zu dem Schluss, dass er inzwischen fast fünfzehn sein muss. Geboren im Februar. Scheint ein anständiger Kerl zu sein. Spielt gut Fußball, habe ich gehört.

Torge betritt den Laden, und in dem Moment wird mir klar, was ich tun muss.

Am selben Tag

Das Haus stand etwas zurückgesetzt unter einer Gruppe Kiefern. Die Sonne kämpfte sich durch die milchige Wolkenschicht, und der Schnee unter Maschas Füßen war pappig. Sie wäre nicht böse, wenn es tauen würde, denn es kam ihr vor, als würde die kalte, weiße Masse alle Geheimnisse verdecken und ihnen die Ermittlungen erschweren.

Mascha hatte sich den Schlüssel für das Ferienhaus geholt. Der Besitzer war über achtzig und hatte ehrlich schockiert gewirkt über das Verbrechen, das auf seinem Grundstück geschehen war. Mascha konnte sich nicht vorstellen, dass er etwas damit zu tun hatte. Andererseits war er offenbar der einzige Mensch, der Nele Deters' Rückzugsort gekannt hatte.

Bevor sie aufschloss, zog Mascha Handschuhe an und Überzieher über die Schuhe. Die Kollegen von der KT würden nicht begeistert sein, dass sie sich vor ihnen drinnen umsah und möglicherweise Spuren verwischte, aber sie brauchte das Handy.

Beim Betreten des Hauses musste Mascha ihre Beklemmung hinunterschlucken. Wieder kam ihr der Gedanke, dass genauso gut sie das Opfer hätte sein können, mehr noch, dass sie womöglich die Nächste war. Sie warf einen Blick über die Schulter. War der Mann etwa noch in der Nähe? Beobachtete er das Anwesen?

Sie schüttelte unwillig den Kopf. So zu denken, war dumm und unprofessionell, und es passte überhaupt nicht zu ihr. Normalerweise war sie nicht so dünnhäutig. Sie war Polizistin, sie hatte den Täter gezielt angelockt, und nun würde sie ihm das Handwerk legen.

Sie streckte den Rücken durch und blickte sich um. Das Haus wirkte gemütlich mit den durchgetretenen Bodendielen und den hellen Holzmöbeln. Kaum vorstellbar, dass hier kürzlich ein Gewaltverbrechen verübt worden war. Im Eingangsbereich war nichts Ungewöhnliches zu entdecken, alles wirkte sauber und aufgeräumt.

Doch als Mascha einen Blick in die Küche warf, zog sie scharf die Luft ein. Scherben und eine eingetrocknete braune Lache am Boden. Ein umgefallener Stuhl, Überreste eines Seils, das wohl an die Eckbank geknotet gewesen war. Kleine Spritzer um die Bank herum, vermutlich Blut.

Rasch schoss Mascha ein paar Fotos mit dem Handy, danach schaltete sie um auf Videofunktion und filmte, während sie sich durch die Räume bewegte. Das Smartphone in der Hand, stieg sie die Treppe hinauf. Ein Bad und ein Schlafzimmer. Verschiedene Kosmetikartikel lagen auf der Ablage über dem Waschbecken. Als Letztes hielt sie das Handy ins Schlafzimmer. Das Bett sah unberührt aus. Etwas lag auf der Decke.

Mascha keuchte auf. Sie zwang sich, die Kamera darauf zu richten. Dann schaltete sie sie aus, ließ den Arm sinken und lehnte sich gegen den Türrahmen. Entsetzen breitete sich in ihr aus. Ihre Beine waren mit einem Mal ganz zitterig, in ihren Ohren rauschte es.

Am selben Tag

Tom zog den Reißverschluss seiner Jacke hoch und machte sich auf den Rückweg. Er war zu Fuß zu seiner Verabredung gegangen, weil sein Wagen wieder mal nicht angesprungen war und er für einen privaten Termin kein Dienstfahrzeug nehmen wollte. Es hätte auch merkwürdig gewirkt, wenn er mit einem Streifenwagen bei Elias' Eltern aufgekreuzt wäre.

Das Gespräch mit den beiden war unangenehm gewesen. Sie waren entsetzt über das, was ihr Sohn getan hatte, ebenso wie Tom über Romy. Doch ihr Umgang damit war völlig anders. Sie beharrten darauf, dass Elias nicht mehr mit Romy spielen durfte, eine Strafe, die Tom absurd und ungerecht fand, doch das hatte er nicht laut ausgesprochen. Er hatte auch nicht erwähnt, dass er mit seiner Tochter gleich noch eine zweite Sprengung veranstaltet hatte, und Romy hatte er eingeschärft, es nicht im Kindergarten herumzuerzählen. Elias' Eltern wären wohl nicht die Einzigen, die kein Verständnis für diese spezielle Erziehungsmaßnahme aufbringen würden.

Tom kam an dem Grundstück von Dominik Westphal vorbei, blieb einen Moment stehen und betrachtete das fast fertige Haus. Hier hatten die beiden Kinder mit ihrer selbst gebastelten Bombe einen Haufen Bretter in die Luft gejagt. Bei dem Gedanken, was alles hätte passieren können, wurde Tom nachträglich schwindelig. Rasch lief er weiter.

Zumindest hatte das Jugendamt nach einem klärenden Gespräch keinen Anlass für weitere Maßnahmen gesehen. Und da Westphal keine Anzeige erstattet hatte, würde es auch keine juristischen Konsequenzen geben. Die beiden Kinder hatten die Bombe offenbar in Elias' Kinderzimmer gebaut, wo der Junge zuvor auch schon die Silvesterraketen versteckt hatte. Tom glaubte nicht, dass die Eltern ihre Aufsichtspflicht verletzt hatten. Man konnte knapp sechsjährige Kinder nicht rund um die Uhr bewachen.

Tom erreichte die Hauptstraße und zog sein Handy aus der Tasche. Ursprünglich hatte er noch warten wollen, aber da sich die Hinweise verdichteten, dass Iris Hertz Sellnitz nie verlassen hatte, mussten sie so schnell wie möglich Gewissheit haben.

Eine Frau meldete sich mit einem lang gezogenen Ja.

«Frau Kern? Mein Name ist Tom Engelhardt, ich bin Kriminalhauptkommissar.»

«Polizei? Großer Gott, ist etwas passiert?»

«Ich brauche eine Auskunft von Ihnen, es geht um Ihre Nichte Iris.»

Petra Kern war die Tante, die in Wismar lebte.

«Die Iris? Von der habe ich seit Jahren nichts gehört. Was ist denn mit ihr?»

«Das versuchen wir herauszufinden. Sie wird vermisst.»

«Aber ist sie nicht nach Amerika gegangen?»

«Hat sie das Ihnen gegenüber erwähnt?»

«Lieber Gott, nein. Wir hatten nie engen Kontakt. Aber Ihr Mann hat mal hier angerufen, wollte wissen, ob sie sich bei mir gemeldet hat. Dabei erwähnte er es.»

Manuel Hertz schien also nach seiner Frau gesucht zu haben. Oder hatte er bloß angerufen, um den Schein zu wahren?

«Es ist möglich, dass Ihre Nichte nie aus Sellnitz fortgegangen ist», sagte Tom und sprang zur Seite, als ein SUV an ihm vorbeipreschte und eine Fontäne aus Schneematsch in seine Richtung spritzte. «Es wurde eine Tote gefunden.»

Normalerweise würde Tom eine solche Nachricht nicht am Telefon überbringen, aber Frau Kern wirkte nicht so, als würde ihr ihre Nichte sehr am Herzen liegen.

«Liebe Güte! Sie glauben, es ist Iris?»

«Es wäre möglich.»

«Das arme Mädchen. War es ein Unfall?»

«Dazu kann ich leider nichts sagen.» Tom wechselte die Hand, seine Finger waren steif vor Kälte. «Wären Sie bereit, uns eine Speichelprobe zu geben, damit wir sie mit der DNA der Toten abgleichen können?»

«Das würde Ihnen nicht viel nützen. Ich bin nicht mit Iris verwandt. Mein verstorbener Mann war ihr Onkel.»

Mist. Warum hatte er nicht daran gedacht, das zu überprüfen?

«Verstehe.» Er versuchte, sich seinen Frust nicht anmerken zu lassen. «Dann danke ich Ihnen fürs Erste. Vielleicht müssen wir später noch einmal mit Ihnen reden.»

Er beendete das Gespräch und schob das Handy in die Jackentasche. Dieser Fall machte es ihnen wirklich nicht leicht. So viele Sackgassen, so viele Spuren, die ins Nichts führten oder zu neuen Komplikationen.

Vor dem Revier hatte sich der Schnee in Matsch verwandelt. Tom trat in eine Pfütze, eisiges Wasser schwappte in seinen Schuh. Auch das noch. Was für ein Scheißtag.

Am selben Tag

Mascha saß im Auto, den Asservatenbeutel mit dem Gegenstand auf dem Schoß, den sie in dem Ferienhaus auf dem Bett gefunden hatte. Ihr Schnatterinchen, ihr Talisman, der nach dem Überfall auf dem Parkplatz aus ihrem Hotelzimmer verschwunden war. Sie konnte es noch immer nicht fassen. Ihr war schwindelig, so wild kreisten ihre Gedanken.

Sie raffte sich auf, wählte die Nummer auf ihrem Handy und wartete darauf, dass ihr Chef den Anruf entgegennahm. In ihrem Magen brodelte eine wilde Mischung aus unterschiedlichen Gefühlen – Schock, Scham, Wut und Nervosität, weil sie ungefähr ahnte, wie Oliver Böhm auf die Neuigkeiten reagieren würde. Sie musste dieses Gespräch hinter sich bringen, je eher, desto besser.

«Mascha, ich bin auf dem Weg zu einem Termin», meldete er sich in abgehetztem Ton. «Was gibt's?»

«Ich glaube, nein, ich bin mir sicher, dass unser Stalker hier in Sellnitz eine Frau angegriffen hat», begann sie ohne Umschweife. «Die gute Nachricht ist, dass ich jetzt sein Muster kenne.»

Mascha besaß das Talent, Formen und Strukturen zu erkennen, wo andere nur Chaos sahen. Das half ihr auch bei ihrem Job als Kryptologin.

«Was denn für ein Muster?», fragte Oliver. «Was ist los bei euch da oben?»

«Ich müsste etwas weiter ausholen.»

Oliver seufzte. «Auf die fünf Minuten kommt es jetzt auch nicht mehr an. Schieß los.»

Mascha sammelte Mut. «Letzte Woche, als ich die Malware aktiviert habe, die der mutmaßliche Täter mir – oder besser gesagt Maria Heinrich – gemailt hat, ist eine Panne passiert. Eine Kollegin war mit im Zimmer, sie war es, die versehentlich auf den Link geklickt hat.»

Versehentlich war nicht korrekt, aber Mascha wollte nicht den Eindruck erwecken, dass sie die Schuld auf jemand anderen schob, vor allem nicht auf eine Kollegin, die verschwunden war und sich nicht verteidigen konnte.

«Und das bedeutet?», wollte Oliver wissen.

«Es ist möglich, dass der Mann einen Teil unseres Gesprächs mithören konnte, nachdem die Software sich installiert hat.»

«Was für ein Mist! Und was hat das mit dem Angriff zu tun, von dem du gesprochen hast?»

«Dazu komme ich gleich.» Mascha sah einen Kastenwagen die Straße heraufkommen. Erst dachte sie, ihre Kollegen von der Kriminaltechnik wären bereits da, doch der Wagen fuhr vorbei und bog um die Ecke.

«Drei Tage später hat mich ein Unbekannter auf dem Hotelparkplatz angegriffen und mir den Zimmerschlüssel abgenommen», fuhr sie fort.

«Was? Warum erfahre ich das erst jetzt?» In Olivers Stimme mischten sich Sorge und Ärger.

«Weil nichts weiter passiert ist.»

«Du hättest trotzdem deine Kollegen informieren müssen.»

«Habe ich. Tom weiß Bescheid.»

«Tom, ja? Der hat doch mit dem Stalker-Fall nichts zu tun. Ich habe wirklich allmählich die Nase voll von deinen Alleingängen.»

«Lass mich bitte weitererzählen.» Mascha tippte mit dem

Finger auf das Lenkrad. Das Gespräch war schwierig, aber nicht so schlimm, wie sie befürchtet hatte. «Jedenfalls wurde nichts aus meinem Zimmer entwendet. Bis auf einen Schlüsselanhänger mit einem kleinen Stofftier, eine Art Talisman in Form einer Plüschente namens Schnatterinchen.»

«Seltsam.»

«Zur Sicherheit bin ich trotzdem umgezogen. Und heute Morgen kam dann die Meldung, dass eine junge Frau in ihrem Ferienhaus überfallen wurde. Ich habe mit ihr gesprochen. Der Täter hat sie offenbar vorher schon mit Textnachrichten belästigt. Dem Inhalt nach war er genauestens über ihren Alltag informiert. Deshalb gehe ich davon aus, dass er Zugriff auf Webcam und Mikro ihres Computers hatte. Möglicherweise auch ihres Handys.»

Mascha wartete einen Augenblick, doch als Oliver nichts sagte, sprach sie weiter.

«Das ist aber nicht der einzige Grund, weshalb ich glaube, dass es sich um unseren Täter handelt. Nele Deters, das Opfer, wurde in ihrer Kindheit von ihrer Stiefmutter misshandelt und hat Narben an Armen, Beinen und Rücken zurückbehalten.»

«Ach du Scheiße», murmelte Oliver. «Genau wie das erste Opfer.»

«Nur dass die Narben bei Krystina Kolb von einem Motorradunfall stammen.»

«Und ihr wurde keine Gewalt angetan. Der Täter ist lediglich in ihre Wohnung eingedrungen.»

«Nach dem, was ich jetzt weiß, vermute ich, dass sie Glück hatte, weil sie nicht zu Hause war.» Mascha strich über die Tüte mit ihrem Schnatterinchen. «Zudem glaube ich, dass sie nicht das erste Opfer war. Und jetzt komme ich zu dem Muster.»

«Ich bin gespannt.»

«Bei Krystina Kolb wurde eine Lil-Miss-Mermaid-Puppe gefunden. Bei Nele Deters hat der Täter ebenfalls etwas zurückgelassen. Mein Schnatterinchen.»

«Nicht wahr!»

«Doch.»

«Bist du sicher, dass es sich um dein Plüschtier handelt?»

«Absolut.» Mascha drückte die Tüte an ihre Brust. «Ich bin davon überzeugt, dass auch die Meerjungfrau, die bei Krystina Kolb zurückgelassen wurde, zuvor einer anderen Frau gestohlen wurde. Diese Frau ist das erste Opfer.»

Oliver stieß einen unwilligen Laut aus. «Selbst wenn du recht hast, wie sollen wir sie finden?»

«Mit einem öffentlichen Aufruf. Irgendwo gibt es eine Frau, der eine Lil Miss Mermaid gestohlen wurde und die uns vielleicht auf die richtige Spur bringen kann.»

«Wir können unmöglich damit an die Öffentlichkeit gehen, das weißt du genau, Mascha. Das ruft bloß jede Menge Spinner auf den Plan, und die Frau hat den Vorfall ja höchstwahrscheinlich nicht angezeigt. Also wird sie jetzt wohl kaum ihre Meinung ändern.»

«Wir müssen es versuchen, Oliver. Du weißt, wie wichtig das erste Opfer ist.»

«Auf keinen Fall.»

«Wir schreiben nichts von einer Meerjungfrau, sondern sprechen nur von einem Spielzeug. Die Frau wird Bescheid wissen, und wir können die Idioten und Wichtigtuer ganz schnell aussortieren.»

«Ich glaube nicht, dass das etwas bringt.»

«Aber ich.»

«Warum bist du immer so stur, Mascha?»

«Weil ich weiß, dass ich recht habe.»

Oliver seufzte theatralisch, und Mascha wusste, dass sie gewonnen hatte.

«Du bist der Beste.»

«Und du sorgst dafür, dass diese Ente schnellstmöglich ins Labor kommt.»

«Ist schon eingetütet.»

«Am besten bringst du sie persönlich vorbei. In Sellnitz bist du nicht mehr sicher.»

«Was soll das denn heißen?», gab Mascha empört zurück.

«Dass die Sache zu gefährlich ist.»

«Du hast zugestimmt, dass ich den Lockvogel spiele, und jetzt, wo es funktioniert, willst du mich abziehen? Das ist nicht dein Ernst.»

«Ich bezweifle nur, dass diese Dorfbullen dich beschützen können», antwortete er resigniert.

«Ich brauche keinen Beschützer», fuhr Mascha ihn an. Am liebsten hätte sie ihn durchs Telefon gepackt und geschüttelt. War er etwa eifersüchtig? Auf Tom? Der Gedanke brachte sie kurz aus dem Konzept. Früher einmal war sie in Oliver Böhm verknallt gewesen. Aber das war ewig her.

«Also gut», lenkte er ein. «Bleib in Sellnitz. Aber pass verdammt noch mal auf dich auf, ja?»

Am Abend

Tom blickte zu der Silhouette hinauf, die sich hinter dem Rollo hin und her bewegte, plötzlich unsicher, wie Mascha seinen späten Besuch aufnehmen würde. Vielleicht empfand sie es als übergriffig, dass er vorbeikam, um nach dem Rechten zu sehen. Sie konnte schließlich gut selbst auf sich aufpassen.

Ganz so gut jedoch nicht, wenn man den Überfall auf dem Parkplatz bedachte. Niemand konnte stets aufmerksam und auf jede Gefahr vorbereitet sein.

Entschlossen drückte er auf die Klingel. Es dauerte einen Moment, dann ertönte ein leises Knacken in der Gegensprechanlage.

«Ja?», fragte Mascha argwöhnisch.

«Ich bin's, Tom.»

«Komm rauf.» Der Summer ertönte.

Mascha hielt ein Glas Wein in der Hand, als sie ihm die Tür öffnete. «Auch eins?», fragte sie.

«Nur einen kleinen Schluck, bin mit dem Wagen da.»

«Läuft er wieder?»

«Nicole hat mir ihren geliehen. Sie passt auch auf Romy auf, bis ich zurück bin.» Tom trat ein und nahm das Glas entgegen, das Mascha ihm reichte. «Deshalb kann ich auch nicht lange bleiben, sie hat ja zu Hause noch ihre alten Eltern, die sie betreut. Ich bin ihr wirklich extrem dankbar.»

Mascha machte es sich auf dem Schlafsofa bequem. Die Bettdecke war schon ausgebreitet, deshalb hätte Tom es unpassend gefunden, sich neben sie zu setzen. Also nahm er am Tisch Platz.

«Du weißt aber schon, warum sie das macht?», fragte Mascha.

«Wovon redest du?»

«Von Nicole. Sie hat eine Schwäche für dich.»

«Unsinn.»

Mascha zog die Brauen hoch.

Tom dachte an die Erzieherin. Hatte Mascha recht? Oder wollte sie ihn bloß aufziehen? Wie auch immer, er war nicht an Nicole interessiert, nicht auf diese Weise jedenfalls.

«Ich wollte mich vergewissern, dass es dir gut geht.» Er nippte an seinem Wein. «Auch wegen der Sache mit deinem Schnatterinchen.»

Mascha stellte das Glas ab und senkte den Blick. «Keine sehr angenehme Vorstellung, dass die Kollegen im Labor damit herumhantieren.»

«Noch unangenehmer finde ich, dass der Kerl, der dir das Tier geklaut hat, eine Frau überfallen hat. Und er wollte wirklich bloß ihre Narben sehen? Wie irre.»

«Sie musste sich ausziehen, dann hat er sie gefesselt und Fotos gemacht.»

«Der gehört in die Geschlossene.»

«Vermutlich.» Mascha zog die Knie hoch und umschlang sie. «Ich frage mich die ganze Zeit, ob er nach meinen angeblichen Narben geschaut hat, während ich bewusstlos war. Und ob er von mir abgelassen hat, weil er nicht fündig wurde.»

Tom sah sie bestürzt an. «Ach je.» Er erhob sich und setzte sich neben sie, Bettdecke hin oder her. «Ich glaube das nicht. Bei den anderen Frauen ist er in die Wohnung eingedrungen, warum hätte er das Risiko eingehen sollen, dich draußen zu entkleiden? Es hätte schließlich jederzeit jemand vorbeikommen können. Nein, ich bin sicher, es ging ihm von vorneherein nur um einen Gegenstand aus deinem Besitz, den er beim nächsten Opfer deponieren konnte.»

«Möglich. Jedenfalls ist vorhin noch ein Aufruf rausgegangen. Wir suchen nach einer Frau, der ein Gegenstand aus der Wohnung gestohlen wurde, möglicherweise ein Spielzeug. Wir grenzen es absichtlich nicht näher ein, und wir haben auch nichts davon geschrieben, dass die Frau angegriffen worden sein könnte. Wir wollen es ihr so leicht wie möglich machen. Wenn sie sich aus irgendeinem Grund nicht getraut hat, den Übergriff anzuzeigen, fällt es ihr womöglich leichter, nur über den Diebstahl zu reden.»

«Ich bin gespannt, ob ihr Erfolg habt.»

«Es macht mich wahnsinnig, abwarten zu müssen und nichts tun zu können. Zu blöd, dass der Verdächtige seinen Instagram-Account gelöscht hat.»

«Er hat dich auch nicht mehr kontaktiert?»

«Nein. Und da ist noch etwas.» Mascha umschlang ihre Knie enger. «Ich denke die ganze Zeit, dieser Kerl könnte Kira in seiner Gewalt haben.»

Tom erschrak. «Warum sollte er?»

«Keine Ahnung. Vielleicht, weil er sie über die Laptop-Webcam gesehen hat.»

«Aber wie hätte er sie finden sollen?»

«Keine Ahnung. Es wäre auch möglich, dass er schon zu einem früheren Zeitpunkt versucht hat, mein Schnatterinchen zu klauen, und sie ihn dabei erwischt hat.»

«Und dann? Was glaubst du, hat er mit ihr gemacht?»

«Ich weiß es doch auch nicht.»

Tom strich ihr über den Arm. «Wir finden sie, keine Sorge.»

«Ich hoffe es. Ich habe ein ganz schlechtes Gefühl bei der Sache.»

«Vielleicht ist das alles ein bisschen viel für dich», sagte Tom mit trockener Kehle. «Die Skelette vom Kliff und die verschlüsselte CD, der Stalker, Kira, der Angriff auf dem Parkplatz. Ich könnte verstehen, wenn du zurück nach Schwerin willst.» Er hielt die Luft an, fürchtete sich vor Maschas Antwort.

«Willst du mich nicht mehr hier haben?»

«Die Frage meinst du nicht ernst, oder?»

Sie lächelte. «Ich bleibe. Ich will diese verdammte CD knacken, ich will euch helfen, den Täter zu fassen. Außerdem ist mein Angreifer ebenfalls hier auf dem Darß, was soll ich also in Schwerin?»

Tom lächelte erleichtert. «Und ich dachte schon, du würdest meinetwegen hierbleiben», sagte er, nur halb im Scherz.

«Das sowieso.» Sie wandte den Blick ab, griff nach ihrem Weinglas, nahm einen Schluck.

Eine Weile sprach keiner von ihnen, dann brach Tom das Schweigen.

«Ich fürchte, ich muss wieder los. Ich habe Nicole versprochen, nicht länger als eine Stunde fortzubleiben.»

«Klar.» Mascha erhob sich. «Wart ihr eigentlich mit der DNA erfolgreich? Habt ihr etwas aus dem Besitz von Iris Hertz gefunden, das ihr mit den Knochen abgleichen könnt?»

Tom trat an die Tür. «Nach der Pleite mit der Tante habe ich Manuel Hertz angerufen. Er wusste erst nichts, aber dann fiel ihm ein, dass seine Frau oft abends auf dem Sofa gelegen hat und dort auch manchmal eingeschlafen ist. Ein bestimmtes Kissen hat sie dabei als Kopfkissen benutzt. Mit etwas Glück finden sich daran Speichelspuren, die sich nach all der Zeit noch auswerten lassen. Laurel hat es abgeholt und ins Labor geschickt.» Er griff nach der Klinke. «Also dann. Schlaf gut. Und schließ hinter mir ab.»

«Mach ich.»

Er zögerte, dann beugte er sich vor und küsste sie auf die Wange. «Gute Nacht.»

Als er am Wagen stand, blickte er noch einmal hoch, doch diesmal war keine Silhouette hinter dem Rollo zu sehen.

Er wäre gerne bei Mascha geblieben, aber seine Tochter brauchte ihn. Mit einem dumpfen Gefühl der Zerrissenheit in der Brust stieg er ein und startete den Motor.

Donnerstag, 23. Januar

Sellnitz, am Morgen

Tom war überrascht, dass schon reger Betrieb herrschte, als er um halb acht das Revier betrat. Hardy telefonierte aufgeregt, Laurel schleppte einen Karton mit Akten in den Keller, und Senior empfing ihn mit ausgebreiteten Armen.

«Gut, dass du da bist.»

«Ist etwas passiert? Warum habt ihr nicht angerufen?»

«Nein, alles gut.» Senior winkte ab. «Hier ist nur vor einer halben Stunde ein Zeuge aufgetaucht, und ich denke, du solltest dir anhören, was er zu sagen hat.»

Tom zog seine Jacke aus. «Worum geht es?»

«Um Manuel Hertz. So ein netter Unschuldsengel, wie er tut, ist er offenbar gar nicht.»

«Ach nein? Wo ist der Zeuge?»

«Wartet da drin.» Senior deutete auf das größere der beiden Büros, wo Paul und die Streifenpolizisten ihre Arbeitsplätze hatten. «Ich wollte ihn nicht zu dir reinbitten, weil da die ganzen Details zum Fall an der Pinnwand hängen.»

«Sehr gut. Ich rede sofort mit ihm. Kannst du uns einen Kaffee organisieren?»

«Klar, mach ich.»

Kay Oswald war ein sympathischer Endfünfziger, dessen blaue Latzhose über dem runden Bauch spannte.

«Entschuldigen Sie, dass ich in Arbeitskleidung hier aufgekreuzt bin, Herr Engelhardt, aber ich muss gleich in den Betrieb.»

«Was arbeiten Sie?»

«Ich besitze eine Kfz-Werkstatt oben an der Tankstelle.»

Da war Tom schon vorbeigekommen. Vielleicht sollte er seinen Bulli mal von Oswald auf Vordermann bringen lassen. «Ich hoffe, es ist in Ordnung für Sie, wenn ich das Gespräch aufzeichne.» Er legte sein Handy ab. Sie hatten an Pauls Schreibtisch Platz genommen, über dem Fotos und Postkarten aus Hawaii an die Wand gepinnt waren.

«Was führt Sie zu uns?», fragte er und nickte Senior dankbar zu, der ihnen zwei Kaffeebecher samt Milch und Zucker auf den Tisch stellte.

Kay Oswald bediente sich, bevor er Toms Frage beantwortete. «Wie ich Ihrem Kollegen schon sagte, arbeitet Manuel für mich. Er ist freundlich zu den Kunden und zuverlässig, ich kann mich nicht beklagen.»

«Aber?», half Tom ihm auf die Sprünge.

«Manuel kann nicht gut mit Geld umgehen. Oder vielleicht sollte ich besser sagen, er kann schlecht Nein sagen. Vor einigen Jahren stand er kurz davor, Privatinsolvenz anzumelden.»

Na so was. «Wie kam es dazu?»

«Er hat lauter teuren Kram gekauft, den er nicht brauchte. Einen riesigen Fernseher, eine neue Küche, ein größeres Auto. Das meiste davon hat er wohl für Iris angeschafft. Sie hat sich immer für was Besseres gehalten, wollte hoch hinaus.»

Tom fiel auf, dass der Kfz-Meister in der Vergangenheit von Manuel Hertz' Ehefrau sprach, doch er kommentierte es nicht. «Und weiter?», fragte er.

Kay Oswald rieb sich die Hände. Sie waren groß und schwielig. «Bitte verstehen Sie mich nicht falsch, Herr Engelhardt. Ich mag Manuel, und ich möchte ihn nicht anschwärzen. Aber jetzt, wo es heißt, die Knochen vom Kliff könnten von Iris stammen …»

«Ja?»

Oswald holte tief Luft. «Kurz nachdem Iris weg war, hatte Manuel plötzlich Kohle. Konnte seine Schulden begleichen, alle auf einen Schlag.»

«Interessant.» Tom lehnte sich zurück. «Haben Sie ihn gefragt, woher er das Geld hatte?»

«Er hat etwas von einer Erbschaft erzählt. Eine Tante aus Süddeutschland hätte Iris eine größere Summe hinterlassen, und sie hätte mit ihm geteilt, bevor sie ging. Mich hat das gewundert. Wieso sollte sie das tun, wenn sie ihn verlassen wollte?»

«Wusste sie von den Schulden?»

Oswald zuckte mit den Schultern. «Soviel ich weiß, hat Manuel versucht, alle finanziellen Probleme von ihr fernzuhalten. Aber da die Privatinsolvenz drohte, hat er möglicherweise doch mit ihr geredet.»

«Da kam die Erbschaft ja mehr als gelegen», dachte Tom laut.

«Vielleicht war es ja genau so, wie Manuel behauptet hat», sagte Oswald und hob abwehrend die Hände. «Wie ich schon sagte, er ist ein anständiger Kerl, der keiner Fliege was zuleide tun würde.»

Menschen können einen manchmal überraschen, dachte Tom, auch solche, die man gut zu kennen glaubt.

«Ich danke Ihnen, Herr Oswald. Mein Kollege wird Ihre Aussage zu Protokoll nehmen, dann sind wir fertig.» Er erhob sich und reichte dem Mann die Hand.

Der Kfz-Meister stand ebenfalls auf. «Wird Manuel erfahren, dass ich bei Ihnen war?»

«Kommt darauf an», erwiderte Tom ausweichend.

«Manchmal tut man das Richtige, und es fühlt sich dennoch falsch an.»

Dieses Gefühl kannte Tom ebenfalls. «Machen Sie sich keine Vorwürfe», sagte er. «Wenn Ihr Mitarbeiter sich nichts hat zuschulden kommen lassen, muss er auch nichts befürchten.»

Er rief Senior herein, der sich um das Protokoll kümmern würde, ging hinüber in sein eigenes Büro und trat vor die Pinnwand mit den Fotos und Notizen.

Also womöglich doch nur ein banales Verbrechen aus Habgier, dachte er. Kein großes Geheimnis, kein unlösbares Rätsel. Alles, was ihnen gefehlt hatte, war die Identität des Opfers, um den Fall aufzuklären. Eine Frage blieb jedoch: Wie passte der zweite Tote ins Bild?

Anklam, am selben Morgen

Holger Dietrich erhob sich stöhnend vom Sofa. Grelles Licht fräste sich in seinen Schädel. Rasch kniff er die Augen zu und wandte sich vom Fenster ab. Auf dem Weg zum Klo rutschte er auf einem leeren Pizzakarton aus, konnte sich im letzten Moment am Türrahmen festhalten. Fluchend kickte er den Karton in die Ecke, bevor er die Badezimmertür hinter sich zuknallte.

Zwanzig Minuten später saß er frisch geduscht am Tisch, einen Becher pechschwarzen Kaffee vor sich. Er hatte drei Aspirin eingeworfen, den Pizzakarton und die leeren Bierdosen im Müll versenkt und seine im Zimmer verstreuten Klamotten eingesammelt.

Sein Handyakku war leer, also hatte er es an die Powerbank angeschlossen und scrollte durch seine Nachrichten. Nichts von Belang.

Frustriert warf er das Handy auf den Tisch. Diese ganze Scheiße war Maschas Schuld, Maschas und die von diesem Weichei Tom Engelhardt. Den beiden hatte er zu verdanken, dass er den ganzen Tag zu Hause hockte und sich aus Langeweile den Verstand aus dem Kopf soff.

Er hatte in Notwehr einen Zeugen erschossen, einen durchgeknallten Reichsbürger, der seinen Hund auf ihn gehetzt und mit einem Gewehr auf ihn geballert hatte. Um den Typen war es echt nicht schade, und was die Schießerei anging, war längst alles mit der Internen geklärt. Er hatte sich absolut korrekt verhalten.

Allerdings hatte Tom Engelhardt in dem Fall die Ermittlungen geleitet, und Holger war zu dem Zeugen gefahren, ohne Tom zuvor zu informieren. Was für ein Bullshit! Zumal es ursprünglich sein Fall gewesen war. Erst als sich herausgestellt hatte, dass Holgers und Toms Fälle zusammenhingen, wurden die Ermittlungen zusammengelegt und Tom die Leitung übertragen. Holger verstand immer noch nicht, warum dieser Dorfbulle ihm vorgezogen wurde. Höchstwahrscheinlich hatte er Verbindungen nach oben. Und Mascha hing mit drin. Seine feine kleine Schwester lief diesem Idioten hinterher wie ein Hündchen.

Dummerweise hatte Holger in letzter Zeit häufiger eigenmächtig gehandelt. Zwar hatte selbst sein Chef zugeben müssen, dass er es aus gutem Grund getan hatte, und den Erfolg hatte er sich auch sehr gern an die Brust geheftet, dennoch meinte er, es wäre Zeit für eine Disziplinarmaßnahme.

Holger nahm einen Schluck Kaffee und verzog den Mund, weil er viel zu bitter war. Er zündete sich eine Zigarette an und inhalierte tief.

Joost Bartelsen, der Kommissariatsleiter, wollte, dass er zur Psychologin ging. Vorher durfte er nicht mehr zum Dienst erscheinen. Eine Psychotante, ausgerechnet! Er hatte doch keinen an der Klatsche.

Als Bartelsen ihm seine Bedingung mitgeteilt hatte, wäre er beinahe ausgerastet. «Eine Psychologin? Was soll ich denn da?»

Sein Chef hatte sich im Stuhl zurückgelehnt. «Sie haben mehrmals ohne Absprache mit den Kollegen Ermittlungen durchgeführt, Herr Dietrich. Sie haben sogar ausdrücklichen Befehlen zuwidergehandelt. Ich fürchte, Sie haben ein Autoritätsproblem.»

Holger war aufgesprungen. «Geht es Ihnen noch gut? Was soll ich haben?»

Bartelsen hatte bloß die Brauen gehoben, und Holger nahm schnell wieder Platz. «Ich habe kein Problem damit, Anordnungen zu befolgen», versicherte er rasch. «Aber ich gebe zu, dass ich mich geärgert habe, weil man mir den Fall weggenommen hat.»

«Ein Mordfall ist kein Spielzeug, das einem gehört und mit dem kein anderer spielen darf», entgegnete Bartelsen kühl.

Holger ballte die Fäuste. Dieser Kerl drehte ihm die Worte im Mund herum.

«Ich sehe ja ein, dass nicht alles rund gelaufen ist», lenkte er zähneknirschend ein. «Versetzen Sie mich in ein anderes Kommissariat. Rauschgift. Meinetwegen auch Wirtschaftskriminalität.»

«Nein, tut mir leid. Sie kehren erst in den Dienst zurück, wenn die Psychologin grünes Licht gibt.» Mit diesen Worten hatte der Kommissariatsleiter sich erhoben und Holger die Hand entgegengestreckt. «Sie sind ein guter Polizist, Herr Dietrich. Daran besteht kein Zweifel. Sie haben sehr viele beeindruckende Ermittlungserfolge erzielt. Deshalb bin ich sicher, dass Sie auch diese Hürde nehmen werden.»

Bei der Erinnerung an Bartelsens herablassende Worte kochte sofort wieder die Empörung in Holger hoch. Er stieß eine Verwünschung aus und zerquetschte die Kippe im Aschenbecher. Er würde nicht vor dieser dämlichen Psychotante zu Kreuze kriechen, das fehlte ihm gerade noch. Dann lieber suspendiert bleiben. Immerhin hatte er so genug Zeit, sich zu überlegen, wie er Tom und Mascha dafür zahlen lassen würde, dass sie ihm das eingebrockt hatten.

Sellnitz, am selben Morgen

Mascha beendete das Telefonat und legte das Handy auf den Tisch, auf dem noch die Krümel von der Morgenbesprechung der Soko Sturm lagen. Sie hatte schlecht geschlafen, fühlte sich müde und ausgelaugt.

Tom trat zu ihr und reichte ihr frischen Kaffee. «Schlechte Nachrichten?»

Sie zuckte mit den Schultern. «Die Spusi hat Neles Handy nicht gefunden.»

«Der Täter muss es mitgenommen haben.»

«Sieht so aus.» Mascha nahm einen Schluck Kaffee. «Immerhin haben wir den Laptop aus ihrer Wohnung in Greifswald. Wenn mein Verdacht stimmt, müssten die Kollegen eine Malware darauf finden und möglicherweise auch E-Mails von einem mysteriösen Fotografen.»

Tom lehnte sich gegen den Tisch. «Ein Täter, der ein Faible für Narben hat. Das ist wirklich speziell.»

«Es gibt eine Menge Menschen mit seltsamen Vorlieben», entgegnete Mascha. «Aber sie werden deshalb nicht zwangsläufig zu Gewalttätern.»

«Auch wahr.» Tom stellte seine Tasse ab. «Ich habe Manuel Hertz noch nicht erreicht. Ich wollte ihn aufs Revier bestellen, für eine Aussage zu den angeblichen Schulden.»

«Er ist doch bestimmt auf der Arbeit.»

«Dachte ich auch, aber sein Chef sagt, er ist heute nicht aufgetaucht. Krank gemeldet ist er allerdings auch nicht mehr. Er hätte heute wieder anfangen sollen.»

«Vielleicht ist er beim Arzt.»

«Ohne vorher im Betrieb anzurufen?»

«Du hast recht, das klingt nicht gut.»

«Ich fahre jetzt hin. Kommst du mit?»

«Darf ich dich vorher noch um was bitten?»

«Klar.»

«Ich bin mir sicher, dass der Stalker sich noch auf dem Darß aufhält. Deshalb würde ich gern die Hotels und Ferienwohnungen checken. Ein bisschen rumtelefonieren, bei der Kurverwaltung nachfragen. Irgendwo muss der Typ ja untergekommen sein. Aber dazu bräuchte ich Hilfe.»

Tom überlegte. «Ich kann Laurel und Hardy damit beauftragen, wenn dir das hilft.»

«Das wäre großartig.»

«Ich bin ohnehin zuständig, jetzt wo der Täter hier in Sellnitz in Erscheinung getreten ist. Ich habe mich schon mit deinem Chef kurzgeschlossen, das LKA spricht alle Maßnahmen hier vor Ort mit mir ab. Ich hoffe, dass wir den Kerl bald erwischen. Es macht mich nervös, dass ein Gewalttäter in Sellnitz herumläuft und Frauen überfällt.»

Mascha stand auf und trat ans Fenster. Draußen schien die Sonne und ließ die letzten Schneereste wegtauen. «Ich werde das Gefühl nicht los, etwas zu übersehen.»

«Wie meinst du das?»

«Wir haben so viele Hinweise. Wir kennen seine spezielle Neigung, wir wissen, wie er die Frauen kontaktiert und wie er es schafft, in ihr Leben einzudringen. Trotzdem haben wir nicht einmal einen Verdächtigen.»

«Seid ihr alle einschlägig vorbestraften Männer durchgegangen?» Tom stellte sich neben sie.

«Mehrmals. Aber wir haben bundesweit niemanden gefunden, der auch nur annähernd ins Muster passt. Auch bei Europol sind wir nicht fündig geworden.»

«Dann hat er sich entweder bisher nichts zuschulden kommen lassen, oder er wurde nie erwischt.»

«Es gibt so viele Frauen, die Übergriffe nicht anzeigen.» Mascha seufzte. «Sie schämen sich. Oder fühlen sich mitschuldig.» Sie verschränkte die Arme vor der Brust. «Ich bin ja nicht besser. Ich habe den Angriff auf dem Parkplatz auch nicht offiziell den Kollegen gemeldet, weil ich nicht wollte, dass alle von meinem Schnatterinchen erfahren.»

Tom legte ihr den Arm um die Schultern. «Du hast es mir erzählt, und ich bin ein Kollege.»

Sie unterdrückte den Drang, den Kopf an seine Schulter zu lehnen. «Weil ich dich kenne und dir vertraue. Ich bezweifle, dass ich mit der Geschichte zu einem wildfremden Polizisten gegangen wäre.»

Am selben Tag

Mascha stieg sofort aus dem Wagen, als sie vor dem Haus von Manuel Hertz hielten. Tom schaffte es kaum hinterherzukommen. In ihm hallte noch der Moment eben am Fenster nach, als er den Arm um sie gelegt und das Gefühl der Nähe genossen hatte. Er hätte sie am liebsten gar nicht mehr losgelassen.

Immerhin sprang der Bulli wieder an, jetzt wo die Temperaturen gestiegen waren. Seinetwegen brauchte es auch nicht wieder kälter zu werden, er mochte den Winter nicht besonders.

Mascha wartete vor der Haustür. «Wie machen wir es?», fragte sie.

«Ich spiele gern den Bad Cop», erwiderte er.

«Wie du meinst.» Sie klingelte.

Im Haus rührte sich nichts.

Tom trat von der Tür weg und klopfte gegen das Küchenfenster. «Herr Hertz? Sind Sie zu Hause?»

«Da können Sie lange klopfen», ertönte eine Stimme hinter ihm. «Der ist gestern Abend weggefahren.»

Tom drehte sich um und entdeckte eine ältere Frau mit einer Einkaufstasche in der Hand auf dem Bürgersteig. Langsam ging er auf sie zu. «Guten Tag, Frau …?»

«Zeiss. Und wer sind Sie?»

«Wir sind von der Polizei. Mein Name ist Engelhardt. Das ist meine Kollegin Frau Krieger.»

«Kriminalpolizei?», fragte Frau Zeiss bestürzt. «Ist etwas passiert?»

«Wir müssen mit Herrn Hertz sprechen. Wissen Sie, wohin er gefahren ist? Oder wie wir ihn erreichen können?»

Die alte Dame zuckte mit den Schultern. «Wir sind zwar Nachbarn, aber ich kenne ihn kaum. Früher, als seine Frau noch bei ihm lebte, war das anders. Die Iris war sehr kontaktfreudig, mit der kam man immer ins Gespräch. Seit sie ihn verlassen hat, haben wir kaum ein Wort gewechselt.»

«Dann kannten Sie seine Frau gut?», hakte Tom sofort ein.

«Na ja, so wie man Nachbarn halt kennt. Ein kleiner Plausch über den Zaun, mal aushelfen mit einem Pfund Zucker. Solche Dinge halt.»

Mascha trat zu ihnen. «Waren Sie überrascht, als die beiden sich getrennt haben?»

«Auf mich hatten sie eigentlich einen glücklichen Eindruck gemacht. Da sieht man, wie man sich täuschen kann. Man guckt den Menschen halt nur vor die Stirn. War's das?» Sie hob die Einkaufstasche an. «Das Zeug muss in den Kühlschrank. Außerdem fängt es gleich an zu regnen.»

«Ja, danke, Frau Zeiss.»

Die Frau betrat das Nachbargrundstück, und Tom blickte nach oben. Tatsächlich hatte sich eine schwarze Wolkenwand vor die Sonne geschoben, die nichts Gutes verhieß.

Er wandte sich an Mascha. «Ich fürchte, er hat sich abgesetzt. Hat wohl kalte Füße bekommen. Ich versuche es jetzt noch einmal auf dem Handy. Wenn ich ihn nicht erreiche, beantrage ich einen Beschluss, und dann nehmen wir uns das Haus vor.»

Am selben Tag

Dicke Tropfen pladderten gegen die Windschutzscheibe und auf das Dach des alten Polizeibusses. Seit einer halben Stunde saßen sie jetzt im Bulli und warteten auf den Rückruf des Staatsanwalts, der den Durchsuchungsbeschluss beim Richter besorgen wollte.

Immerhin hatten sie die Zeit gut genutzt. Tom hatte den Schlüsseldienst verständigt und danach Laurel und Hardy angewiesen, die Unterkünfte in Sellnitz abzuklappern, und Mascha hatte bei der KT nachgefragt, was mit den Spuren in dem Haus war, in dem Nele Deters überfallen worden war.

Viel Neues gab es da leider nicht. Die braune Lache war Kakao, bei den Spritzern nahe der Bank handelte es sich um Neles Blut. Nachdem der Täter von ihr abgelassen hatte und verschwunden war, hatte Nele sich geschnitten bei dem Versuch, die Fesseln zu lösen. Das Seil war ein gewöhnliches Produkt aus dem Baumarkt, was sie leider nicht weiterbrachte.

Die Kollegen hatten zudem zahlreiche Fingerabdrücke und Haare von verschiedenen Personen sichergestellt. Bei einem Haus, das regelmäßig vermietet wurde, war das jedoch nichts Ungewöhnliches. Es würde schwer werden, alle Spuren zuzuordnen. Und da der Angreifer eine Skimütze getragen hatte, war es sehr unwahrscheinlich, dass eins der Haare von ihm stammte. Mascha war zudem davon überzeugt, dass der Täter Handschuhe getragen hatte. Und selbst wenn nicht, nützte ihnen das nur etwas, wenn seine Abdrücke bereits gespeichert waren.

Wenn sie doch bloß dieses Handy finden würden!

Immerhin wurde der Aufruf des LKA eifrig in den sozialen Medien verbreitet. Mascha hoffte, dass die Frau, der die Meerjungfrau gestohlen worden war, davon erfuhr und sich ein Herz fasste.

Toms Handy klingelte. «Das ist Westphal.» Er meldete sich, hörte kurz zu und bedankte sich dann.

«Der Typ ist zwar nicht ganz meine Kragenweite, aber er ist effizient, das muss man ihm lassen. Der Beschluss fürs Haus kommt gleich per Mail. Er umfasst auch das Auto und den Spind am Arbeitsplatz.»

«Perfekt.» Mascha spähte nach draußen. «Und da ist auch schon der Schlüsseldienst.»

Tom folgte ihrem Blick. «Passt doch.»

Fünf Minuten später betraten sie das Haus. Es roch muffig, und Mascha widerstand dem Drang, ein Fenster aufzureißen.

«Ich sehe die unteren Räume durch», sagte Tom. «Schaust du dich oben um?»

Mascha nickte und stieg die Treppe hinauf, zog dabei ein frisches Paar Handschuhe über. Auf dem Treppenabsatz rief sie nach Manuel Hertz, erhielt aber keine Antwort.

Es gab ein Schlafzimmer, ein Gästezimmer und ein Bad. Im Gästezimmer standen ein Schrank voller Tischdecken und Handtücher, sowie ein Schlafsofa, auf dem ein Haufen ungefaltete Wäsche lag. Vor dem Schrank türmten sich weitere Kleidungsstücke auf einem Bügelbrett. Gäste schienen hier selten zu übernachten. Mascha fragte sich, ob dieses Zimmer ursprünglich einmal ein Kinderzimmer hatte werden sollen. Sie vermutete, dass in Iris Hertz' hochtrabenden Supermodel-Lebensplänen kein Platz für Kinder gewesen war.

Im Bad gab es auf den ersten Blick nichts Auffälliges. Als Mascha jedoch den Schrank über dem Waschbecken öffnete, entdeckte sie Haarspray, Nagellack und verschiedene Lippenstifte. Entweder hatte Manuel Hertz doch eine neue Beziehung, oder er hatte es in sieben Jahren nicht geschafft, die Sachen seiner Frau auszusortieren.

Das Schlafzimmer bestätigte dieses Bild. Beide Bettseiten waren bezogen, wobei die Fensterseite eindeutig unbenutzt war. Auf dem Nachttisch lag ein Paar silberne Ohrringe, so als könnte Iris Hertz jeden Augenblick hereinkommen und sie anziehen. Der Anblick berührte Mascha.

Sie warf einen Blick in den Kleiderschrank, öffnete die Schubladen der Kommode, fand aber nichts außer noch mehr Wäsche. Sie ging wieder hinunter und traf Tom im Wohnzimmer an, wo er einen Stapel Papiere durchging.

«Ich finde keine Kontoauszüge, die älter sind als drei Jahre», sagte er.

«Vielleicht sind sie im Keller.»

Tom stöhnte. «Da muss jemand anders suchen. Wir haben schon viel zu viel Zeit hier verbracht.» Er wischte sich mit dem Handrücken über die Stirn. «Irgendwas Interessantes da oben?»

«Nichts. Abgesehen davon, dass alles aussieht, als wäre Iris Hertz nur eben einkaufen.»

Tom packte die Papiere zurück in den Schrank. «Glaubst du, er hat noch immer gehofft, sie würde eines Tages zu ihm zurückkehren?»

Mascha dachte nach. «Das würde bedeuten, dass er nichts mit ihrem Tod zu tun hat.»

«Falls sie wirklich tot ist. Noch haben wir keine Bestätigung aus dem Labor.»

«Wäre natürlich auch möglich, dass er die Tat verdrängt hat», überlegte Mascha weiter. «Wenn es im Affekt geschah, vielleicht im Streit um das Geld oder ihre Zukunftspläne, hat es ihm nachher womöglich leidgetan, und er hat es quasi in Gedanken ungeschehen gemacht. So was kommt vor. Er hat ja auch überall herumerzählt, dass sie nach Amerika gegangen ist. Vielleicht hat er am Ende selbst daran geglaubt.»

«Könnte auch sein, dass Iris einen Geliebten hatte», sagte Tom. «Schließlich gibt es da noch den zweiten Toten.»

«Stimmt.»

«Aber das alles ist im Augenblick reine Spekulation.» Tom blickte sich im Wohnzimmer um. «Jetzt müssen wir Hertz erst mal finden. Und abwarten, ob die DNA auf dem Kissen zu den Knochen passt. Dann sehen wir weiter.»

Am selben Tag

Seit über einer Stunde gießt es in Strömen. Die Wassermassen haben die letzten Schneereste weggespült und den Parkplatz in ein Schlammloch verwandelt. Angewidert betrachte ich die Sporthalle, die rangierenden SUV, die Mütter, die wie aufgescheuchte Hühner in Hunter Chelsea Boots mit ihren Sprösslingen im Schlepptau zu ihren Fahrzeugen hasten.

Ich überlege, ob ich die Aktion abbrechen soll. Es ist bereits dunkel, und der Regen behindert zusätzlich die Sicht. Ich weiß nicht einmal, ob ich den Jungen in dem Chaos überhaupt ausfindig machen kann. Vielleicht ist er auch längst weg und ich warte völlig umsonst.

Frustriert starte ich den Motor. In der Theorie kam mir meine Idee einfacher vor. Aber ich habe gelernt, mit kleinen Rückschlägen umzugehen. Ich werde meinen Plan umsetzen, wenn der richtige Moment gekommen ist.

Als ich vom Parkplatz rolle, schießt ein Bus um die Ecke. Ich trete in die Eisen, atme einmal tief ein und aus. Das war knapp. Ich muss mich zusammenreißen. Eine Sekunde nicht achtgegeben, und schon wäre es beinahe passiert.

Ich wische mir den Schweiß von der Stirn, als mein Blick auf die Haltestelle auf der gegenüberliegenden Straßenseite fällt. Zwei magere Gestalten hasten gerade unter das Dach. Sie sind vollkommen durchnässt. Einer zieht ein Handy aus der Tasche, steckt es jedoch nach einem kurzen Blick aufs Display frustriert wieder weg. Ich kneife die Augen zusammen. Durch den Regenschleier sind die Gesichter nicht zu erkennen, aber die Jacke des einen habe ich schon mal gesehen.

Wenn das kein Wink des Schicksals ist. Ich fahre langsam hinüber und lasse die Scheibe auf der Beifahrerseite hinuntergleiten. Die beiden drehen sich neugierig zu mir um.

Ich beuge mich zum Fenster. «Na, Bus verpasst?»

Am selben Abend

Der Weg war eine einzige Schlammgrube, und Tom befürchtete, mit dem Bulli stecken zu bleiben. Zumal er im Licht der Scheinwerfer nicht jedes Wasserloch rechtzeitig sah. Er fragte sich, was er überhaupt hier wollte. Senior hatte es dringend gemacht am Telefon, aber Tom hatte so seine Zweifel. Es ging mal wieder um die Bülow-Schwestern, zwei Damen Ende achtzig, die allein in einer maroden Holzvilla am Wald lebten.

Tom kannte Waltraud, die Ältere, inzwischen ein wenig, und seiner Erfahrung nach neigte sie dazu, die Dinge zu dramatisieren. Er hatte den Verdacht, dass die Frauen hier draußen einsam waren. Andererseits hatte Waltraud ihnen im Ripper-Fall einen entscheidenden Hinweis gegeben, also brach er sich keinen Zacken aus der Krone, wenn er kurz vorbeischaute, bevor er heimfuhr.

Er parkte den Bulli am Wegesrand hinter dem Kombi des Elektrikers und Seniors Schwalbe-Roller. Die alte Holzvilla mit den Türmchen und Erkern war hell erleuchtet, also war der Stromausfall wieder behoben.

Tom aktivierte die Taschenlampenfunktion an seinem Handy und stieg vorsichtig aus. Er wollte nicht schon wieder in eine Pfütze treten. Zum Glück hatte es aufgehört zu regnen, und die milde Luft, die von der Küste herüberwehte, war salzgeschwängert. Das Meer war nur wenige Hundert Meter entfernt, grenzte unmittelbar an das Waldstück hinter der Villa.

Langsam watete Tom durch den Matsch auf das Gartentor mit den eisernen Blumenranken zu. Es quietschte genauso laut wie bei seinem ersten Besuch hier vor genau zwei Wochen. Da hatten die beiden Schwestern einen vermeintlichen Einbrecher gemeldet. Die Spuren im Keller hatten jedoch eher darauf hingedeutet, dass dort ein Tier eingedrungen war.

Senior erwartete Tom im Windfang vor der Haustür.

«Wie ich sehe, funktioniert das Licht wieder», begrüßte Tom ihn.

«Der Elektriker hat da was gefrickelt, damit die beiden nicht ohne Strom dastehen.» Der Kollege blickte zum Kombi hinüber. «Morgen kommt er wieder und behebt den Schaden richtig.»

«Und was für ein Schaden ist das? Ich bin doch nicht wegen ein paar maroder Leitungen hier, oder?»

«Schau selbst.» Senior stieg die Stufen hinunter und machte sich daran, das Haus zu umrunden.

Zum Glück gab es einen mit Platten ausgelegten Weg, sodass man trockenen Fußes zur Rückseite gelangte. Neben der Kellertür stand ein Mann in Arbeitshose und Daunenjacke.

«Das ist mein Chef, Kriminalhauptkommissar Engelhardt», sagte Senior. «Zeigen Sie ihm, was Sie mir gezeigt haben.»

Der Mann drehte sich zu Tom um. «Das ist unfassbar, das glauben Sie nicht.» Er deutete auf einen kleinen schwarzen Kasten am Treppenaufgang. «Das ist ein uralter Hauptverteiler aus Bakelit, vermutlich aus den Anfangszeiten der DDR.»

«Und?», fragte Tom wenig beeindruckt.

«Um es kurz zu machen: Da drinnen befinden sich drei alte Schraubsicherungen. Die hat irgendwer rausgedreht und danach das Kabel gekappt, das vom Anschlusskasten zur Hauptverteilung führt.» Der Elektriker tippte mit einem Schraubenzieher auf ein Kabel. «Ich habe das jetzt notdürftig repariert, für eine Nacht ist das in Ordnung. Morgen baue ich einen neuen Hauptanschlusskasten ein.»

Tom betrachtete den Kasten mit einem mulmigen Gefühl. «Sind Sie sicher, dass das Kabel sich nicht einfach gelöst hat?»

Der Elektriker betrachtete ihn mit hochgezogenen Brauen. «Wissen Sie, dass einer ermordet wurde, wenn er mit einem Messer im Bauch vor Ihnen liegt?»

«Ähm ...»

«Ich habe in meinem Leben schon Millionen von Kabeln gesehen, und zwar in jedem Zustand. Gebrochen, abgerissen, korrodiert oder was auch immer. Ich erkenne, wenn sich jemand an der Leitung zu schaffen gemacht hat.»

«Okay, hab's kapiert. Wie gut muss man sich auskennen, um so was zu machen?»

«Das kriegt jeder Hobby-Heimwerker hin, der schon mal eine Steckdose montiert hat.»

«Gut. Danke erst mal.» Tom trat zur Seite und winkte Senior zu sich heran. «Das gefällt mir nicht», sagte er leise. «Bisher dachte ich ja, die beiden alten Damen langweilen sich. Aber das ist verdammt ernst.»

«Deshalb habe ich dich hergerufen.»

Tom betrachtete das Haus. «Ich denke, wir können ausschließen, dass eine der beiden Schwestern das Kabel selbst durchtrennt hat.»

Seniors Augen wurden groß. «Der Gedanke wäre mir gar nicht gekommen.»

«Man sollte immer alle Optionen erwägen.» Tom zog das Handy hervor. Schon halb sieben, er sollte längst bei der Tagesmutter sein. «Aber in diesem Fall ist es wohl mehr als unwahrscheinlich. Also suchen wir jemanden, der den Frauen schaden will. Die Frage ist: Was bezweckt er? Will er sie erschrecken? Ärgern? Oder hat er etwas Schlimmeres im Sinn?»

Senior legte die Stirn in Falten. «Da bin ich total überfragt.»

«Deshalb möchte ich, dass du diskret Erkundigungen einziehst. Stochere ein bisschen in der Vergangenheit der Schwestern herum. Informier dich über die Besitzverhältnisse. Finde heraus, wer die beiden näher kennt. Du könntest zum Beispiel bei unserem Staatsanwalt anfangen. Der hat als Kind angeblich hier auf dem Grundstück Äpfel geklaut.»

«Und jetzt schneidet er Stromkabel durch?»

«Nein, natürlich nicht.» Tom lachte. «Aber er kennt die Schwestern seit Jahrzehnten, vielleicht weiß er, wer ein Motiv hätte, ihnen das Leben schwer zu machen.»

Am selben Abend

Janine dimmte das Licht und rollte sich auf dem Sofa zusammen. Sie hatte die Wohnungstür abgeschlossen und den Schlüssel im Küchenschrank in einer Tasse versteckt, in der Hoffnung, dass ihr Schlafwandler-Ich ihn dort nicht finden würde, falls es heute Nacht wieder das Regiment übernehmen wollte.

Die Therapeutin hatte ihr damals erklärt, was mit ihr nicht stimmte. Ihre Krankheit nannte sich Poriomanie oder auch Fugue, was französisch war und Flucht bedeutete. Eine Störung der Impulskontrolle, die zwanghaftes Weglaufen auslöste, ohne dass ein nachvollziehbarer Grund dafür vorlag. Auch der Gedächtnisverlust gehörte zum Krankheitsbild. Der Zustand war sehr gefährlich, denn man konnte im Straßenverkehr verunglücken oder stürzen. Oder an Unterkühlung sterben, wenn man sich zu lange draußen aufhielt, so wie es ihr beinahe passiert wäre in dieser verlassenen Scheune.

Janine hatte den Weg von dem Feld nach Sellnitz auf der Karte nachvollzogen, sie hatte sich Montagnacht fast sechs Kilometer von ihrem Zuhause entfernt. Und das zu Fuß im knöcheltiefen Schnee. Sie hatte unfassbares Glück gehabt, dass nichts Schlimmeres geschehen war.

Es gab verschiedene Ursachen für Poriomanie. Sie trat häufig bei älteren Menschen auf, dann hatte sie meistens mit Demenz zu tun.

Neurosen, Wahn oder Schizophrenie waren weitere mögliche Auslöser. Oder ein nicht verarbeitetes Trauma. Janine wusste, woher ihr Fluchttrieb kam. Er hatte seinen Ursprung in jener Sturmnacht vor vielen Jahren, da war sie sicher. Nur leider erinnerte sie sich nur bruchstückhaft an das, was damals geschehen war. Und eigentlich war sie froh darüber. Sie hatte Angst vor der Erinnerung, wollte nicht zurückkehren zu dem Moment, der so schrecklich gewesen war, dass er sie noch Jahre später nachts aus dem Haus trieb.

Aber vielleicht musste sie sich endlich der Wahrheit stellen, vielleicht war es der einzige Weg, Frieden zu finden. Und ihren Sohn zu retten.

Bei dem Gedanken an Torge schnürte sich ihr die Kehle zu. Für ihn würde sie alles tun, sogar ihre Dämonen wecken.

Als er vorhin vom Sport nach Hause gekommen war, hatte sie zufällig am Fenster gestanden. Sie hatte sich über den fremden Wagen gewundert, sich gefragt, wer ihren Sohn wohl mitgenommen hatte. Bis der Fahrer ausgestiegen war und zu ihr hochgeblickt hatte. Ihr war übel geworden vor Schreck. Und obwohl alles in ihr nach Flucht geschrien hatte, war sie nicht imstande gewesen, sich auch nur einen Millimeter vom Fenster wegzubewegen.

Hilflos hatte sie zugesehen, wie dieser Dreckskerl ihrem Sohn zum Abschied auf die Schulter klopfte, bevor er die Hand hob und ihr zuwinkte.

Am selben Abend

Mascha tastete nach ihrer Dienstwaffe, bevor sie aus dem Haus trat. Einerseits war es leichtsinnig, sich so als Opfer anzubieten, andererseits war sie vorbereitet. Sollte der Stalker noch einmal versuchen, sie anzugreifen, würde er sein blaues Wunder erleben.

Während sie kräftig ausschritt, zog sie ihr Handy hervor und wählte Olivers Nummer.

«Mascha?»

«Hi, ich wollte fragen, ob es schon Neuigkeiten zu dem Laptop aus Nele Deters' Wohnung gibt.»

«Du glaubst wohl, nur weil du kein Privatleben hast, würden alle anderen auch bis spät in die Nacht arbeiten.»

«Ich störe dich bei einem Date?»

Oliver schnaubte. «Glaubst du, das würde ich dir auf die Nase binden?»

«Wetten, dass du noch am Schreibtisch sitzt?» Mascha sprang über eine Pfütze.

«Was willst du, Mascha?» Er klang leicht genervt. Womöglich hatte er tatsächlich eine Verabredung. Oder er war sauer, weil Mascha ihn durchschaut hatte.

«Sagte ich doch», entgegnete sie.

«Auf dem Laptop war eine Malware, die den Zugriff auf Kamera und Mikro von außen ermöglicht hat. Und ein paar verdächtige Mails von einem angeblichen Fotografen.»

«Ich wusste es.»

Mascha passierte eine Einfahrt, bemerkte aus den Augenwinkeln eine Bewegung. Rasch legte sie die Hand ans Holster.

«Es rauscht so», sagte Oliver. «Du bist doch nicht etwa allein draußen im Dunkeln unterwegs?»

«Bin gleich an der Haustür.»

Das stimmte sogar. Mascha hatte ihre Runde beendet und konnte das Haus bereits sehen.

«Mascha, ich …»

«Alles gut, Oliver. Wir sprechen uns morgen.» Sie legte auf.

Als sie das Handy wegsteckte, hörte sie Schritte hinter sich. Vorsichtig zog sie die Waffe aus dem Schulterholster, drehte sich aber noch nicht um. Die Schritte kamen näher.

In dem Moment trat vor ihr eine Gestalt aus dem Hauseingang und torkelte auf sie zu. «Na endlich», lallte eine Stimme, die Mascha merkwürdig vertraut vorkam.

Sie beachtete den Betrunkenen nicht, sondern fuhr herum, sah eine Person wegrennen.

Sie hob die Waffe. «Halt! Stehen bleiben, Polizei!»

Doch der Unbekannte rannte einfach weiter.

Mascha setzte sich ebenfalls in Bewegung, versuchte, den Flüchtenden in der Dunkelheit nicht aus den Augen zu verlieren. Als sie die hell erleuchtete Hauptstraße erreichte, hielt sie inne und blickte in alle Richtungen. Ein Auto fuhr vorbei, ein paar Menschen waren zu Fuß unterwegs. Niemand, der es eilig hatte. Verfluchter Mist.

Frustriert kehrte Mascha zum Haus zurück. Der Besoffene lehnte an der Hauswand. «Haste ihn nicht erwischt?»

Mascha trat näher. «Holger, was in aller Welt machst du hier?»

«Ich passe auf meine kleine Schwester auf, weil dieser Pisser von einem Dorfbullen nicht dazu in der Lage ist.» Holger wollte auf sie zugehen, doch er stolperte über seine eigenen Füße.

Mascha konnte ihn gerade noch auffangen. Sie war wütend, weil er den Unbekannten vertrieben hatte. Und weil er sich sturzbesoffen zum Affen machte. Aber sie konnte ihn schlecht in dem Zustand auf der Straße herumlaufen lassen, also schloss sie die Haustür auf und bugsierte ihn hinein. Sie nahmen den Aufzug, trotzdem war Mascha schweißgebadet, als sie Holger ins Apartment schob.

Er steuerte zielstrebig das Schlafsofa an.

«Halt, da schlafe ich», rief sie, doch er hatte sich bereits fallen gelassen.

Sie zog das Schulterholster aus, schloss die Waffe in der Schreibtischschublade ein und setzte sich zu ihm. «Ich glaube, ich mache uns mal einen Kaffee.»

«Ich will lieber ein Bier.»

«Du hattest offensichtlich mehr als genug. Was ist los, Holger?»

«Das fragst du? Wer hat mich denn in diese Lage gebracht?»

Mascha seufzte. «Ist es, weil du suspendiert wurdest?»

Holger grummelte bloß unwillig.

Mascha erhob sich und trat ans Fenster. Eigentlich hatte sie nicht die geringste Lust, sich Holgers Gejammere anzuhören. Dass er mal wieder suspendiert worden war, hatte er sich selbst zuzuschreiben. Sein Problem, wenn er sich nicht an die Regeln hielt.

In gewisser Weise ähnelten sie sich sogar. Sie waren beide stur und ließen sich ungern etwas sagen. Aber es gab einen entscheidenden Unterschied. Mascha stand für ihre Fehler gerade, während Holger stets bei anderen die Schuld suchte.

Hinter ihr hatte ihr Bruder angefangen, laut zu schnarchen. Na wunderbar. Sie überlegte, ob sie um diese Zeit noch bei Tom aufkreuzen konnte. Vermutlich hätte er nichts dagegen, aber sie ließ Holger ungern allein in der Wohnung zurück. Wer wusste, was er diesmal anstellte, um ihr eins auszuwischen. Und da es keinen anderen Schlafplatz gab, würden sie sich für diese Nacht das Sofa teilen müssen.

Unbekannter Ort

Kira schrie auf, als das scharfkantige Metall ihre Haut aufritzte. Ein brennender Schmerz fuhr ihr in die Hand, sie spürte warmes Blut, das ihr über die Finger rann.

Verdammt, verdammt.

Einen Moment lang konnte sie nichts anderes tun, als mit zusammengebissenen Zähnen abzuwarten, bis der Schmerz ein wenig abebbte. Sie konnte ja in dieser verfluchten Dunkelheit nicht einmal sehen, wie schwer sie sich verletzt hatte.

Der Gedanke durchzuckte sie, dass sie es auch gleich jetzt und hier beenden konnte. Wenn ihr selbst gebasteltes Werkzeug so scharfkantig war, konnte sie sich damit auch die Pulsadern aufschlitzen. Der Gedanke hatte etwas ungemein Verlockendes. Sie brauchte nur etwas Mut, musste den inneren Widerstand überwinden, den Schmerz aushalten, wenn das dünne Blech ihre Haut ritzte und ihre Adern aufschnitt.

Nein, rief sie sich zur Ordnung. Sie würde nicht aufgeben. Solange sie noch einen Funken Energie im Körper hatte, würde sie kämpfen.

Immerhin hatte ihr Entführer offenbar nicht vor, sie zu töten. Zumindest vorerst nicht. Sie hatte auf dem Boden gelegen, bereits vollkommen entkräftet, halb verdurstet und verhungert und starr vor Kälte, als der Unbekannte ein zweites Mal ihr Gefängnis betreten hatte. Wieder hatte sie das Licht der Stirnlampe so sehr geblendet, dass sie nichts hatte erkennen können.

Ohnehin hätte sie in dem Moment nicht die Kraft gehabt, sich zu erheben. Geschweige denn, sich gegen ihren Peiniger zu wenden.

Zu ihrer Überraschung hatte er diesmal noch mehr mitgebracht. Nicht nur eine weitere Tüte mit Lebensmitteln, sondern auch eine Isomatte, eine zweite Decke und einen Eimer für ihre Notdurft. Und einen ganzen Kasten Wasser. Diese Dinge hatten sie so mit Zuversicht und neuem Lebensmut erfüllt, dass sie beschlossen hatte, noch einmal zu versuchen, in die Freiheit zu entkommen. Diesmal wollte sie jedoch nicht das Holz der Tür bearbeiten, das offenbar nicht halb so morsch war, wie es sich unter ihren Fingern anfühlte, sondern das Schloss. Es handelte sich um ein einfaches Buntbartschloss, das sich irgendwie knacken lassen musste. Erst hatte sie versucht, den Nagel aus dem Mauerwerk zu lösen, mit dem sie ihre Fesseln durchgeschnitten hatte. Vergeblich.

Also hatte sie sich darangemacht, die Lebensmittelverpackungen unter die Lupe zu nehmen. In der Tüte befand sich unter anderem ein Glas mit Würstchen. Noch vor einer Woche hätte Kira die Nase gerümpft und lieber auf Essen verzichtet, statt so einen Fraß in sich reinzustopfen. Aber der Hunger hatte sie Demut gelehrt. Nachdem sie die Würstchen verzehrt hatte, ganz langsam eins nach dem anderen, und sogar die Lake getrunken hatte, hatte sie sich darangemacht, den Deckel aus Weißblech mithilfe des Ziegelsteins, den sie aus der Mauer hatte lösen können, zurechtzubiegen. Es war jedoch nicht so einfach gewesen, wie sie es sich vorgestellt hatte. Und dann war der Deckel gebrochen, und sie hatte sich an der scharfen Bruchkante verletzt.

Der Schmerz war inzwischen abgeebbt, und Kira berührte vorsichtig die Stelle an ihrer Hand. Der Schnitt war tief und klaffte ein wenig auf, aber es würde gehen. Da sie nichts anderes hatte, riss sie unten am Saum ein Stück von ihrem T-Shirt ab und wickelte es um die Wunde. Dann tastete sie die beiden Deckelteile ab, entschied sich für eins und bewegte sich vorsichtig auf die Tür zu. Inzwischen kannte sie ihr Gefängnis so gut, dass sie keine Schritte mehr zählen musste, um zu finden, was sie suchte.

Behutsam schob sie das L-förmige Stück Blech in die Öffnung und bewegte es. Sofort verbog es sich. Kira bog es wieder zurecht und versuchte es erneut. Und gleich noch einmal.

Sie wusste nicht, wie viele Versuche sie hinter sich hatte, als sie es aufgab und das Blech frustriert auf den Boden schleuderte. Wut wogte in ihr auf. Sie trat gegen die Tür, wieder und wieder. Sie schrie, hämmerte mit den Fäusten gegen das Holz, ignorierte dabei den Schmerz in der verletzten Hand.

Ihr Zorn verrauchte, machte Verbitterung Platz. Eben noch war sie voller Optimismus gewesen, doch der war geplatzt wie eine Seifenblase. Sie spürte, wie ihr die Tränen kamen. Frustriert sank sie zu Boden, zog die Beine an und bettete das Gesicht auf den Knien. Wozu strampelte sie sich eigentlich ab? Es vermisste sie ohnehin niemand. Was spielte es da für eine Rolle, ob sie lebte oder tot war?

Als sie den Fuß bewegte, berührte sie das Stück Blech. Sie griff danach, drückte es probeweise auf ihren Puls. Sie zögerte. Wie weh würde es tun? Wie lange würde es dauern, bis sie das Bewusstsein verlor?

Freitag, 24. Januar

Sellnitz, am Morgen

Tom nahm seinen Kaffeebecher und setzte sich zu den anderen an den Besprechungstisch. Er war schon wieder müde, weil Romy ihn um fünf Uhr geweckt hatte, um im Internet einen Schulranzen auszusuchen. Sie hatte sich nicht zurück ins Bett bringen lassen, also hatte er sich mit einem doppelten Espresso mit ihr vors Tablet gehockt und Favoriten angekreuzt.

Romys Freund Elias war gestern zum ersten Mal wieder in den Kindergarten gekommen, und offenbar hatten sich seine Eltern nicht durchsetzen können mit der Forderung, er müsse die Gruppe wechseln. Also hatten Romy und er den ganzen Vormittag miteinander gespielt und dabei offenbar auch eifrig einen Prospekt mit Schulsachen studiert.

Tom nahm einen Schluck Kaffee. Alle bis auf Mascha waren bereits versammelt. Er blickte auf die Uhr. Sie hätte vor zehn Minuten da sein müssen. Sofort legte sich Sorge wie ein Stein auf seine Brust. Er griff nach dem Handy, um sie anzurufen, da ging die Tür auf, und sie eilte in den Raum.

«Sorry für die Verspätung.» Sie zog die Jacke aus und ließ sich auf ihren Platz gleiten. «Ich hatte eine echt beschissene Nacht.»

Tatsächlich hatte sie dunkle Ringe unter den Augen.

«Was ist passiert?», fragte Tom.

Sie winkte ab. «Tut nichts zur Sache.»

Paul schob ihr die Tüte hin, die er vom Bäcker mitgebracht hatte. «Die Zimtschnecken sind noch warm.»

«Danke, du bist ein Schatz.»

Tom nahm sich vor, Mascha nach der Besprechung zur Seite zu nehmen. Irgendetwas war passiert.

«Es gibt Neuigkeiten», begann er. «Die DNA der toten Frau vom Kliff stimmt mit der an dem Kissen überein, das Manuel Hertz uns gegeben hat. Wir wissen nun also sicher, dass es sich um die sterblichen Überreste seiner Frau handelt.»

«Das ist doch mal eine gute Nachricht», brummte Paul. «Genau drei Wochen nach dem Auffinden der Knochen ist eins der beiden Opfer identifiziert.»

«Das ist wirklich nicht so schlecht, wie es sich anhört», entgegnete Tom mit Nachdruck. «Bei so alten Fällen kann man die Identität der Toten oft gar nicht mehr feststellen.»

«Interessant, dass Hertz uns das Kissen einfach so übergeben hat», murmelte Björn.

«Könnte dafür sprechen, dass er nichts mit ihrem Tod zu tun hat», sagte Paul.

«Oder dass er kein abgebrühter Killer ist.» Mascha wischte sich die Zuckerkrümel vom Mund. «Manche Täter sind erleichtert, wenn sie gefasst werden und das Versteckspiel endlich ein Ende hat.»

«Und warum ist er dann abgehauen?», fragte Paul.

«Guter Punkt.» Mascha wandte sich an Tom. «Noch immer keine Spur von ihm?»

«Leider nicht. Weder von ihm noch von seinem Auto. Und das Handy lässt sich nicht orten, weil es ausgeschaltet ist. Aber ich bin sicher, dass wir ihn bald finden. Seine Flucht war ja offenbar nicht geplant. Er hat weder einen Koffer gepackt noch seine Zahnbürste mitgenommen.»

«Vielleicht ein Täuschungsmanöver», gab Björn zu bedenken. «Oder er hatte es sehr eilig. Man kann sich schließlich überall eine Zahnbürste und neue Klamotten kaufen.»

«Ich habe da auch noch was Interessantes.» Paul zog ein Blatt hervor. «Mein Kontakt bei der Bank hat für mich die Unterlagen rausgesucht. Auf Hertz' Konto wurde vor rund sieben Jahren eine größere Summe überwiesen, mit der er die Schulden begleichen konnte.»

«Die Erbschaft?», fragte Mascha.

«Nein. Irgendeine dubiose Kreditfirma.»

«Moment», hakte Tom ein. «Heißt das, Hertz hat sich Geld geliehen, um damit die Schulden zu tilgen?»

«Sieht so aus. Aber interessanterweise hat er nie irgendwelche Raten an diese Firma bezahlt, zumindest nicht über seine Hausbank. Mein Kontakt meint, er müsse das Geld bar zurückgezahlt haben. Anders kann er sich das nicht erklären. Bei diesen Firmen weht ein kalter Wind, und die Zinsen sind horrend.»

«Oder das Geld von der Erbschaft ging direkt an diese Kreditfirma», überlegte Mascha laut und gähnte. «Dann hätte die Hausbank gar nichts davon mitbekommen.»

«Da haben wir leider sofort das nächste Problem.» Tom tippte mit dem Kuli auf seine Notizen. «Ich habe eben noch einmal mit der Tante in Wismar telefoniert, weil ich wissen wollte, ob es weitere Verwandte von Iris Hertz gibt. Sie wusste von niemandem. Und auch von keiner Erbschaft.»

«Das muss aber nichts heißen, oder?», wandte Björn ein. «Diese Tante hatte doch kaum Kontakt mit ihrer Nichte. Gut möglich, dass sie von der Erbschaft gar nichts erfahren hat.»

«Denkbar wäre es», räumte Tom ein. «Allerdings haben wir in den Unterlagen aus dem Haus bisher auch nichts darüber gefunden.»

«Und was glaubst du? Dass der zweite Tote der Lover von Iris Hertz war und das Geld von ihm stammte?»

Tom sah Björn überrascht an. Der Gedanke war ihm noch gar nicht gekommen. «Ich weiß es nicht. Jedenfalls möchte ich, dass ihr beide, Paul und du, mit den Unterlagen weitermacht. Seht euch jeden Fetzen Papier aus dem Haus von Hertz an. Irgendwo muss es eine Spur des Geldes geben. Und ich bin sicher, dass sie zum Mörder führt.»

Tom beendete die Besprechung und bat Mascha, noch kurz dazubleiben.

«Ich wollte noch mal schnell ins Krankenhaus», wandte sie ein, «um mit Nele Deters zu sprechen. Sie wird heute entlassen und will zu ihren Eltern fahren.»

«Nur fünf Minuten.» Tom wartete, bis sie allein waren, dann sah er sie prüfend an. «Was ist los, erzähl!»

Sie zuckte mit den Schultern. «Holger stand gestern stockbesoffen vor meiner Haustür. Ich konnte ihn in dem Zustand schlecht dort stehen lassen, also hat er die Nacht auf meinem Schlafsofa verbracht.»

«Ist nicht wahr.» Er schüttelte ungläubig den Kopf. «Was wollte er denn von dir?»

«Viel habe ich nicht aus ihm rausgekriegt. Aber ich glaube, er gibt mir die Schuld daran, dass er mal wieder suspendiert wurde.»

«So ein Idiot.» Tom betrachtete sie nachdenklich. «Hat er ein Alkoholproblem?»

«Das wäre mir neu.» Mascha setzte sich auf die Tischkante. «Andererseits habe ich seit Jahren kaum Kontakt zu ihm.»

«Mir gefällt das nicht.»

«Glaubst du, mir gefällt das?» Sie rieb sich die müden Augen. «Und das ist noch nicht alles. Ich war gestern noch mal kurz draußen, und jemand ist mir gefolgt.»

«Scheiße.»

«Alles gut, ich hatte meine Waffe dabei.»

Tom beruhigte das nicht. Bei einem plötzlichen Angriff von hinten nützte eine Pistole überhaupt nichts.

«Guck nicht so besorgt», sagte Mascha. «Ich hatte alles im Griff. Bis Holger aufgetaucht ist und den Kerl verscheucht hat.»

Tom hätte nicht gedacht, dass er Holger je für etwas dankbar sein würde. Aber in diesem Moment war er unendlich erleichtert. «Wenn der Kerl jetzt denkt, dass Holger dein Freund ist, kommt er womöglich nicht wieder.»

«Das befürchte ich auch.» Mascha blickte auf die Uhr. «Ich muss los, sonst erwische ich Frau Deters nicht mehr.» Sie zog ihre Jacke an.

Tom blickte ihr mit gemischten Gefühlen hinterher. Ihm war klar, dass er ihr keine Vorschriften machen durfte, zumindest nicht, wenn es nicht direkt mit dem Fall zu tun hatte, und dass sie als Polizistin gut selbst auf sich achtgeben konnte. Aber sie war nicht unverwundbar, und er würde es sich nie verzeihen, wenn ihr etwas zustieße.

Am selben Morgen

Nele Deters wartete fertig angezogen auf dem Bett, eine Reisetasche zu ihren Füßen. Ein Mann um die fünfzig saß neben ihr, seinen Arm beschützend um ihre Schultern gelegt.

«Das ist mein Vater», erklärte Deters, nachdem sie Mascha begrüßt hatte. «Er fährt mich heim.»

«Das ist gut. Ich habe auch nur noch ein paar kurze Fragen. Wenn Sie uns für einen Augenblick allein lassen könnten, Herr Deters?»

Der Mann zögerte.

«Schon in Ordnung, Papa.»

«Dann bringe ich die Tasche ins Auto.» Er bückte sich danach, küsste seine Tochter auf die Stirn und verließ das Zimmer.

Mascha war froh, dass die junge Frau nicht allein nach Hause fahren musste. Sie brauchte jetzt das Gefühl, sicher und geborgen zu sein. Zudem lief der Täter noch frei herum. Die Überprüfung der Hotelzimmer und Ferienwohnungen hatte nichts gebracht. Zwar gab es auch um diese Jahreszeit einige Feriengäste, doch es war kein einziger alleinstehender Mann darunter.

Mascha zog sich einen Stuhl heran. «Wie fühlen Sie sich?»

«Schrecklich.»

«Es braucht Zeit.» Sie zögerte. «Werden Sie bei Ihren Eltern wohnen?»

«Oh, Sie meinen wegen meiner Stiefmutter? Wegen dem,

was sie mir angetan hat?» Nele Deters strich sich über die Arme. «Mein Vater hat sich vor Jahren von ihr scheiden lassen. Die Frau, mit der er jetzt zusammenlebt, ist sehr nett.»

«Das ist gut.» Mascha nickte erleichtert. «Ist Ihnen noch etwas eingefallen, das uns helfen könnte? Denken Sie zum Beispiel an die Stimme des Mannes: Hatte er einen Akzent? Oder sprach er mit Dialekt?»

«Ich fürchte, da kann ich Ihnen nicht weiterhelfen. Ich hatte solche Todesangst, dass alles, was an dem Abend passiert ist, im Nebel liegt. Ich erinnere mich nur verschwommen daran.»

«Aber was seine Worte angeht, sind Sie sicher? In Bezug auf die Narben, meine ich?»

«Ja. Absolut. Weil es mich so geschockt hat.»

«Haben Sie sich selbst ausgezogen?»

«Er hat mich dazu gezwungen. Er hatte ein Messer.»

«Und dann?»

«Hat er mich gefesselt und an der Bank festgebunden. Danach hat er Fotos von den Narben gemacht. Mit seinem Handy.»

«Hat er sonst noch etwas getan? Hat er Sie berührt?»

«Ich weiß nicht.»

«Überlegen Sie in Ruhe.»

Nele Deters betrachtete ihre Finger. «Ich glaube, er hat die Narben gestreichelt.» Sie schauderte. «Er hatte solche dünnen Handschuhe an, jetzt erinnere ich mich wieder, es war ein grauenhaftes Gefühl. Ekelig. Und erniedrigend.»

Mascha unterdrückte die Wut, die in ihr aufstieg. «Und die ganze Zeit hat er nicht mehr gesprochen?»

«Kein Wort. Bis auf …»

«Erzählen Sie.»

«Er bekam einen Anruf, das hat ihn ziemlich aufgebracht. Ich glaube, er war wütend, weil er unterbrochen wurde. Er ist rausgegangen, um zu telefonieren, deshalb konnte ich nicht hören, worum es ging. Als er wiederkam, war er … irgendwie verändert.»

«Wie verändert?»

«Ich weiß nicht.» Deters biss sich auf die Unterlippe. «Seine Berührungen fühlten sich grober an, und er hat mich ein paarmal gekniffen.»

«Ich habe Sie das schon einmal gefragt, aber vielleicht können Sie mir jetzt sagen, wie lange er ungefähr bei Ihnen war.»

Deters schüttelte den Kopf. «Die Zeit ist so langsam vergangen, dass es sich wie Tage anfühlte. Ich habe versucht, an etwas anderes zu denken. An die Pferde auf dem Hof, an ihr weiches Fell, ihre klugen Augen. Leider hat es nicht funktioniert, ich hatte solche Angst. Und ich habe schrecklich gefroren.» Sie zuckte hilflos mit den Schultern. «Ich weiß es wirklich nicht. Aber es war noch dunkel draußen, als er ging. Tut mir leid, dass ich mich nicht besser erinnere.»

«Kein Problem, Sie machen das sehr gut.»

«Und es war wirklich dieser Fotograf? Er wirkte so nett.»

«Er ist kein Fotograf, er gibt sich bloß als einer aus.»

«Wie dumm von mir.»

«Überhaupt nicht.» Mascha berührte sie am Arm. «Es ist nicht Ihre Schuld. Und Sie waren sehr tapfer.» Sie erhob sich. «Sie können jetzt heimfahren. Meine Kollegen werden Sie kontaktieren, sie haben bestimmt noch Fragen.»

Sie gingen zusammen zur Tür. Draußen wartete Neles Vater.

«Ich hoffe, Sie erwischen den Dreckskerl», brummte er und zog seine Tochter an sich.

Mascha nickte grimmig. «Das habe ich fest vor.»

Am selben Vormittag

Holger öffnete die Tür und horchte. Alles still. Er rechnete nicht damit, Mascha in der Wohnung anzutreffen, aber man wusste ja nie. Lautlos trat er ein und zog die Tür hinter sich zu.

Heute Morgen, als Mascha unter der Dusche stand, hatte er sich ein wenig umgeschaut. Eigentlich war er auf der Suche nach einem Aschenbecher gewesen, aber dann hatte er in einer Dose in der Kochnische den Ersatzschlüssel gefunden und der Versuchung nicht widerstehen können. Dabei wusste er gar nicht so genau, was er damit anfangen sollte.

Er rieb sich über den kahl rasierten Schädel. Er brummte noch immer, obwohl Holger dem Schmerz mit Tabletten zu Leibe gerückt war. Scheiß Sauferei. Er wusste auch nicht, warum er zwei Tage hintereinander so abgestürzt war. Heute musste er sich zusammenreißen.

Zum Glück brauchte er nicht zu befürchten, dass Mascha ausplauderte, was gestern Abend geschehen war. Dafür war es ihr selbst viel zu peinlich, da war er sicher. Er blickte sich um. Etwas nagte an seiner Erinnerung, aber er konnte es nicht greifen. Hatte es mit der Wohnung zu tun? Oder mit Mascha?

Er kam nicht drauf, hatte plötzlich Lust auf eine Kippe und zog das Päckchen aus der Tasche. Doch dann zögerte er, steckte es wieder zurück. Wenn er hier drin rauchte, selbst am offenen Fenster, würde Mascha es riechen, und dann wüsste sie, dass er sich Zutritt verschafft hatte. Also beherrschte er sich, schließlich wollte er seinen Trumpf nicht zu früh ausspielen.

Holger trat an den Tisch, doch dort lagen nur ein paar unbeschriebene Blätter und ein Kuli. Den Laptop, die Unterlagen und die Notizen hatte Mascha mitgenommen. Schade. Er blickte nach draußen, und da war er wieder, dieser Schatten einer Erinnerung.

Und dann fiel es ihm ein. Da war noch jemand gewesen, gestern Abend. Ein Mann, direkt hinter Mascha. Er war abgehauen, und sie war ihm hinterhergerannt. Holger presste die Finger auf die Schläfen. Wie hatte er das vergessen können?

Er fragte sich, wer der Typ war. Jemand, den Mascha aus der Kneipe abgeschleppt hatte? Holger war eigentlich davon ausgegangen, dass zwischen ihr und dem Landei Tom etwas lief. Andererseits hatte der Unbekannte sich auffällig schnell davongemacht. Und Mascha war ihm wohl kaum hinterhergesprintet, weil sie ihn unbedingt ins Bett zerren wollte.

Holger musste an die Gestalt denken, die er in Toms Haus gesehen hatte. War das derselbe Kerl gewesen? Was wollte er von Mascha?

Er ballte die Faust und presste sie gegen das Glas. Mascha war eine arrogante Ziege, und sie nervte ihn, aber sie war noch immer seine Schwester. Wenn irgendwer sich an ihr vergriff, würde er es mit ihm zu tun bekommen.

Am selben Tag

Ein kalter Wind wehte vom Meer her, als Tom aus dem Bulli stieg. Der Wanderparkplatz im Darßwald weckte beklemmende Erinnerungen in ihm. Vor vier Monaten hatte hier die Suche nach der vermissten jungen Frau ihren Anfang genommen. Der Fall hatte ihn als Polizisten und als Mensch an seine Grenzen geführt.

Einige weitere Fahrzeuge waren auf der weitläufigen Fläche geparkt, unter anderem der Kastenwagen der KTU. Die Kollegen in den Schutzanzügen machten sich an einem dunkelblauen BMW zu schaffen. Vor einer Stunde hatte eine Streife den Wagen entdeckt, der auf Manuel Hertz zugelassen war.

Eine der weiß gekleideten Gestalten kam ihm entgegen.

«Hi, Tom», begrüßte ihn Lisa und zog die Kapuze vom Kopf.

«Hallo, Lisa, kannst du schon was sagen?»

Sie zuckte mit den Schultern. «Der Wagen war nicht abgeschlossen. Drinnen haben wir nichts Auffälliges gefunden, bloß das übliche Zeug: Verbandskasten, Wanderschuhe, einen Kanister Motoröl. Willst du es dir ansehen?»

«Klar.» Tom folgte der Kollegin und begutachtete den BMW.

Es handelte sich um ein älteres Modell, das jedoch in einem sehr guten Zustand war und topgepflegt aussah. Einer der Kriminaltechniker nahm gerade Fingerabdrücke vom Lenkrad. Ein anderer untersuchte den Kofferraum.

«Kein Navi?», fragte Tom.

«Leider nicht. Sonst hätten wir seine letzten Fahrten nachvollziehen können.»

«Was ist mit dem Wagenschlüssel?»

«Haben wir nicht gefunden.»

«Also nicht abgeschlossen, aber den Schlüssel mitgenommen.» Tom blickte sich um, betrachtete das undurchdringliche Gestrüpp unter den hochgewachsenen Kiefern. Sein Unbehagen wuchs. Bisher hatte er angenommen, dass Manuel Hertz abgetaucht war, um sich der Strafverfolgung zu entziehen, jetzt kam ihm ein anderer Verdacht. «Habt ihr euch schon die nähere Umgebung angesehen?»

«Klar. Aber wir haben nichts gefunden außer dem üblichen Müll. Wir tüten alles ein, du kriegst eine Liste.»

«Danke.»

Lisa zog die Kapuze wieder auf. «Und nun?»

«Ich werde den Wald von einer Hundertschaft durchkämmen lassen. Falls Hertz nicht zu jemandem in den Wagen gestiegen ist, muss er hier irgendwo sein.»

Am selben Tag

Dayita Kumar stellte den Rollkoffer ab und lehnte sich gegen die Tür. Endlich wieder daheim.

Niemals hätte sie gedacht, dass sie das einmal über diesen verlassenen Flecken Erde denken würde, aber in den vergangenen Monaten hatte sie sich verändert. Als sie vor zwei Jahren hergezogen war, hatte sich alles nur um Simon gedreht, ihren todkranken Mann. Und um die unangenehmen Folgen eines Artikels, den sie für ein renommiertes Wochenmagazin verfasst hatte. Sie war auf gefälschte E-Mails hereingefallen, und der Skandal, den sie wortreich angeprangert hatte, war gar keiner gewesen.

In Sellnitz hatte sie ihre Wunden geleckt und Simon auf seinem letzten schweren Weg begleitet. Sie hatte die Chefredaktion des Sellnitzer Wochenblatts übernommen, einer zweimal wöchentlich erscheinenden Lokalzeitung, in der vor allem über Schulfeste, Sportveranstaltungen und Firmenjubiläen berichtet wurde, und anfangs hatte sie es gehasst.

Sie hatte es als Abstieg empfunden und war getrieben gewesen von dem Drang, sich zu rehabilitieren, der Welt zu zeigen, dass sie sehr wohl eine gute Journalistin war. Im vergangenen Herbst hatte sie dann tatsächlich einen Bauskandal aufgedeckt, in den sogar ein Minister verstrickt gewesen war. Seither war sie wieder im Geschäft. Aber seltsamerweise war es ihr nun gar nicht mehr so wichtig.

Natürlich genoss sie die Aufmerksamkeit und die Achtung, die ihr von Kollegen entgegengebracht wurden. Und es war ihr noch immer wichtig, den Finger in Wunden zu legen und so dieses Land ein bisschen besser und weniger korrupt zu machen. Deshalb hatte sie auch mit großer Freude den Preis entgegengenommen, der ihr in Berlin überreicht worden war. Und sie hatte ausgiebig gefeiert, keine Party in der Hauptstadt ausgelassen und es richtig krachen lassen.

Seltsamerweise hatte sich jedoch nach ein paar Tagen ein schales Gefühl eingestellt. Viele Kontakte, auf die sie früher so viel gegeben hatte, waren im Grunde hohl und oberflächlich. Keiner von diesen Menschen kannte sie wirklich oder interessierte sich aufrichtig dafür, wie es ihr ging. Diese ganzen Umarmungen und Küsschen waren ihr plötzlich zu viel geworden, und sie hatte angefangen, den Darß zu vermissen.

Dayita streifte die Schuhe ab und ging ins Bad. Eine heiße Dusche, frische Klamotten, und dann würde sie noch kurz in der Redaktion vorbeischauen und einen Blick auf die Samstagsausgabe werfen. Schon verrückt, wie viel während ihrer Abwesenheit geschehen war. Eine Sturmflut, die ein Stück Küste weggerissen und zwei Skelette freigelegt hatte, und obendrein die Entlarvung eines Serienmörders, der dreißig Jahre lang ungestraft davongekommen war. Da sollte noch einer sagen, auf dem Darß wäre es langweilig. Sie drehte das Wasser auf, genoss den heißen Strahl auf ihrem Rücken und die Vorfreude auf Eddas unvergleichlichen Kaffee.

Am selben Tag

Björn hatte ein schlechtes Gewissen. Zum einen gab es auf dem Revier genug zu tun, und er durfte Paul nicht zu lange mit dem Papierkram aus Manuel Hertz' Haus alleinlassen. Zum anderen war er gerade im Begriff, sich in ein fremdes Leben einzumischen. Janine Kaiser hatte mit ihrem Fall nichts zu tun, und ihre Probleme gingen ihn nichts an.

Aber er konnte nicht anders, er musste wissen, was mit ihr los war. Und in seiner Mittagspause konnte er schließlich machen, was er wollte.

Die Buchhandlung wirkte verlassen, also trat Björn an das Regal mit den Büchern über Sellnitz und den Darß. Es konnte ja nicht schaden, sich ein bisschen über die Gegend zu informieren, dann hatte sein Besuch wenigstens einen legitimen Zweck. Sein Bein tat heute kaum weh, und er genoss es, fast nicht humpeln zu müssen. Er wollte gerade nach einem Bildband mit Fotos aus früheren Zeiten greifen, als er laute Stimmen aus dem Hinterzimmer hörte.

Unauffällig näherte er sich der Tür.

«Ich will nicht, dass du noch einmal zu diesem Mann ins Auto steigst», vernahm er Janine Kaiser in aufgebrachtem Tonfall. «Du sollst überhaupt nicht mit Fremden mitfahren.»

«Und was ist mit Lasses Mutter? Darf die mich auch nicht mehr mitnehmen? Du holst mich doch nie ab, bist immer nur hier im Laden.»

«Was soll das denn jetzt heißen, Torge? Wenn ich nicht arbeiten würde, könntest du überhaupt nicht zum Fußball gehen. Außerdem gibt es auch den Bus.»

«Der fährt aber nur einmal in der Stunde.»

«Das ist mir egal. Du lässt dich jedenfalls nicht mehr von diesem Mann heimfahren, habe ich mich klar ausgedrückt?»

«Du bist total ungerecht. Lasses Mutter macht nie so einen Stress.»

«Es interessiert mich nicht, was Lasses Mutter macht.»

«Klar, dich interessiert ja gar nichts, bis auf deine blöden Bücher.»

Die Tür flog auf, Björn musste rasch zur Seite ausweichen, als der Junge wutentbrannt aus dem Raum stürmte. Die abrupte Bewegung jagte einen höllischen Schmerz durch sein Bein. Er krallte sich am Regal fest.

Von drinnen war nun ein leises Schluchzen zu hören. Björn zögerte. Die Frau tat ihm leid, aber er konnte nicht einfach in ihr Büro platzen.

«Kann ich Ihnen behilflich sein?» Janine Kaisers blonde junge Mitarbeiterin war aus dem Nichts hinter ihm aufgetaucht. Ihre Miene war unergründlich. Hatte sie mitbekommen, dass er ihre Chefin belauscht hatte?

Björn spürte, wie ihm die Röte ins Gesicht stieg. Er streckte vorsichtig das Bein aus. «Eine alte Verletzung, die manchmal Probleme macht. Geht schon.» Er richtete sich auf. «Ich bin auf der Suche nach einem Buch über Sellnitz. Vielleicht ein historischer Fotoband. Hätten Sie da was?»

Die Buchhändlerin musterte ihn einen Moment, dann führte sie ihn zu dem Regal, vor dem er eben schon gestanden hatte, und zog einen Band hervor. «In diesem hier finden Sie Bilder aus den vergangenen fünfzig Jahren. Und auch ein paar Texte dazu. Oder suchen Sie noch ältere Aufnahmen?»

Björn nahm das Buch entgegen. «Nein, ich glaube, das hier ist genau das richtige.»

«Sie waren doch schon einmal hier», sagte die junge Frau, als sie an der Kasse das Geld entgegennahm. «Sind Sie nicht dieser Polizist?»

«Ja. Genau.»

Ihr Gesichtsausdruck wechselte von argwöhnisch zu neugierig. «Brauchen Sie das Buch für Ihre Ermittlungen? Geht es um die Toten vom Kliff?» Sie schlug die Hand vor den Mund. «Darüber dürfen Sie bestimmt nicht reden.»

«So ist es.» Björn setzte ein bedauerndes Gesicht auf. «Richten Sie doch bitte Ihrer Chefin meine Grüße aus. Sie war ja so freundlich, uns bei den Ermittlungen behilflich zu sein.»

Seine Hoffnung, seine Worte würden die junge Frau dazu veranlassen, Janine Kaiser hinzuzurufen, wurde enttäuscht. Im Gegenteil, ihre Miene verschloss sich wieder. «Ich sage es ihr, danke.» Sie setzte ein professionelles Lächeln auf. «Einen schönen Tag noch.»

Am selben Tag

Tom bog auf den Hotelparkplatz ab, stellte den Motor aus und lehnte sich im Sitz zurück. Er war ganz froh darüber, dass Mascha noch nicht da war. So konnte er fünf Minuten die Augen schließen und zu Atem kommen. Er hatte den ganzen Tag noch keine Pause gemacht, und gegessen hatte er seit der Morgenbesprechung auch nichts.

Dieser Fall schien zu wuchern wie ein Geschwür. Je mehr sie herausfanden, desto verworrener wurde es. Statt dass sich endlich ein Bild ergab, tauchten bloß immer neue Fragen auf. Zwar wussten sie nun, wer die Tote war, aber bei dem männlichen Skelett hatten sie nicht einmal einen Verdacht. Sie hatten erneut alle Zeugen nach einem möglichen Geliebten von Iris Hertz gefragt, aber niemand wusste etwas.

Und nun war auch noch ihr einziger Verdächtiger abgetaucht, und der Wagen auf dem Wanderparkplatz verhieß nichts Gutes. Die Hundertschaft, die den Wald durchkämmen sollte, hatte Tom für den nächsten Tag bewilligt bekommen. Zu spät für seinen Geschmack. Aber ihm waren die Hände gebunden. Am liebsten hätte er sich eigenhändig auf die Suche gemacht. Aber selbst mit der kompletten Soko und allen Streifenpolizisten des Reviers waren sie viel zu wenige, um fünf Hektar Wald abzusuchen.

Und Manuel Hertz war ja nicht die einzige Person, die spurlos verschwunden war. Tom schloss die Augen. Die Sache mit

Kira war ihm ein Rätsel. Er hielt es noch immer für möglich, dass sie am kommenden Montag gesund und munter auf dem Revier auftauchte, ohne zu ahnen, dass ihre Kollegen sich Sorgen gemacht hatten. Genauso gut konnte es aber auch sein, dass ihr etwas zugestoßen war. Doch was?

Er fuhr zusammen, als die Beifahrertür aufgerissen wurde.

«Habe ich dich geweckt?» Mascha stieg in den Wagen.

«Ich habe nachgedacht.» Tom setzte sich auf. «Wie war es im Krankenhaus?»

«Ein paar interessante Details zum Ablauf der Tat. Aber nichts Näheres über den Täter, leider. Schon eine Spur von Hertz?»

«Sein Wagen ist clean. Die Hundertschaft kriegen wir erst morgen.»

«Mist.»

Tom blickte durch die Windschutzscheibe auf das Hotel. «Dann zu Kira.»

«Da habe ich leider auch keine guten Nachrichten.» Mascha nahm ihren Laptop aus dem Rucksack und klappte ihn auf. «Ich habe das Videomaterial von der Sicherheitskamera des Hotels wiederhergestellt und tatsächlich etwas gefunden. Sieh dir das an.» Sie hielt ihm den Laptop hin.

Die Aufnahme war schwarz-weiß und stark verpixelt, doch Tom erkannte die Hotelrezeption. Sie war leer. Dann tauchte ein Schatten auf und verschwand eine Sekunde später links aus dem Bild. Mascha stoppte die Aufnahme.

«Was war das?», fragte Tom.

«Die Person, die den Zettel und den Zimmerschlüssel auf der Theke abgelegt hat, nehme ich an.» Mascha drehte den Laptop zu sich. «Jedenfalls könnte sie es sein, die Uhrzeit passt. Der Schatten taucht etwa fünfzehn Minuten, nachdem Senior Kira am Hotel abgesetzt hat, an der Rezeption auf.»

«Leider erkennt man überhaupt nichts, also hilft uns das nicht weiter.»

«Warte es ab.» Mascha klickte auf der Tastatur herum. «Ich habe ein Standbild gemacht und es ein bisschen aufgepeppt. Siehst du?»

Tom betrachtete das Foto auf dem Bildschirm. Die Person legte etwas auf die Theke. Sie hielt den Kopf gesenkt, sodass das Gesicht nicht zu erkennen war.

«Das ist ein Mann», murmelte er.

«Sehe ich genauso.»

«Scheiße.»

«Wenn Kira freiwillig mit ihm gegangen wäre, hätte sie doch wohl selbst ausgecheckt.» Mascha klappte den Laptop zu. «Haben wir schon Rückmeldung von dem Schriftsachverständigen, der den Zettel analysieren sollte?»

«Eben kam eine Mail. Es ist tatsächlich nicht Kiras Handschrift.»

«Also war es vermutlich dieser Typ.» Mascha verstaute den Laptop und griff nach ihrem Rucksack. «Man erkennt kaum etwas auf der Aufnahme, aber ich würde trotzdem gern herumfragen, ob er jemandem vom Personal bekannt vorkommt. Und ich möchte mir die Rezeption noch mal ansehen. Die Gestalt taucht von der Seite auf und verschwindet auch wieder in diese Richtung. Ich will wissen, was da ist.»

Zwanzig Minuten später hatten sie jedem Hotelangestellten, der gerade Dienst hatte, den Screenshot gezeigt. Ohne Ergebnis. Der Empfangschef hatte einen Ausdruck gemacht und versprochen, das Foto auch noch den übrigen Kollegen zu zeigen. Doch Tom hatte nicht viel Hoffnung, dass dabei etwas herumkommen würde.

Nun standen sie wieder an der Rezeption. Mascha betrachtete die in der Ecke positionierte Kamera, dann bat sie Tom, sich genau an die Stelle zu begeben, wo der Unbekannte den Schlüssel abgelegt hatte.

Nachdenklich blickte sie sich um. «Ich verstehe das nicht. Er ist nach links verschwunden, aber da ist bloß eine Wand.»

Tom folgte ihrem Blick. «Um die Ecke ist eine Tür.» Er wandte sich an den Empfangschef. «Was befindet sich dahinter?»

«Der Gepäckraum.»

«Ist diese Tür normalerweise verschlossen?»

«Nicht wenn jemand am Empfang ist.»

«Und wenn derjenige nur kurz weg ist?»

Der Mann zuckte mit den Schultern. «Da ist noch nie was weggekommen.»

«Gibt es einen zweiten Ausgang?»

Der Empfangschef sah ihn überrascht an. «Ja. Auf der anderen Seite geht es in ein kleines Treppenhaus und von dort auf den Hinterhof.»

Tom drehte sich zu Mascha um. «Jetzt wissen wir, wie Kira und dieser Kerl ungesehen aus dem Hotel gelangt sind. Und ich glaube nicht, dass sie ihn aus freien Stücken begleitet hat. Warum hätte sie das durch die Hintertür tun sollen?»

Mascha nickte mit düsterer Miene und ließ den Blick durch die Lobby schweifen. «Ich fürchte, wir haben es verbockt. Eine Kollegin wurde entführt, und wir haben eine Woche gebraucht, um es zu merken.»

Am selben Tag

Das vertraute Bimmeln der alten Ladenglocke ertönte, als Dayita die Redaktion des Sellnitzer Wochenblatts betrat.

«Na, hast du mich vermisst, Edda?»

Die Augen ihrer Mitarbeiterin leuchteten auf. «Dayita! Ich dachte, du kommst erst am Montag.» Sie erhob sich und eilte auf Dayita zu, bewegte sich trotz ihrer Leibesfülle geschickt zwischen den viel zu eng stehenden Schreibtischen hindurch.

Dayita befürchtete schon, in eine überschwängliche Umarmung gerissen zu werden, aber stattdessen packte Edda sie bei den Schultern und sah sie prüfend an. «Du siehst abgekämpft aus.»

«Du tust ja gerade so, als käme ich von einer Expedition in die Antarktis zurück.»

«Soll ich ehrlich sein?» Edda schüttelte ihre rote Lockenmähne. «Ein bisschen Sorge hatte ich schon, dass du den Verlockungen der Großstadt erliegen könntest und nicht mehr zurückkommst.»

«Unsinn.» Dayita winkte verlegen ab. «Red nicht so ein blödes Zeug, mach mir lieber einen anständigen Kaffee.»

«Sofort, Chefin.»

Edda machte sich an der Küchenzeile des ehemaligen Lebensmittelladens zu schaffen. «Du kommst übrigens genau richtig», rief sie über die Schulter. «Gerade ist eine Pressemitteilung aus dem Polizeirevier eingetrudelt. Sie haben die Tote vom

Kliff identifiziert. Du weißt schon, die beiden Skelette, die sie nach dem Sturm gefunden haben.»

«Und?» Dayita hängte ihre Tasche über die Stuhllehne und stellte frustriert fest, dass sich ihr Schreibtisch in ihrer Abwesenheit nicht auf wundersame Weise selbst aufgeräumt hatte.

«Eine Iris Hertz, hier aus Sellnitz. Ihr Mann scheint untergetaucht zu sein, jedenfalls wird im Zusammenhang mit dem Tod seiner Frau nach ihm gefahndet, wie es so schön heißt. Wenn du dich beeilst, können wir den Artikel noch in die Samstagsausgabe quetschen.»

Dayita ließ sich stöhnend auf ihren Stuhl fallen.

«Ich kann das aber auch machen», sagte Edda rasch. «Dann hast du Zeit, um erst mal in Ruhe anzukommen.»

Edda war eigentlich nur für die Anzeigenkunden zuständig, doch da es außer Jannik, der vom Homeoffice aus die Online-Ausgabe betreute, keine weiteren Mitarbeiter gab, musste sie auch manchmal bei den Texten mit ran.

«Schon in Ordnung, ich mache das gleich.»

«War's denn schön in Berlin?» Edda näherte sich mit dem vollen Kaffeebecher.

«Anstrengend.»

«Tja, es geht doch nichts über unser beschauliches, kleines Sellnitz.»

«Beschaulich?»

«Bevor du hergezogen bist, war hier jedenfalls alles friedlich, das schwöre ich.»

«Dann sollte ich vielleicht nach Hamburg zurückgehen.» Dayita schob ein paar Zettel, Stifte und eine Cremetube zur Seite, damit Edda den Kaffeebecher abstellen konnte.

«Niemals!», rief Edda entsetzt. «So ist es doch viel spannender.»

Dayita wollte nach dem Kaffee greifen, als ihr ein weißer

Umschlag auffiel. «Was ist das denn?» Sie wedelte damit. «Warum hast du den nicht geöffnet?»

«Weil er an dich persönlich adressiert ist.» Edda kehrte zu ihrem Schreibtisch zurück.

Dayita trank einen Schluck Kaffee und seufzte zufrieden. Dann betrachtete sie den Umschlag. Die Adresse war von Hand mit Kuli geschrieben. Die Schrift wirkte zittrig, so als wäre die Person schon älter oder aus einem anderen Grund unsicher beim Schreiben. Einen Absender gab es nicht.

Dayita öffnete den Umschlag mit ihrem Autoschlüssel und nahm ein einzelnes Blatt heraus.

Sehr geehrte Frau Kumar,

Sie sollten sich die Gesetzeshüter hier in Sellnitz einmal genauer anschauen. Sie werden feststellen, dass nicht alle eine weiße Weste haben.

Hochachtungsvoll,
H.B.

Ungläubig schüttelte Dayita den Kopf. Was für ein Schwachsinn war das denn? Sie war es gewohnt, alle möglichen seltsamen Briefe und Mails zu erhalten, das gehörte zum Job. Aber eine derart vage Behauptung war ihr noch nicht untergekommen. Da wollte sich wohl jemand wichtigtun. Oder seinen Frust loswerden.

Sie wollte den Brief in den Müll werfen, überlegte es sich jedoch anders. Manchmal steckte in solchen Anschuldigungen ja doch ein Funken Wahrheit.

Am Nachmittag

Als Tom mit Mascha aufs Revier zurückkehrte, winkte Senior ihn zu sich.

«Hast du einen Moment?»

«Gib mir eine Minute.»

Tom zog seine Jacke aus und folgte Mascha, die mit ihrem Rucksack in seinem Büro verschwunden war. Er hatte sie gefragt, ob sie mit Romy und ihm zu Abend essen wolle, aber sie hatte ihm einen Korb gegeben. Ihr Chef wollte sie ausführen, in ein schickes kleines italienisches Restaurant hinter dem Deich.

Es handelte sich um ein Arbeitsessen, trotzdem spürte Tom den Stachel der Eifersucht in seiner Brust. Oliver Böhm war ein smarter, gut aussehender Typ, und er hatte kein Kind im Schlepptau. Bei ihm gab es keine fettigen Pommes vom Backblech in der chaotischen Küche, sondern Aperitif, Antipasti und gepflegte Konversation.

Tom warf seine Jacke über die Stuhllehne. Vielleicht war er so missgestimmt, weil er noch immer nichts gegessen hatte. Mascha hatte es sich bereits am Besprechungstisch bequem gemacht und ihren Laptop aufgeklappt.

«Bin gleich wieder da», sagte er und ging hinüber ins andere Büro. Außer Senior war niemand im Raum.

«Ich habe mich über Agnes und Waltraud Bülow schlaugemacht», sagte er.

«Erzähl.» Tom setzte sich auf die Tischkante.

«Agnes ist sechsundachtzig, ihre Schwester zwei Jahre älter. Die beiden wurden offenbar in der alten Villa geboren. Schon ihre Großeltern haben dort eine kleine Pension betrieben, der Familie ging es gut. Zumindest bis in die Dreißigerjahre. Der Vater von Agnes und Waltraud machte sich nämlich nicht allzu viel aus dem Erbe. Er war Kommunist und wurde von den Nazis umgebracht. Auch die Mutter starb früh, sodass die beiden Schwestern das Anwesen 1951 erbten. Da war Agnes erst siebzehn. Aber ihre Schwester war bereits volljährig, in der DDR wurde das Alter ja schon früher heruntergesetzt als in der Bundesrepublik.»

«Komm zum Punkt, Senior.»

«Ich dachte, du wolltest etwas über den Hintergrund der beiden erfahren.» Der ältere Kollege wirkte eingeschnappt.

«Klar, sorry. Ich bin ausgehungert, das ist alles.»

«Moment, ich glaube, ich habe hier was.» Senior kramte in der Schreibtischschublade und förderte einen Schokoriegel zutage.

Dankbar nahm Tom ihn entgegen. «Und weiter?», fragte er kauend.

Senior konsultierte seine Notizen. «Knapp zwei Jahre nachdem die beiden Frauen die Pension geerbt hatten, startete die Aktion Rose.»

«Die was?» Tom knüllte das Papier zusammen und beförderte es in den Müll. Der Riegel war seine Rettung gewesen.

«Bei der Aktion Rose wurden Inhaber von Hotels und Pensionen hier an der Ostsee unter fadenscheinigen Vorwänden zu Haftstrafen verurteilt und enteignet», berichtete Senior. «Ferien sollten kein bürgerliches Privileg mehr sein, sondern für alle Menschen erschwinglich. Und selbstverständlich bis ins Detail organisiert und kontrolliert vom FDGB.» Senior verzog das Gesicht. «Die armen Leute wurden verhaftet, nur weil sie Gegenstände aus dem Westen besaßen. Oder angeblich Lebensmittel horteten. Die Maßnahme wurde von einer riesigen Schmutzkampagne in der Presse begleitet, damit nur ja jeder wusste, was für schäbiges Gesindel man da aus seinen Häusern vertrieb.»

«Das ist ja absurd», murmelte Tom schockiert.

«Du sagst es. Einige Familien flohen in den Westen, manche wurden zwangsumgesiedelt, andere schafften es, sich mit dem System zu arrangieren. Sie durften ihre Häuser behalten, aber wegen der vorgeschriebenen niedrigen Mieten hatten sie kaum ein Auskommen, und ihr Besitz verfiel mehr und mehr, bis sie schließlich verkaufen mussten.» Senior griff nach einem Blatt. «Und jetzt zurück zu unseren alten Damen. Agnes und Waltraud Bülow hatten Glück im Unglück. Da ihr Vater ein Held und im KZ umgekommen war, durften sie ihr Haus als Ferienheim weiterführen und kamen wohl auch ganz gut über die Runden. Offenbar waren die beiden glühende Anhängerinnen des Sozialismus und gingen in ihrer Arbeit auf.»

«Interessant», sagte Tom nachdenklich. «Aber das hilft uns wohl kaum dabei, die Person zu finden, die in ihren Keller eingebrochen ist und ihr Stromkabel gekappt hat.»

«Da wäre ich nicht so sicher», widersprach Senior. «Könnte doch sein, dass einige Menschen es nicht so gut aufgenommen haben, alles zu verlieren, während die beiden ihren Besitz behalten durften.»

«Das mag schon sein. Aber es ist fast siebzig Jahre her.»

«Die Wiedervereinigung liegt noch nicht so lange zurück. Damals bekamen einige, die in den Westen geflohen waren, ihr Eigentum zurück. Aber die, die später aus Not verkaufen mussten, gingen leer aus.»

«Ich weiß nicht, Senior.» Tom rieb sich das Kinn. «Oder hast du einen bestimmten Verdacht?»

«Noch nicht.» Senior legte das Blatt weg. «Ich würde aber

trotzdem gern weitersuchen. Ich habe das Gefühl, dass ich da einer Sache auf der Spur bin.»

Tom bezweifelte das. Andererseits hatte es irgendwer auf die beiden alten Frauen abgesehen, und einer von ihnen musste in der Sache ermitteln.

«Bleib dran», sagte er deshalb. «Aber konzentriere dich ein bisschen mehr auf die Gegenwart. Hör dich um. Finde heraus, ob jemand schlecht auf die alten Damen zu sprechen ist. Oder etwas über sie weiß, das uns weiterbringt. Und schau dir auch noch mal die Besitzverhältnisse genau an. Man weiß ja nie.»

Am Abend

Der Duft nach frisch gebackener Pizza, Knoblauch und Olivenöl wehte Mascha entgegen, als sie das Restaurant betrat. Der Gastraum war klein, aber sehr gemütlich eingerichtet. Flackernde Kerzen standen auf den hell lackierten Holztischen, an den Wänden hingen Schwarz-Weiß-Fotos von Italien in farbenfrohen Rahmen.

Oliver saß an einem Tisch ganz hinten in der Ecke und winkte ihr. Als sie zu ihm trat, erhob er sich und küsste sie auf die Wange. «Hallo, Mascha.»

Sie ließ den Blick schweifen. «Netter Laden.»

«Du warst noch nie hier?»

«Du weißt doch, wie es ist, wenn man mitten in einer Ermittlung steckt: Wenn man endlich Feierabend macht, hat nur noch die Dönerbude auf.»

Er zog die Brauen hoch. «Jedenfalls schön, dass es geklappt hat.»

«Habe ich eine Wahl, wenn mein Chef mich einlädt?» Sie grinste schief, um ihren Worten die Schärfe zu nehmen.

Er ging nicht darauf ein, rückte ihr stattdessen den Stuhl zurecht. «Aperitif?»

«Ein Martini wäre großartig.»

Oliver orderte zwei und reichte ihr eine der Karten, die bereits auf dem Tisch lagen. «Die Pizza hier soll sehr gut sein, es gibt aber auch Pasta oder Fisch, wenn du das lieber magst.»

Mascha betrachtete ihn verstohlen, während sie die Karte studierte. Oliver sah mit Anfang vierzig noch immer ein wenig aus wie ein störrischer Jugendlicher. Das wellige braune Haar wirkte leicht zerzaust, auch wenn Mascha annahm, dass es gewollt und mit viel Aufwand frisiert war. Das dezent gemusterte Hemd saß tadellos, die ganze Erscheinung hatte etwas von einem eleganten Lausbuben. Doch Mascha wusste, dass man sich davon nicht täuschen lassen durfte. Oliver war intelligent und zielstrebig. Er hatte Psychologie studiert, bevor er zur Polizei gegangen war und dort sehr schnell Karriere gemacht hatte. Sie hatte ihn auf der Polizeihochschule kennengelernt, und obwohl sie so verschieden waren, hatten sie sich sofort gut verstanden. Damals hätte Mascha alles für ein Date mit ihm gegeben.

Sie hätte gern gewusst, was der ganze Zirkus sollte, doch sie beherrschte sich. Oliver hatte sie hergebeten, es war seine Show. Und sie war ausgehungert. Sie wählte eine Spinatpizza, Oliver entschied sich für Meeresfrüchte.

Dann stießen sie mit dem Martini an. «Auf eine meiner besten Mitarbeiterinnen», sagte Oliver.

«Auf einen meiner besten Chefs», konterte Mascha trocken.

Sie hatten bereits eine halbe Flasche Bardolino geleert, als Oliver endlich zum Thema kam.

«Du hattest mal wieder recht», sagte er und schob sich sein letztes Stück Pizza in den Mund.

Mascha legte ihre Gabel nieder. «Womit?»

Er kaute, schluckte und tupfte sich mit der Serviette den Mund ab. «Eine Frau hat sich bei uns gemeldet. Ihr wurde eine Lil Miss Mermaid gestohlen.»

«Wusste ich's doch.» Mascha konnte sich ein triumphierendes Lächeln nicht verkneifen.

«Es kommt noch besser. Sie heißt Pia Sukow und wurde schon einmal Opfer eines Gewaltverbrechens.»

«Was ist passiert?»

«Ein Überfall im Park, den sie knapp überlebt hat. Der Angreifer hat sie mit einem Messer traktiert.»

«Himmel, wie schrecklich.» Mascha schob ihren Teller zur Seite. «Ich nehme an, sie hat Narben davon zurückbehalten?»

«So ist es.»

«Und sie hat unter dem Hashtag #ichbinschön Fotos auf Instagram gepostet.»

«Hat sie nicht.» Oliver nahm einen Schluck Wein. «Halt dich fest: Frau Sukow weiß, wer ihr die Puppe geklaut hat.»

«Wie bitte? Das kann nicht sein.»

«Du hast doch selbst gesagt, dass uns das erste Opfer zum Täter führen wird, und genau so ist es. Wir haben ihn, Mascha.»

«Moment, langsam. Ihr habt jemanden verhaftet?»

Oliver stellte lächelnd sein Weinglas ab. «Noch nicht. Höchstwahrscheinlich werden wir morgen zuschlagen. Während wir hier sitzen, sind deine Kollegen damit beschäftigt, weitere Beweise gegen den Mann zusammenzutragen, damit alles wasserdicht ist.»

Mascha lehnte sich im Stuhl zurück. Sie sollte sich freuen, dass der Fall aufgeklärt war. Stattdessen empfand sie eine seltsame Leere. War sie etwa enttäuscht, weil ihre Kollegen es ohne sie geschafft hatten?

«Wer ist der Mann?», fragte sie.

«Pia Sukows Ex. Und jetzt wird es wirklich interessant. Der Mann wurde mit einer sogenannten Lippen-Kiefer-Gaumenspalte geboren. Die Fehlbildung wurde operativ korrigiert, aber nicht sonderlich gut. Offenbar wurde er in der Schule gehänselt, auch wegen eines aus der Fehlbildung resultierenden Sprachfehlers. Frau Sukow hat uns erzählt, dass er quasi besessen von ihren Narben war. Offenbar war es für sein Selbstwertgefühl enorm wichtig, dass seine Freundin ebenfalls entstellt ist. Aber dann hat sie die Beziehung beendet.»

«Das hat er nicht gut aufgenommen, nehme ich an.»

«Er hat angefangen, sie zu stalken. Hat ständig bei ihr angerufen, sie mit Mails bombardiert. Er ist sogar einige Male an ihrem Arbeitsplatz aufgetaucht. Und er war mehrmals in ihrer Wohnung, angeblich, um Sachen herauszuholen, die ihm gehörten. Nach einem dieser Besuche war dann diese Meerjungfrau weg. Das war im Dezember, etwa drei Wochen bevor der falsche Fotograf Kontakt zu Krystina Kolb aufnahm, dem zweiten Opfer.»

Mascha drehte nachdenklich ihr Weinglas. «Sieht so aus, als hättet ihr den Täter.»

«Dank deiner Hilfe. Und das ist nicht alles. Unser Verdächtiger arbeitet als Softwareentwickler. Es wäre also ein Leichtes für ihn, ein Programm zu schreiben, das ihm Zugriff auf Kamera und Mikro eines fremden Computers verschafft.»

Mascha hob ihr Glas. «Herzlichen Glückwunsch. Das ist wirklich ein toller Erfolg!»

«Es ist vor allem dein Erfolg, Mascha.» Er stieß mit ihr an und nahm einen großen Schluck von seinem Wein. «Und ich bin sehr froh, dass du nun nicht mehr in Gefahr bist. Es hat mir wirklich Magenschmerzen bereitet zu wissen, dass dieser Kerl dich im Visier hat.»

Mascha wusste, dass sie ebenfalls erleichtert sein sollte. Aber das Gefühl wollte sich nicht einstellen. Vielleicht brauchte sie einfach noch einen Moment, um zu realisieren, dass es wirklich vorbei war.

«Tut ihr mir einen Gefallen?», bat sie.

«Klar, worum geht es?»

«Unsere Kollegin Kira Blanck ist verschwunden.»

«Davon habe ich gehört.»

«Es besteht die Möglichkeit, dass sie in der Gewalt des Stalkers ist. Er war einmal in meinem Hotelzimmer, vielleicht sogar mehrmals. Und Kira wurde vor dem Hotel zum letzten Mal gesehen. Möglich, dass sie ihn in meinem Zimmer überrascht hat.»

«Das klingt nicht gut.»

«Wir tun alles, was wir können, um sie zu finden. Leider haben wir nicht sofort gemerkt, dass etwas nicht stimmt, weil sie bei ihrem Chef Sonderurlaub beantragt hat.»

«Aber das stimmt gar nicht?»

«Sieht so aus, als hätte sie das nicht selbst getan.»

«Scheiße.» Oliver rieb sich die Stirn. «Wenn er sie in seiner Gewalt hat, kriegen wir das aus ihm raus. Und natürlich werden wir seine Wohnung gründlich durchsuchen.»

«Schaut auch, ob er zusätzliche Räume angemietet hat. Keller, Garagen, Lagerräume.»

«Ich sorge dafür, dass das heute noch passiert. Sollten wir auf irgendwas Verdächtiges stoßen, ziehen wir die Festnahme vor.»

«Danke.»

«Nicht dafür.» Oliver griff nach der Weinflasche, stellte jedoch fest, dass sie leer war. «Ich bestell uns noch eine.»

«Ich weiß nicht, ob …»

«Aber ich.» Er lächelte und winkte der Bedienung.

In Mascha stieg der Verdacht auf, dass eine weitere Enthüllung auf sie wartete. Als ihre Gläser frisch gefüllt vor ihnen standen, sah sie Oliver prüfend an. «Da ist doch noch was.»

«Einer guten Ermittlerin entgeht nichts.» Er grinste. «Du hast recht, es gibt einen zweiten Anlass anzustoßen. Das hoffe ich zumindest.»

«Raus damit.»

«Du weißt, wie sehr ich dich als Ermittlerin schätze», sagte er zögernd, den Blick auf sein Weinglas gesenkt. «Und auch als Mensch.»

Mascha hatte plötzlich einen dicken Kloß im Hals. Großer Gott, was kam jetzt? Sie war sich mit einem Mal nicht mehr sicher, ob sie hören wollte, was Oliver ihr zu sagen hatte.

«Ich habe heute herumtelefoniert und meine Kontakte spielen lassen. Und ich habe gute Neuigkeiten. Ich darf dir einen Job bei uns im LKA anbieten. Nicht als Vertretung, sondern unbefristet.» Er sah sie erwartungsvoll an. «Und, was sagst du?»

Mascha war sprachlos. Was auch immer sie erwartet hatte, das war es nicht gewesen. «Ich weiß nicht, was ich sagen soll.»

«Wie wäre es mit ‹Wow, das ist großartig, ich freue mich!›?» Er lächelte.

Mascha rang nach Worten.

«Oder freust du dich etwa nicht?»

«Doch, natürlich freue ich mich», sagte Mascha benommen. «Wirklich. Aber es kommt so plötzlich.»

«Dann willst du den Job?»

Mascha presste die Finger an die Schläfen, ihr war etwas schwindelig. «Sei mir nicht böse», sagte sie. «Aber ich brauche ein bisschen Bedenkzeit. Okay?»

Oliver wirkte enttäuscht, aber das Lächeln verschwand nicht aus seinem Gesicht. «Selbstverständlich», sagte er. «Aber lass dir nicht zu lange Zeit. Ich habe mich ganz schön ins Zeug gelegt für dich.»

«Das ist wirklich lieb von dir.» Sie griff nach seiner Hand.

«Reiner Eigennutz.» Er zwinkerte. «Genügt eine Woche?»

Er meinte es offenbar ernst. «Ich denke ja. Und glaub mir, ich bin total happy und dankbar für dieses Angebot», setzte sie rasch hinzu. «Ich fühle mich bloß vollkommen überrumpelt.»

«Klar doch.» Er hob sein Glas. «Lass uns anstoßen.»

Die Gläser klirrten, der Klang verstärkte Maschas mulmiges Gefühl. Sie wusste selbst nicht so genau, weshalb sie zögerte. Es stimmte, dass sie im LKA fast nur am Schreibtisch saß und eigentlich lieber wieder in einem Kommissariat arbeiten würde. Aber der Job bedeutete einen Karrieresprung, und das, nachdem sie eigentlich strafversetzt worden war. Es wäre dumm, ihn abzulehnen.

Sie nippte an ihrem Wein. Eine Woche war verdammt wenig Zeit für eine solche Entscheidung. Zumal sie eigentlich gar keine Muße zum Nachdenken hatte. Aber vielleicht war das ja sogar gut.

Unbekannter Ort

Als Kira zu sich kam, zitterte sie am ganzen Körper. Statt unter der Decke auf der halbwegs weichen Isomatte, lag sie auf dem nackten Boden vor der Tür. Schlimmer noch als die Kälte war das Hämmern in ihrem Schädel. Sie erhob sich vorsichtig, berührte sanft die Schläfen und merkte, dass ihre Finger klebrig waren.

Blut! Eine vage Erinnerung stieg in ihr auf. Hatte sie tatsächlich versucht, sich die Pulsadern aufzuschneiden? Sie ertastete kleine Kratzer, aber keine tiefen Schnitte. Also war sie selbst dafür zu feige und schwach gewesen.

Sie erhob sich langsam, wartete ab, bis sie halbwegs sicher stand, und ging dann zu der Stelle, wo sie den Eimer abgestellt hatte. Obwohl sie ihn mit der leeren Tüte abgedeckt hatte, war der penetrante Gestank längst in jede Ecke des Raums vorgedrungen.

Kira hockte sich hin und verrichtete ihre Notdurft, legte dann die Tüte wieder über die Öffnung. Danach kontrollierte sie, wie viele Vorräte noch übrig waren. Eine angebrochene Packung Kekse, ein Apfel, drei Flaschen Wasser. Zwei Tage maximal, dann brauchte sie Nachschub. Wobei sie keine Ahnung hatte, ob es Tag oder Nacht war und ob ihr Schlafrhythmus sie nicht vollkommen in die Irre führte. Sie hatte mehrmals versucht auszurechnen, wie lange sie schon in dem Keller ausharrte. Einmal war sie auf vier Tage gekommen, einmal auf drei

Wochen. Ohne jegliches Tageslicht war es unmöglich, die Zeit abzuschätzen.

Sie nahm drei Kekse aus der Packung. Mehr wollte sie sich im Augenblick nicht erlauben. Dazu ein paar Schlucke Wasser. Sie aß so langsam wie möglich. Während sie kaute, stieg mit einem Mal eine verschwommene Erinnerung in ihr auf. Es lag Schnee. Sie war gestürzt. Jemand hatte sie ins Hotel gefahren, damit sie sich umziehen konnte. Und dann?

Kira versuchte, weitere Bilder heraufzubeschwören, die Hände fest auf die pochenden Schläfen gepresst. Doch je mehr sie sich konzentrierte, desto dunkler wurden die Bilder. Sie ließ die Arme sinken. Jetzt, wo endlich ein Fetzen Erinnerung zurückgekehrt war, durfte sie nichts erzwingen. Sie musste sich Zeit geben.

Andererseits nützte es nichts, wenn sie wusste, wer sie hier eingesperrt hatte und warum. Es half ihr nicht dabei, aus diesem Loch herauszukommen. Sie blickte in die Richtung, wo sich die Tür in der Dunkelheit verbarg. Würde sie je wieder das Tageslicht sehen? Würden ihre Eltern erfahren, was aus ihrer Tochter geworden war? Oder würden sie sich für den Rest ihres Lebens fragen, ob sie lebte oder tot war, und vor Kummer früh sterben?

Am selben Abend

Oliver bestand darauf, Mascha an der Ferienwohnung abzusetzen, bevor das Taxi ihn zurück nach Schwerin brachte. Zum Glück wartete heute niemand vor ihrer Tür. Kein Schatten in der Dunkelheit, kein Stalker und auch nicht ihr Bruder.

Erleichtert lief sie die Treppe hinauf und betrat die Wohnung. Obwohl der Verdächtige von ihren Kollegen observiert wurde, hielt sie für einen Augenblick inne, horchte und ließ den Blick schweifen. Doch das Apartment war leer.

Sie streifte die Stiefel ab und gähnte. Als sie ihren Rucksack auf dem Stuhl abstellte, spürte sie ein Kribbeln im Nacken. Irgendetwas störte sie. War doch jemand hier?

Sie suchte jede Ecke ab, schaute hinter das Schlafsofa, in die Dusche und sogar in den Schrank im Flur. Doch sie war allein. Herrgott, sie wurde allmählich paranoid. Oder aber es gab einen Grund für ihre Unruhe. Noch einmal nahm sie alles in Augenschein. Und da fiel es ihr auf. Die leeren Blätter auf dem Tisch. Sie hätte schwören können, dass sie den Stapel ordentlich zurückgelassen hatte.

Jemand war hier gewesen, da war sie nun sicher. Doch wenn der Stalker unter Aufsicht ihrer Kollegen stand, konnte er es nicht gewesen sein. Hatte Holger sich irgendwie Zutritt verschafft? Es sähe ihm ähnlich. Bestimmt hatte er in ihren Unterlagen herumschnüffeln wollen. Aber sie hatte alles dabeigehabt. So ein Pech.

Maschas Handy gab Laut. Sie zog es hervor. Eine neue Nachricht über einen sicheren Messenger. Absender: Moonlight. Maschas Herz schlug schneller. Sie durfte nicht vergessen, die Nachricht sofort wieder zu löschen. Wenn Oliver oder ein anderer Kollege erfuhr, dass sie die Hackerin kontaktiert und ihr ermittlungsrelevante Daten zur Verfügung gestellt hatte, konnte sie den Job beim LKA vergessen. Und sämtliche andere potenzielle Stellen bei der Polizei ebenfalls.

Mascha hatte keine Ahnung, wie Moonlight in Wahrheit hieß, sie wusste nicht einmal, ob sie wirklich eine Frau war. Sie waren sich vor ein paar Monaten bei einer Ermittlung virtuell über den Weg gelaufen. Die Hackerin hatte ihr einen wichtigen Hinweis gegeben, als Gegenleistung hatte Mascha darauf verzichtet, ihre Kollegen auf sie anzusetzen. Was vermutlich auch nichts gebracht hätte. Moonlight war gut darin, ihre Spuren zu verwischen. Und sie war Expertin im Aufspüren von Exploits, also von Methoden, die Schwachstellen einer Software auszunutzen, um durch die Hintertür einzudringen.

Normalerweise dealte sie mit solchen Exploits. Und Mascha wollte gar nicht wissen, wer ihre Geschäftspartner waren. Sie hatte Moonlight gebeten, sich die verschlüsselte CD anzusehen. Offenbar hatte sie Erfolg gehabt.

Mascha überflog die Nachricht, dann öffnete sie ihren Laptop. Fünf Minuten später starrte sie ungläubig auf den Bildschirm.

Samstag, 25. Januar

Sellnitz, am Morgen

Es war Samstag, deshalb hatte Tom die Morgenbesprechung eine Stunde später als üblich angesetzt. Das hatte ihm zudem die Zeit verschafft, Romy zur Tagesmutter zu bringen und danach kurz am Wanderparkplatz vorbeizufahren und sich zu vergewissern, dass die Suche nach Manuel Hertz gut angelaufen war.

Es herrschte dichter Nebel, man konnte kaum zehn Meter weit sehen, was die Arbeit der Hundertschaft erheblich erschwerte. Die Beamten konnte sich kaum gegenseitig erkennen, wie sollten sie da jemanden finden, der vermutlich nicht gefunden werden wollte? Tom hoffte, dass die Sonne noch herauskommen und die weißen Schwaden vertreiben würde.

Als er das Revier betrat, duftete es nach Kaffee und frischen Brötchen. Sofort knurrte ihm der Magen. Er hatte zwar mit Romy gefrühstückt, aber das schien schon wieder eine Ewigkeit her zu sein. Er ging in sein Büro, wo bereits alle versammelt waren. Paul verteilte gerade Kaffeebecher, Björn kämpfte mit dem Beamer. In Maschas Augen lag ein freudiges Leuchten, und Tom musste daran denken, dass sie gestern Abend mit Oliver Böhm verabredet gewesen war. Lief da etwas zwischen den beiden?

Er riss sich zusammen. «Guten Morgen», sagte er bemüht fröhlich. «Wie ich sehe, seid ihr bereits alle fleißig.»

Paul drehte sich zu ihm um. «Da bist du ja endlich. Mascha

hat Neuigkeiten, aber sie wollte nichts verraten, bevor du da bist.»

«Worum geht es?»

«Nun ja. Sieht so aus, als hätten meine Kollegen den Stalker identifiziert. Er wird heute festgenommen.»

«Das ist eine gute Nachricht.»

«Es kommt noch besser. Ich habe die Daten auf der CD geknackt.» Sie deutete auf den Beamer. «Ihr dürft gespannt sein.»

Tom schnappte sich ein Brötchen und setzte sich zu den anderen. «Und? Wie lautet das mysteriöse Passwort?»

Mascha sah für einen Moment verlegen aus, dann zuckte sie mit den Schultern. «Keine Ahnung. Ich habe mir auf einem anderen Weg Zugang zu den Dateien verschafft. Aber ich denke, ich kann euch die Details ersparen.»

«Von mir aus gern», brummte Paul. «Ich will endlich wissen, was auf der dämlichen Scheibe drauf ist.»

Mascha blieb stehen, die Fernbedienung für den Beamer in der Hand. «Tatsächlich sind die Daten auf der CD erstaunlich gut erhalten, wenn man die Umstände bedenkt. Es gibt nur einen einzigen Ordner, und zwar mit Fotos. Keine Musik also, die Beschriftung ‹Hits 1989› oder ‹1999› sollte wohl den eigentlichen Inhalt verschleiern. Da muss ich dich leider enttäuschen, Duke.» Sie sah Paul mit gespieltem Bedauern an. «Einige Bilder lassen sich nicht mehr öffnen, aber die meisten sind unbeschädigt. Sie wurden alle am selben Ort aufgenommen, und höchstwahrscheinlich auch an einem einzigen Tag. Das Motiv ist immer ähnlich. Es sind verschiedene Personen darauf abgelichtet, ich habe euch ein Bild rausgesucht, auf dem sie alle versammelt sind. Dann müsst ihr nicht den ganzen Mist anschauen.»

«Mist?», fragte Björn mit hochgezogenen Brauen.

«Seht selbst.»

Ein Foto leuchtete an der Wand auf. Tom blinzelte ungläubig.

Er legte sein angebissenes Brötchen weg und rieb sich über den Bart, während er die Aufnahme auf sich wirken ließ. Das Foto war eindeutig älter als die CD, höchstwahrscheinlich aus den 1970ern, das war an der gelblichen Verfärbung und an der Kleidung der aufgenommenen Personen zu erkennen. Es musste zu einem späteren Zeitpunkt digitalisiert worden sein.

Auf dem Bild waren Männer verschiedenen Alters zu sehen, einige noch Jugendliche, andere grauhaarig und gebeugt. Sie standen vor einer Hakenkreuzfahne und riefen oder sangen etwas, den rechten Arm zum Hitlergruß erhoben.

«Fuck», sprach Björn Toms Gedanken aus. «Was ist das denn?»

«Ich vermute», antwortete Mascha mit einem fröhlichen Grinsen, «wir haben herausgefunden, wie Iris Hertz ihre Auswanderung finanzieren wollte. Und wie ihr Mann seine Schulden bezahlen konnte.»

Tom schaltete sofort. «Erpressung?»

«Davon gehe ich aus.» Mascha setzte sich und legte die Fernbedienung weg. «Ich nehme an, irgendwer auf diesen Fotos hat viel Geld dafür bezahlt, dass sie unter Verschluss bleiben.»

«Aber die Aufnahmen sind doch uralt», gab Paul zu bedenken.

«Trotzdem haben sie das Potenzial, eine Karriere zu vernichten.»

«Möglich.» Paul runzelte die Stirn. «Aber woher hatte Iris Hertz diese Fotos? Und woher wusste sie, wer ein lohnendes Opfer sein könnte?»

«Dazu hätte ich eine Idee», meldete sich Björn. «Ich habe gestern einen Bildband über Sellnitz gekauft und …»

«Du hast was?» Paul drehte sich überrascht zu ihm um. «Willst du auf den Darß ziehen?»

«Nein, danke, ich fühle mich wohl in Teterow. Ich war einfach neugierig.»

Tom bemerkte, dass Björn verlegen den Blick senkte. Ihm fiel ein, dass der Kollege anfangs vermutet hatte, die Buchhändlerin könnte etwas mit ihrem Fall zu tun haben. Der Verdacht hatte sich zerstreut, doch Tom wusste, dass Björn eine Schwäche für Frauen in Not hatte. Der Buchkauf war bestimmt ein Vorwand gewesen, um nach ihr zu sehen.

«Also, was hast du entdeckt?», fragte er.

«Ein Foto von zwei Friseurinnen vor einem Salon und dazu die Unterschrift ‹Die Damen vom Salon Diana machen auch Hausbesuche›. Eine der Frauen ist eindeutig Iris Hertz. Wir wissen ja bereits, dass sie in dem Salon gearbeitet hat.»

«Du meinst, sie ist bei einem dieser Hausbesuche auf die Fotos gestoßen?», fragte Paul ungläubig. «So was lässt doch keiner offen rumliegen.»

«Da wäre ich nicht so sicher», erklärte Tom grimmig. «Allerdings ist die Frage, wie Iris Hertz oder ihr Mann an die Fotos gekommen sind, im Augenblick nicht so entscheidend. Mich interessiert viel mehr, wer darauf abgelichtet ist. Wenn Mascha recht hat mit ihrer Theorie, könnte einer dieser Männer ein Erpressungsopfer sein. Und dann hätte er ein Mordmotiv.»

«Ich mache Ausdrucke von den Fotos», sagte Mascha. «Auch von einzelnen Gesichtern. Das könnte helfen.» Sie griff nach der Fernbedienung für den Beamer.

«Warte», rief Paul. «Einer der Typen kommt mir bekannt vor. Dieser junge Kerl mit dem akkuraten Seitenscheitel und dem kurzärmligen Hemd. Ich könnte schwören, dass ich den kenne, aber mir fällt einfach nicht ein, woher.»

Tom betrachtete das Foto. «Vergiss nicht, dass das Bild mindestens vierzig oder fünfzig Jahre alt ist. Alle Personen darauf sind inzwischen alt, wenn nicht sogar schon verstorben.»

«Das ist mir klar.» Paul rieb sich die Stirn. «Aber dieser spöttisch verzogene Mund, den kenne ich, da bin ich sicher. Ich zeige das Foto nachher mal Senior, vielleicht fällt ihm was dazu ein.»

«Mach das.» Tom lächelte Mascha an. «Gute Arbeit. Das hier könnte der Schlüssel sein, um den Mord an Iris Hertz aufzuklären.»

Am selben Vormittag

Mascha zog den letzten Ausdruck aus dem Farbkopierer. Sie hatte alle halbwegs erkennbaren Personen auf den Fotos von der CD einzeln herausgeschnitten und die Bilder so gut wie möglich bearbeitet, damit die Gesichter scharf waren. Nun konnten sie nicht nur einzelne Männer überprüfen, sondern die Fotos auch herumzeigen, ohne dass der Kontext der Aufnahme mit den Nazi-Symbolen die Wahrnehmung beeinträchtigte.

Tom hatte die Fotos an den Verfassungsschutz von Mecklenburg-Vorpommern weitergeleitet, in der Hoffnung, dass die Kollegen einige der Personen identifizieren konnten. Aber groß waren die Chancen nicht. Die Akte eines Rechtsextremen wurde gelöscht, wenn dieser innerhalb einer bestimmten Frist nicht mehr auffällig geworden war. Zudem stammte das Foto aus DDR-Zeiten, falls es überhaupt auf dem Darß aufgenommen worden war.

Leider war Paul noch immer nicht eingefallen, woher er den jungen Mann auf dem Foto kannte, und auch Senior hatte keine Idee dazu gehabt. Mascha wollte es später mit einer Bildersuche im Internet probieren, aber angesichts des Alters der Fotos machte sie sich nicht viel Hoffnung auf einen Treffer.

Wie ärgerlich. Sie hatte ihren Job riskiert, um die Daten zu entschlüsseln, und nun halfen sie ihnen womöglich gar nicht weiter.

Mascha nahm den Blätterstapel und kehrte in Toms Büro zurück. Sie hatte den Raum für sich allein, weil Tom in den Wald gefahren war, um zu schauen, wie der Stand der Dinge bei der Suchaktion war. Offenbar gab es auch von dort keine guten Nachrichten, sonst hätte er sich längst gemeldet.

Gähnend ließ sie sich auf den Stuhl fallen. Sie hatte in der vergangenen Nacht kaum geschlafen. Olivers Angebot hatte sie eiskalt erwischt. Wie sollte sie innerhalb von einer Woche eine so weitreichende Entscheidung treffen?

Als sie ihren Laptop zu sich heranzog, bemerkte sie, dass sie eine E-Mail mit zahlreichen Anhängen erhalten hatte. Der Absender war Bruno Hirsch. Einen Moment wagte sie nicht, die Mail zu öffnen. Ihr Hals schnürte sich zu, ihre Finger wurden feucht.

Bruno Hirsch arbeitete im Stasi-Unterlagenarchiv in Berlin. Vor ein paar Wochen hatte Mascha eine Anfrage dorthin geschickt, weil sie glaubte, dass ihre leibliche Mutter mit ihr über die Ostsee in den Westen hatte fliehen wollen und dabei verhaftet worden war. Falls das stimmte, musste es darüber eine Akte geben. Doch da sie weder den Namen ihrer Mutter noch das genaue Datum kannte, hatte man ihr nicht weiterhelfen können. Ohnehin war es schwierig, Unterlagen einzusehen, solange man nicht nachweisen konnte, dass man selbst die betroffene Person war oder mit dieser verwandt.

Vor ein paar Tagen hatte sich dann Bruno Hirsch bei ihr gemeldet und ihr ein Angebot gemacht. Er half manchmal Menschen, denen er offiziell nicht helfen durfte. Und er hatte ihr versprochen, Akten herauszusuchen, die zu ihren bruchstückhaften Erinnerungen passen könnten. Er ging damit ein hohes Risiko ein, und Mascha hatte ihm versprechen müssen, niemandem davon zu erzählen und alle Unterlagen zu vernichten, nachdem sie sie durchgesehen hatte.

Mit klopfendem Herzen öffnete sie die Mail.

Liebe Frau Krieger,

anbei einige infrage kommende Akten. Melden Sie sich, wenn Sie fündig geworden sind. Bitte denken Sie an Ihr Versprechen!

Gruß
B. H.

Mit einem dicken Kloß im Hals klickte Mascha eine Datei an und scrollte durch die erste Seite. Vor lauter Aufregung verschwammen die Buchstaben vor ihren Augen.

Aber auch nachdem sie ein paarmal gezwinkert und der Text sich scharf gestellt hatte, konnte sie nicht viel erkennen. Nahezu jedes zweite Wort war geschwärzt.

Am selben Tag

Als Tom erneut auf den Waldparkplatz bog, hatte sich der Nebel tatsächlich ein wenig gelichtet. Aber noch immer hingen weiße Schleier zwischen den Stämmen, zudem hatte leichter Nieselregen eingesetzt. Fröstelnd näherte sich Tom dem Einsatzleiter.

Thies Ohlsen war ein Hüne mit großem Schnauzbart und energischem Auftreten. «Hallo, Tom. Alles klar?»

«Schön, dich zu sehen, Thies. Wie läuft es?»

«Bisher nichts.» Der Kollege blickte in den Wald. «Das Wetter könnte besser sein, aber es passt schon.»

«Wie lange braucht ihr noch?»

«Mindestens zwei Stunden, bis wir den festgelegten Abschnitt durchhaben. Dann sind die Kollegen auch nass und durchgefroren, mehr ist heute nicht zu schaffen.»

«Verstehe.» Frustriert blickte Tom in Richtung Wald.

«Vermutlich ist der Kerl längst über alle Berge.» Thies hob die Schultern.

Das Funkgerät an seiner Uniform knackte. Er wollte danach greifen, als ein Knall die Stille des Waldes zerriss. Tom und er tauschten einen Blick. Ein zweiter Knall donnerte durch den Nebel. Ohlsen riss das Funkgerät an den Mund.

Tom wartete nicht auf ihn, sondern rannte los, zog im Laufen die Waffe aus dem Holster. Irgendwer hatte ganz in der Nähe zwei Schüsse abgefeuert. Ein Kollege? Ein Jäger? Oder der Verdächtige?

Tom verfluchte die schlechte Sicht, drosselte das Tempo, hörte Schritte hinter sich und fuhr herum. Es war Thies.

«Die Kollegen haben die Schüsse auch gehört, zwei waren wohl in unmittelbarer Nähe», erklärte er außer Atem. «Ich habe angeordnet, sich vorsichtig zu nähern.»

«Der Wald wurde doch gesperrt, oder?», fragte Tom und setzte sich wieder in Bewegung.

«An jedem Wanderweg steht ein Posten, ja. Aber wenn jemand von der Landstraße oder vom Strand aus einfach quer durchläuft … das lässt sich unmöglich kontrollieren.»

«So eine Scheiße. Hoffen wir, dass es bloß ein Jäger war, der nichts von der Polizeiaktion mitbekommen hat.»

Plötzlich war vor ihnen ein lautes Rascheln und Knacken zu hören. Sekunden später kamen zwei Gestalten durch den Nebel auf sie zugerannt.

Tom riss die Waffe hoch. «Polizei! Stehen bleiben! Und die Arme hochnehmen.»

Die beiden Personen kamen in einigen Metern Entfernung torkelnd zum Stehen und hoben die Hände in die Luft. Tom fiel auf, wie klein und schmal sie wirkten.

«Auf den Boden knien!», brüllte er.

Die beiden gehorchten stumm.

Tom war jetzt so nah, dass er erkennen konnte, dass sie nichts in den Händen hielten.

«Verfluchter Mist», murmelte Thies hinter ihm, und im selben Moment erkannte Tom es auch.

Die am Boden knienden Gestalten waren Jugendliche, fast noch Kinder. Tom schätzte beide Jungen auf vierzehn oder fünfzehn. Er trat vorsichtig näher. Seine Jahre in Berlin hatten ihn gelehrt, dass es keine Altersgrenze für Kriminalität gab, dass auch Kinder schreckliche Verbrechen begehen konnten.

«Langsam aufstehen», befahl er. «Aber die Arme oben lassen.»

Er nickte Thies zu, der die beiden abtastete und den Kopf schüttelte.

«Okay, ihr könnt die Arme runternehmen.» Tom steckte die Waffe zurück ins Holster, Thies trat zur Seite und erklärte über Funk, was los war.

Tom wandte sich an die Jungen. «Was macht ihr hier draußen? Der Wald ist gesperrt.»

Die beiden sahen sich verlegen an. «Wir waren neugierig», sagte der eine, ein schlaksiger Typ mit blondem Wuschelkopf. «Und dann haben wir …» Er senkte den Blick.

«Ihr habt was?», wandte Tom sich an den anderen.

«Diese … Pistole gefunden», stammelte der mit hochrotem Kopf.

Toms Hand schoss zurück ans Holster. «Eine Pistole? Wo?»

«Irgendwo dahinten. Wir haben sie weggeworfen.»

«Aber vorher habt ihr sie ausprobiert, ja?», fragte Tom scharf.

Die beiden starrten betreten zu Boden.

Tom schüttelte fassungslos den Kopf. «Ihr zeigt mir jetzt, wo die Pistole ist und wo ihr sie gefunden habt, und dann nimmt mein Kollege eure Personalien auf. Eure Eltern dürfen euch danach hier abholen. Ich schätze, die werden nicht sehr begeistert sein von eurem Abenteuer.»

Der Blonde blickte ihn entsetzt an. «Muss das sein?»

«Kommt davon, wenn man herumschnüffelt.»

«Aber ich will da nicht mehr hin.» Der Junge sah mit einem Mal vollkommen verzweifelt aus, Hilfe suchend schaute er zu seinem Kumpel. Aber der hatte den Blick auf seine Schuhspitzen geheftet.

Tom runzelte irritiert die Stirn. Er hatte angenommen, dass die Jungen Angst hatten, Ärger mit ihren Eltern zu kriegen.

«Und warum willst du da nicht mehr hin?», wollte er wissen.

«Wegen … wegen der Leiche.»

Am selben Tag

Mascha rannte durch den Regen zu Toms Auto, die Tüte mit den beiden Dönern fest an sich gepresst. Der Wanderparkplatz war ein einziges Schlammloch, die Einsatzfahrzeuge parkten kreuz und quer. Als Mascha auf dem Beifahrersitz saß, schüttelte sie sich fröstelnd den Regen aus dem Haar.

«Ehrlich gesagt, war mir der Schnee lieber.» Sie reichte Tom einen Döner.

«Was ist das?», fragte er überrascht.

«Wonach sieht es denn aus?»

«Danke.»

«Senior hat mir erzählt, dass du gestern beinahe einen Schwächeanfall hattest, weil du nicht zum Essen gekommen bist. Da wollte ich lieber vorbeugen.»

«Gute Tat.» Tom biss in seinen Döner. «Nicht ganz so nobel wie dein Essen gestern Abend, nehme ich an», fügte er kauend hinzu.

Mascha warf ihm einen Seitenblick zu, bevor sie sich ebenfalls über ihren Döner hermachte. Schon gestern hatte er über ihr Date mit Oliver gestichelt. War er sauer, weil sie ihm abgesagt hatte? Oder eifersüchtig auf ihren Chef?

Sie schluckte ihren Bissen herunter. «Ich hätte lieber mit dir und Romy gegessen», sagte sie ehrlich.

«Gab es denn einen Anlass?»

Mascha brummte kauend. «Wie ich schon sagte, ging es um

den Stalker», antwortete sie, als sie wieder sprechen konnte. «Vor einer Stunde ist der Verdächtige festgenommen worden. Es gab tatsächlich ein weiteres Opfer. Sie war offenbar die Erste, und ihr Ex Sandro Horn passt ins Profil. Er hat ein Problem mit Narben, er könnte die Software programmiert haben, und er hat seiner ehemaligen Freundin nachgestellt. Meine Kollegen haben sogar einen Karton Einmalhandschuhe im Kofferraum seines Wagens gefunden. Aber leider keine Spur von Kira. Und er streitet ab, je von ihr gehört zu haben. Dabei war ich so sicher, dass der Typ sie entführt hat.»

Tom wischte sich den Mund ab. «Das ist doch eine gute Nachricht.»

«Im Grunde schon.»

«Höre ich da ein Aber?»

«Ich werde das Gefühl nicht los, dass das alles zu gut passt. Und ich glaube noch immer, dass der wahre Stalker eine Verbindung zum Darß hat.»

«Der wahre Stalker?» Tom schob die Serviette in die Tüte. «Du glaubst, deine Kollegen haben den Falschen festgenommen?»

«Ich hoffe, ich täusche mich.»

Tom legte den Kopf schief. «Und Oliver ist gestern Abend extra aus Schwerin hergekommen, um dir zu sagen, dass sie den Mann identifiziert haben und heute verhaften wollen?»

Mascha mied seinen Blick. «Immerhin habe ich seine Masche durchschaut und durchgesetzt, dass nach einer Frau gefahndet wird, der eine Meerjungfrau-Puppe gestohlen wurde. Sonst hätten sie ihn noch längst nicht.»

Tom schien nachhaken zu wollen, doch in dem Moment klingelte zum Glück sein Handy. «Was habt ihr, Thies?» Er hörte zu, nickte. «Bin schon unterwegs.» Dann sah er Mascha an. «Es geht los, sie haben die Leiche gefunden.»

Während sie durch den Regen über den Waldweg eilten, brachte Tom sie auf den neusten Stand. Sie wusste von den beiden Jungen, die angeblich eine geladene Pistole neben einer Leiche gefunden und nichts Besseres zu tun gehabt hatten, als sie auszuprobieren und dann wegzuwerfen und abzuhauen. Offenbar waren sie bei ihrer Flucht so kopflos durch den Wald gerannt, dass sie die Stelle nicht mehr wiedergefunden hatten. Tom hatte sie schließlich von ihren Eltern abholen lassen und die Hundertschaft auf das Gebiet konzentriert, in dem die Leiche liegen musste.

Die Kollegen waren inzwischen vollkommen durchnässt, doch jetzt hatten sie offenbar Erfolg gehabt.

Thies Ohlsen, der Einsatzleiter, erwartete sie unter einer knorrigen alten Eiche. «Mistwetter», fluchte er.

«Du kannst die Leute nach Hause schicken», antwortete Tom. «Den Rest muss die KTU machen.»

«Gut.» Thies deutete in den Wald. «Hier geht's lang.»

Zu Maschas Überraschung näherten sie sich über einen kaum erkennbaren Trampelpfad der Landstraße, bis sie schließlich die vorbeifahrenden Fahrzeuge nicht nur hören, sondern auch sehen konnten. Diesen Bereich hatte Tom nicht ins Suchgebiet eingeschlossen.

Irgendwann endete der Pfad, und sie kämpften sich durch abgestorbenen Farn vom vergangenen Sommer, der nasse Spuren auf ihren Hosenbeinen hinterließ. Zweimal mussten sie über einen der zahlreichen Wassergräben springen, die den Wald durchzogen wie Falten ein altes Gesicht.

Dann endlich entdeckte Mascha die Kollegen, die in kleinen Grüppchen zusammenstanden und heißen Tee aus Thermoskannen tranken. In einiger Entfernung war ein Bereich notdürftig mit einer Schnur abgesperrt.

Mascha warf Tom einen Blick zu, dann traten sie gemeinsam näher. An der Absperrung blieben sie stehen. Der Tote war kaum zu sehen, weil die braunen Farnblätter ihn größtenteils verbargen. Eine Fußspur führte zu der Stelle, jemand hatte ein paar der Blätter zur Seite gebogen, sodass das Gesicht und ein Teil des Oberkörpers erkennbar waren.

Die Kriminaltechniker würden nicht begeistert sein. Eine Spurensuche im Wald war auch so schon schwierig, und nun mussten sie etwaige Funde auch noch mit Dutzenden Schuhabdrücken von Kollegen abgleichen.

Mascha stellte sich auf die Zehenspitzen, um besser sehen zu können. Der Mann im Farn war vollständig bekleidet, trug Jacke und Schal. Er lag auf dem Rücken, die Position von Armen und Beinen war nicht erkennbar. Dafür erkannte sie sein Gesicht. Auch wenn der Tod seine Züge verändert hatte, war es eindeutig Manuel Hertz. Die Todesursache erschien ebenfalls klar, zumindest auf den ersten Blick. Der Kopf lag auf der Seite, eine Wunde an der Schläfe verriet, wo die Kugel in seinen Körper eingedrungen war.

Mascha trat ein paar Schritte zurück.

«Was denkst du?», fragte Tom.

«Sieht nach Suizid aus», antwortete sie. «Zumal die Waffe ja offenbar bei ihm gefunden wurde.»

«Oder jemand wollte, dass es so aussieht.»

«Du glaubst, irgendwer hat vor Jahren seine Frau und jetzt ihn umgebracht? Der Typ, den Iris erpresst hat?»

«Wäre doch möglich. Wenn Hertz wirklich all die Jahre geglaubt hat, seine Frau hätte ihn verlassen, und ihm erst jetzt klar wurde, was wirklich passiert ist, hat er den Täter womöglich mit seinem Verdacht konfrontiert und es mit dem Leben bezahlt.»

Mascha nickte. Toms Gedankengang leuchtete ihr ein. Er hatte allerdings einen Haken. «Aber wenn er tatsächlich nicht wusste, dass seine Frau tot war, woher hatte er dann das Geld, um seine Schulden zu begleichen? Er wird doch wohl kaum angenommen haben, dass sie ihn verlassen hat, ohne dieses angebliche Erbe mitzunehmen. Oder glaubst du die Geschichte, dass sie mit ihm geteilt hat?»

«Nicht wirklich. Dann wäre er also der Mörder, der sich jetzt selbst gerichtet hat.» Tom schob die Hände in die Jackentasche. «Warten wir ab, was bei der Obduktion herauskommt, bevor wir weiter spekulieren.»

Mascha trat von einem Fuß auf den anderen. Die Nässe sickerte allmählich durch die Kleidungsschichten, sie fror. «Und dann ist da ja immer noch die Frage, wer der zweite Tote ist. Und in welcher Beziehung er zu Iris Hertz stand.»

«Ich denke, da haben wir zwei Optionen», erklärte Tom mit grimmiger Miene. «Entweder war der Mann ihr Lover …»

«Oder er hatte was mit der Erpressung zu tun.»

Am selben Tag

Janine rieb sich das Gesicht. Sie war erschöpft, frustriert, vor allem aber schockiert. Irgendetwas lief gehörig schief in ihrem Leben. Und zu allem Überfluss war sie auch noch eine beschissene Mutter.

«Herrgott, Torge. Du bist doch kein kleines Kind mehr!», fuhr sie ihren Sohn an. «Was hast du dir nur dabei gedacht?»

Der Junge sank noch weiter in sich zusammen. Er hockte auf seinem Bett wie ein Häuflein Elend, die Beine angezogen, den Kopf auf die Knie gesenkt. Seine Jeans war nass und schlammbedeckt.

«Wieso seid ihr überhaupt in diesen verfluchten Wald gegangen? Ich dachte, ihr wart beim Fußball?»

Torge hob den Blick. «Waren wir auch. Und dann hat irgendwer erzählt, dass die Polizei nach einer vermissten Person sucht. Wir fanden das ... ich weiß auch nicht ... aufregend. Wir dachten, wir könnten mitsuchen, vielleicht eine Belohnung kassieren.»

«Eine Belohnung?» Janine setzte sich zu ihm. «Verdammt, Torge, ihr habt mit einer Schusswaffe herumgespielt.»

«Ich habe nicht geschossen», versicherte er rasch. «Das war Lasse.»

«Na klar.»

«Glaubst du mir etwa nicht, Mama?»

Sie legte ihm die Hand auf die Schulter. «Ich weiß nicht, was ich glauben soll, Torge.»

«Ich hab das Ding nicht angerührt, ehrlich. Die Polizei kann es auf Fingerabdrücke untersuchen, dann wirst du es sehen.» Seine Augen füllten sich mit Tränen. «Ich wollte das alles nicht, Mama, ich habe Lasse gesagt, dass er die Finger davon lassen soll und dass wir sofort die Polizei anrufen müssen. Aber Lasse wollte unbedingt einmal schießen. Er hat auf einen morschen Baumstamm gefeuert. Aber dann hat sich direkt ein zweiter Schuss gelöst und …» Torge fing an zu weinen.

Janine zog ihn zu sich heran und drückte ihn fest an sich. «Ich bin so froh, dass dir nichts passiert ist.» Sie wollte gar nicht daran denken, was alles hätte geschehen können.

«Es war so schrecklich», schluchzte Torge. «Der Mann. Er hat sich in den Kopf geschossen.»

«Denk nicht mehr dran», sagte Janine und strich ihm über das Haar. «Du musst das vergessen.»

«Ich gehe nie wieder in den Wald.» Torge vergrub sein Gesicht in ihrem Pullover. «Nie wieder. Ich gehe überhaupt nirgendwo mehr hin.»

«Schon gut, Torge.» Janine streichelte weiter sein Haar. «Das war sehr schlimm für dich. Du stehst unter Schock. Und ich finde es gut, dass du vorsichtiger sein willst.» Am liebsten hätte sie ihren Sohn zu Hause eingeschlossen, um ihn zu beschützen, aber das war natürlich keine Lösung. Sie musste ihn stark machen, damit er nicht zu so einem nervösen Wrack wurde wie sie.

«Heute und morgen bleibst du hier. Es ist ja sowieso Wochenende. Du darfst so viele Filme anschauen, wie du willst. Ich besorge Pizza. Und Popcorn. Und in ein paar Tagen, wenn du dafür bereit bist, gehen wir zusammen in den Wald und schauen, wie es sich anfühlt. In Ordnung?»

Torge machte sich von ihr los. «Darf ich Joker gucken?»

Der Film war seit Tagen Thema. Angeblich hatten alle anderen in Torges Klasse ihn längst gesehen. Janine war nicht begeistert, dass ihr Sohn sich nach dem traumatischen Erlebnis im Wald ausgerechnet eine so düstere Geschichte anschauen wollte. Zumal er erst vierzehn war. Andererseits wollte sie ihn gerade jetzt nicht wie ein kleines Kind behandeln. Vielleicht half ihm die fiktive Gewalt, die reale zu verarbeiten. «Also gut. Meinetwegen.»

«Yes!» Er reckte die Faust in die Luft.

«Aber dafür treffen wir ein paar Vereinbarungen. Und ich muss mich darauf verlassen können, dass du dich daran hältst.»

«Nicht draußen herumtreiben, ohne vorher Bescheid zu sagen, ich weiß, Mum.» Er senkte den Blick.

«Das ist nicht alles.»

«Und nicht von Fremden nach Hause bringen lassen, schon kapiert. Das hatte ich sowieso nicht vor. Der Typ war nett, aber auch irgendwie creepy.»

Alarmiert sah Janine ihn an. «Was soll das heißen?»

«Nichts. Er hat nur so viele Fragen gestellt, über meine Familie und so.»

Janine hätte gern mehr gewusst, aber sie merkte, dass Torge schon wieder im Begriff war dichtzumachen. «Dann sind wir uns ja einig», sagte sie.

Sie wollte aufstehen, doch ihr Sohn hielt sie zurück. «Wenn ich heute Nacht Albträume von diesem Toten habe, kann ich dann zu dir ins Bett kommen?»

Janine setzte sich wieder und ergriff seine Hände. «Natürlich kannst du das. Du kannst immer zu mir kommen, das weißt du doch.»

Am selben Tag

Tom wollte den Wanderparkplatz nicht verlassen, bevor die Kriminaltechniker und der Rechtsmediziner eingetroffen waren, deshalb hatte er die Nachmittagsbesprechung der Soko Sturm kurzerhand in den Bus verlegt. Zu viert passten sie gerade so an den kleinen Einbautisch. Die Dieselheizung brummte und sorgte für kuschelige Wärme, Paul und Björn hatten eine Thermoskanne mit Kaffee und eine große Tüte vom Bäcker mitgebracht.

«Am besten legen wir gleich los», sagte Tom, sobald alle es sich bequem gemacht hatten. Er öffnete das Dokument mit den Notizen auf seinem Laptop. «Wie ihr wisst, hat die Hundertschaft – oder besser gesagt haben zwei vierzehnjährige Jungen – eine männliche Leiche in einem Abschnitt des Waldes entdeckt, der sich sehr nah an der Landstraße befindet. Es ist eindeutig Manuel Hertz, und er hat eine Schusswunde an der Schläfe.»

«Und die zwei Jungen haben die Tatwaffe gefunden, richtig?», erkundigte sich Björn und schnappte sich eine Nussecke.

«Sie haben sie bei der Leiche entdeckt und ausprobiert.» Tom seufzte. Offenbar war seine Tochter nicht das einzige Kind, das sich mit dummen Experimenten in Lebensgefahr brachte. Die Vorstellung, dass Romy mit vierzehn Jahren womöglich immer noch nicht mehr Vernunft besaß als mit fünf, beruhigte ihn nicht gerade. Eltern zu sein, war nichts für Feiglinge, so viel stand fest. Er konzentrierte sich wieder auf seine Notizen. «Die beiden müssen noch ausführlich befragt werden, auch zur genauen Position der Waffe bei der Leiche. Ich möchte, dass du das übernimmst, Björn. Die Mutter des einen kennst du schon, es ist diese Janine Kaiser.»

«Wirklich?», fragte Björn überrascht. «Torge ist einer der Jungen?»

«Kennst du ihn?»

«Nur vom Sehen.»

«Das macht es vielleicht einfacher. Hier sind die Adressen.» Tom schob ihm einen Zettel hin. «Wir brauchen ihre Aussagen so schnell wie möglich. Es sieht zwar alles nach Suizid aus, aber es wurde bisher kein Abschiedsbrief gefunden.»

«Auch nicht im Wagen?», fragte Paul.

«Negativ.» Tom nahm einen Schluck Kaffee. «Außerdem wissen wir noch immer nicht, in welchem Verhältnis das Ehepaar Hertz zu dem zweiten Toten stand. Solange das nicht geklärt ist, gibt es zu viele mögliche Szenarien. Deshalb möchte ich, dass du noch einmal alle Zeugen befragst, Duke. Iris Hertz muss den Mann gekannt haben, und irgendjemand weiß etwas darüber, da bin ich sicher. Er könnte ihr Lover gewesen sein. Oder das Erpressungsopfer. Oder ein Komplize. Alles ist möglich.»

«Wird erledigt, Chef.» Er kratzte sich am Kopf. «Ich könnte allerdings Hilfe gebrauchen.»

«Schnapp dir Laurel und Hardy.»

«Die haben dieses Wochenende frei.»

«Dann Babyface.»

«Die Soko muss aufgestockt werden», murmelte Mascha. «Jetzt, wo wir einen weiteren Toten haben.»

«Ich bin schon dran.»

«Was ist denn mit der Tatwaffe?», fragte Björn.

«Die haben wir inzwischen auch gefunden.» Mascha griff auf den Beifahrersitz und schwenkte einen Beutel. «Die Jungen haben sie etwa zweihundert Meter von der Leiche entfernt in einen Graben geworfen, sich aber nicht mehr erinnert, wo genau. Wir hätten sie wohl nie gefunden, wenn dem Kollegen Ohlsen nicht die Fußabdrücke aufgefallen wären.»

«Guter Mann», brummte Paul.

«Wollen wir hoffen, dass sie im Labor Spuren daran finden. Und etwas zur Herkunft. Hertz hat nämlich offiziell keine Waffe besessen.»

«Seine Frau wurde aber nicht erschossen, oder?» Björn runzelte die Stirn. «Da war doch was mit Messerspuren an den Knochen.»

«Stimmt.» Tom klickte die entsprechende Seite in der Akte an. «Wir wissen ja auch noch nicht, ob er irgendwas mit ihrem Tod zu tun hatte. Mascha und ich sind eben verschiedene Szenarien durchgegangen. Demnach wäre es auch möglich, dass der Erpresser Iris getötet hat und Manuel dann ihn.»

«Und wenn wir Pech haben, finden wir es nie heraus.» Paul biss in einen Schürzkuchen.

Mascha klopfte nachdenklich mit einem Stift auf den Tisch. «Wenn wir den zweiten Toten identifizieren könnten, wären wir einen großen Schritt weiter. Ich könnte schwören, dass der was mit der Erpressung zu tun hat.»

«Falls es überhaupt eine Erpressung gab», wandte Tom ein. «Bisher ist das nur eine Hypothese.»

«Ach, komm schon, Tom. Eine CD mit einem verschlüsselten Dateiordner voller Fotos von Möchtegern-Nazis. Was sonst sollte dahinterstecken?»

«Dann hoffe ich mal, dass irgendwer jemanden darauf erkennt.» Tom nahm noch einen Schluck Kaffee. «Bis der Verfassungsschutz sich meldet, kann es dauern. Falls überhaupt. Hast du es schon im Internet versucht?»

«Nur auf die Schnelle.»

«Kann ich das eine Foto noch mal sehen?», bat Paul. «Das mit dem Typen, der mir so bekannt vorkam?»

Tom suchte es heraus und drehte den Laptop zu Paul.

Er betrachtete es einen Moment, dann schüttelte er frustriert den Kopf.

«Moment, halt!» Er betrachtete das Foto noch einmal, dann zog er sein Handy hervor und googelte. «Scheiße, das könnte er sein. Es liegen bestimmt vierzig Jahre zwischen den Aufnahmen, aber ich finde die Ähnlichkeit verblüffend.»

«Zeig her.» Tom streckte hoffnungsvoll die Hand aus.

Das Foto zeigte einen hochgewachsenen alten Mann mit weißem Haar und leicht spöttisch verzogenem Mund. Es bestand tatsächlich eine vage Ähnlichkeit mit dem jungen Mann auf dem Foto, doch Tom hätte nicht darauf gewettet, dass er es war.

Mascha beugte sich vor. «Wer ist das?»

«Guido Zernikow, ehemals Richter am Landgericht in Rostock. Ich hatte ein paarmal im Rahmen eines Falls mit ihm zu tun. Außerdem wohnt er hier in Sellnitz.»

«Ein Richter mit Nazi-Vergangenheit, warum überrascht mich das nicht?», murmelte Björn.

«Immer langsam», sagte Tom. «Auch wenn ich eine gewisse Ähnlichkeit sehe, reicht das niemals aus, um den Mann mit dem Foto zu konfrontieren. Er würde uns zu Recht zum Teufel jagen.»

«Da bin ich nicht so sicher.» Mascha hatte eifrig auf ihrem Handy herumgetippt und legte es jetzt auf den Tisch. «Ich habe mal geschaut, was über den Richter im Netz zu finden ist. Das hier ist ein Foto aus den Siebzigerjahren, als er gerade seine erste Stelle als Anwalt angetreten hat.»

«Scheiße», stieß Paul hervor. «Das ist er, kein Zweifel. Oder wie siehst du das, Tom?»

Tom betrachtete das Foto und dann noch einmal das Bild auf seinem Laptop. «Das ist ziemlich eindeutig. Okay. Paul, Björn, ihr wisst, was ihr zu tun habt. Mascha und ich warten hier noch auf den Rechtsmediziner und die Kriminaltechniker, die müssten ja bald da sein. Und dann statten wir diesem Zernikow einen Besuch ab.»

Unbekannter Ort

Kira horchte, das Ohr fest an die Tür gepresst. Auch wenn alles in ihr danach schrie, endlich loszulaufen, zwang sie sich, ganz sicherzugehen.

Sie konnte noch immer nicht fassen, dass sie es geschafft hatte. Nach all den Fehlversuchen, Schmerzen und blutigen Fingern hatte sie das Schloss mit ihrem selbst gebastelten Dietrich gerade eben mit solch einer Leichtigkeit geöffnet, dass sie noch ganz benommen war vor Überraschung.

Vorhin, als sie sich den letzten Apfel hatte gönnen wollen, hatte sie bemerkt, dass darauf ein Aufkleber haftete, der wohl vom Auswiegen im Supermarkt stammte. Daraufhin hatte sie die Bananenschalen untersucht, und auch dort einen solchen Sticker gefunden. Sie hatte beide um das zurechtgebogene Stück Weißblech gewickelt, um es zu verstärken. Und so hatte es tatsächlich funktioniert. Das leise Klicken des Riegels war das schönste Geräusch gewesen, das sie je in ihrem Leben gehört hatte.

Auf der anderen Seite der Tür war kein Geräusch zu hören, also musste sie es wagen. Sie drückte die Klinke, lehnte sich behutsam gegen das Holz und verspürte ein unfassbares Glücksgefühl, als die Tür sich tatsächlich bewegte.

Den Stein, den sie als Waffe in der rechten Hand hielt, fest umklammert, schob sie die Tür ein Stück weiter auf und spähte nach draußen. Obwohl auch hier kein Licht brannte, war es deutlich heller als in ihrem Gefängnis. Von irgendwo drang schwaches Licht herein und ließ sie Schemen in der Dunkelheit ausmachen. Eine Art Gewölbe, Steinboden, eine bogenförmige Öffnung und dahinter ein Gang. Der Keller eines sehr alten Hauses, mutmaßte Kira.

So lautlos wie möglich schlich sie auf den Gang zu und tastete sich hindurch. Ein weiterer Raum schloss sich an, am Ende eine Tür aus massivem Stahl. Durch die Ritzen zwischen Türblatt und Rahmen drang Licht herein, und ein kalter Luftzug. Offenbar ging es dort über eine Außentreppe direkt ins Freie.

Kira rannte darauf zu. Wieder horchte sie, glaubte von draußen ein schwaches Rauschen zu vernehmen. Wind? Regen? Kira holte tief Luft und griff nach der Klinke.

Am selben Tag

Guido Zernikow wohnte in einem minimalistischen Bungalow am Ortsrand von Sellnitz. Die großen Fensterfronten wirkten leer und abweisend, der Garten bestand aus einer nackten Rasenfläche. Der alte Herr, der sie an der Tür empfing, bat sie jedoch freundlich herein und bot ihnen Kaffee an.

Mascha hatte den Eindruck, dass er nicht ahnte, weshalb die Polizei ihn sprechen wollte. Was sie erstaunte, denn er musste mitbekommen haben, dass die Tote vom Kliff als Iris Hertz identifiziert worden war und nach ihrem Mann gefahndet wurde. Täuschten sie sich, was die Theorie mit der Erpressung anging?

Sie nahmen auf der Ledergarnitur im Wohnzimmer Platz. Zernikow bewegte sich etwas schwerfällig, wirkte aber ansonsten für seine achtundsiebzig Jahre erstaunlich agil. Als er die Kaffeetassen abstellte, zitterte seine Hand ein wenig, doch das schrieb Mascha seinem Alter zu.

Während Tom ein paar Höflichkeitsfloskeln mit dem Mann austauschte, sah sie sich im Zimmer um. In einer beleuchteten Vitrine standen gerahmte Fotos, auf denen der Richter mit anderen wichtig aussehenden Männern posierte, einige zeigten ihn im Golf-Outfit unter Palmen. Zwei Pokale standen davor.

«Ich spiele immer noch», sagte Zernikow, der ihren Blick bemerkt haben musste. «Und einmal im Jahr treffe ich mich mit Freunden in Florida zum Golfen.» Er lächelte. «Das machen wir seit fast fünfzig Jahren. Als ich zum ersten Mal mitfuhr, war ich ein aufstrebender Anwalt in Münster.»

«Was hat Sie auf den Darß verschlagen?» Mascha zwang sich zu einem freundlichen Tonfall, obwohl ihr die ganze Zeit das alte Foto von der CD vor Augen stand. Es widerte sie an, sich von einem Nazi Kaffee servieren zu lassen und mit ihm über Golfen in Florida zu plaudern.

«Nach dem Zusammenbruch der DDR wurden händeringend Richter gesucht», erklärte Zernikow. «Im alten System hatte es viel weniger Planstellen gegeben als in der Bundesrepublik, zudem war das Personal vorbelastet, wie Sie sich sicher denken können. Ich ging nach Rostock. Eigentlich hatte ich nicht vor zu bleiben, doch dann lernte ich meine Frau kennen, die aus Sellnitz stammte, und wir sind geblieben. Leider ist sie schon vor zehn Jahren verstorben.»

Tom räusperte sich. «Ich nehme an, Sie können sich denken, warum wir hier sind, Herr Zernikow?»

«Ich vermute, es hat mit dem Mordfall zu tun.» Der Richter griff nach seiner Kaffeetasse. «Die beiden Skelette am Kliff. Ich habe die Ermittlungen in der Zeitung verfolgt. Schreckliche Geschichte. Allerdings weiß ich nicht, wie ich Ihnen da weiterhelfen kann.»

«Wir haben die Frau inzwischen identifiziert, sie hieß Iris Hertz. Sagt Ihnen der Name etwas?»

Mascha ließ den Richter nicht aus den Augen, während Tom den Namen nannte, doch er blinzelte nicht einmal.

«Nein, tut mir leid.» Er trank einen Schluck Kaffee und stellte die Tasse ab.

«Sie war Friseurin hier in Sellnitz.»

Zernikow fuhr sich über das noch immer volle weiße Haar. «Möglich, dass ich mal bei ihr im Salon war, aber an den Namen kann ich mich nicht erinnern.»

Mascha betrachtete den Mann. Wenn er wirklich von Iris Hertz erpresst worden war, sie womöglich sogar ermordet hatte, lieferte er eine gute Show ab. Andererseits hatte er genug Zeit gehabt, sich auf die Rolle des Ahnungslosen vorzubereiten. Und es bestand ja auch die Möglichkeit, dass er tatsächlich nichts mit der Sache zu tun hatte.

«Wir haben Fotos bei den beiden Skeletten gefunden», fuhr Tom fort. «Und die haben uns zu Ihnen geführt.» Er nickte Mascha zu.

Sie zog zwei Ausdrucke aus dem Rucksack und platzierte den ersten vor dem Richter auf dem Tisch. Er zeigte den Ausschnitt mit seinem Gesicht, jedoch noch nicht die Situation, in der das Bild aufgenommen wurde.

Einen Moment lang starrte Zernikow ausdruckslos auf das Foto. Dann hob er den Blick. «Ich verstehe nicht.» Seine Stimme klang gepresst.

Wortlos legte Mascha das nächste Foto vor ihn. Diesmal waren die Hakenkreuze mit im Bild, ebenso wie der ausgestreckte Arm des jungen Mannes.

Die Züge des ehemaligen Richters versteinerten. Eine Weile sagte niemand etwas. Schließlich sprach er.

«Ich muss Sie bitten zu gehen.»

«Das würde ich mir an Ihrer Stelle gut überlegen.» Tom lehnte sich im Sessel zurück. «Sie können jetzt mit uns reden, in aller Ruhe, oder aber wir machen ein großes Fass auf.»

«Ich bin das nicht auf dem Foto.»

«Doch, das sind Sie», widersprach Mascha. «Es gibt Computerprogramme, die ein altes Foto von Ihnen mit diesem hier abgleichen und es beweisen können.»

«Sie können mir gar nichts!»

«Hat Iris Hertz Sie erpresst?»

«Unsinn! Ich kannte die Frau nicht! Was erlauben Sie sich!»

Mascha schrak zurück, als der Richter so plötzlich die Stimme erhob.

Tom machte eine besänftigende Geste. «Ganz ruhig, Herr Zernikow.» Er beugte sich vor. «Ich sage Ihnen mal, was ich vermute: Iris Hertz und ihre Kollegin haben auch Hausbesuche gemacht. Bei einem dieser Besuche hat Frau Hertz die Fotos entdeckt. Vielleicht waren Sie so leichtsinnig, sie herumliegen zu lassen, vielleicht hat Frau Hertz herumgeschnüffelt, keine Ahnung. Jedenfalls sah sie ihre Chance und ergriff sie. Iris Hertz hatte nämlich einen Traum, sie wollte nach Amerika, nach New York. Und nun glaubte sie, jemanden gefunden zu haben, der ihr diesen Traum finanzieren konnte. Ihnen blieb nichts anderes übrig, als zu zahlen. Zwar waren Sie schon im Ruhestand, aber es hätte Ihren Ruf ruiniert. Und Ihre feinen Golffreunde hätten sich vermutlich von Ihnen abgewandt. Und dann? Wurde es Ihnen zu viel, und Sie haben die Erpresserin getötet? Oder war jemand anderes so nett und hat Ihnen die Arbeit abgenommen?»

Zernikow blickte starr in seine Kaffeetasse. Tom wollte nachhaken, doch Mascha signalisierte ihm zu warten. Sie hatte das Gefühl, dass der alte Mann kurz davor stand einzuknicken. Im Flur tickte eine Uhr, während sie wortlos ausharrten. Draußen dämmerte es bereits wieder, und Mascha glaubte zu sehen, wie die Dunkelheit sich langsam im Zimmer ausbreitete.

Guido Zernikow räusperte sich. «Ich streite hiermit explizit ab, dass ich der Mann auf dem Foto bin.» Seine Stimme klang brüchig, aber entschlossen. «Es wäre jedoch möglich, dass jemand demselben Irrtum erlegen ist wie Sie und versucht hat, aus dieser irrigen Überzeugung Kapital zu schlagen.»

Mascha sah zu Tom hinüber, der vielsagend die Brauen hob. Klar, dass der Mann sich nicht ohne Not selbst belastete, aber es war ein Anfang.

«Ich habe gezahlt, um meine Ruhe zu haben. Das war vermutlich ein Fehler, denn ich hatte mir ja nichts zuschulden kommen lassen. Deshalb nahm ich mir vor, auf keine weiteren Forderungen einzugehen. Zu meiner Überraschung kam die Person nie wieder auf mich zu. Also hakte ich die Sache als unangenehme Erfahrung ab und versuchte sie zu vergessen.»

«Und diese Person, wer war das?»

«Keine Ahnung. Ich habe einen Brief erhalten mit einem Abzug des Fotos und einer Forderung. Ich habe mich an die Anweisungen gehalten, und das war es.» Zernikow faltete die Hände im Schoß.

«Und wie fand die Übergabe statt?», wollte Tom wissen.

«Ich habe einen Umschlag mit Bargeld deponiert. Und bevor Sie fragen, ich erinnere mich nicht mehr, wo. Und auch nicht, wie hoch die Summe war.» Er erhob sich. «Wenn Sie mich jetzt bitte allein lassen würden?»

«Eine letzte Frage noch.» Tom gab Mascha ein Zeichen, und sie legte ein Foto auf den Tisch, auf dem alle Männer zu sehen waren.

«Erkennen Sie vielleicht eine der Personen, die hier abgelichtet sind?»

Zernikow warf nur einen flüchtigen Blick darauf. «Wie ich schon sagte, bin ich das nicht. Also kenne ich auch keinen der anderen Männer. Bitte gehen Sie jetzt.»

Tom zögerte, dann zuckte er mit den Schultern. «Wie Sie wünschen.» Er stand auf. «Die Sache ist damit allerdings nicht erledigt. Wir suchen noch immer einen Mörder, und Sie haben uns gerade ein Motiv geliefert. Also halten Sie sich zu unserer Verfügung.»

Der alte Mann lächelte spöttisch, er hatte seine Gelassenheit zurück. «Ich habe nicht vor, in nächster Zeit zu verreisen, Herr Engelhardt. Aber falls doch, würde ich mich von Ihnen nicht aufhalten lassen. Sie haben nicht das Geringste gegen mich in der Hand.»

Mascha bemerkte, wie es in Tom arbeitete. Sicherlich hätte er den Richter gerne in seine Schranken verwiesen, doch er beherrschte sich.

Sie nahm die Fotos vom Tisch. «Ich hätte Sie Ihnen dagelassen, aber Sie haben ja die Originale», sagte sie spitz und stand auf. «Danke, wir finden allein raus.»

Am selben Tag

Janine Kaiser wirkte erleichtert, als sie Björn erkannte. «Sie sind es.»

«Ich muss mit Ihrem Sohn sprechen, Frau Kaiser.»

«Hat das nicht bis morgen Zeit? Er steht unter Schock.»

«Das kann ich mir vorstellen. Aber es geht leider nicht anders.»

«Verstehe.» Sie ließ ihn eintreten und führte ihn in die Küche. «Möchten Sie einen Kaffee?»

«Nur ein Glas Wasser, bitte.»

Sie stellte es ihm hin. «Nehmen Sie doch Platz, ich hole Torge. Er wird nicht begeistert sein. Er darf einen Film gucken, den ich ihm bisher nicht erlaubt hatte.» Sie lächelte entschuldigend.

«Kein Problem.» Björn setzte sich an den Küchentisch, streckte sein Bein aus und nippte an seinem Wasser.

Janine Kaiser verschwand, eine Tür öffnete sich, und Björn vernahm die typische Geräuschkulisse eine Action-Streifens. Es wurde still, leise Stimmen waren zu hören. Dann kehrte die Buchhändlerin zurück. Torge trottete mit gesenktem Kopf hinter ihr her und rutschte auf einen Stuhl.

«Hallo, Torge», sagte Björn und legte sein Handy auf den Tisch. «Ich bin Björn. Wenn es okay für dich ist, nehme ich unser Gespräch auf. Deine Mama darf selbstverständlich dabeibleiben.»

Der Junge nickte.

«Du musst etwas sagen, damit man dich hören kann.»

«Schon klar.» Zum ersten Mal sah er Björn an. In seinen Augen lag eine Mischung aus Angst und Trotz.

Björn nickte. «Du warst heute mit deinem Freund im Wald, Torge, richtig? Habt ihr mitbekommen, dass dort eine Polizeiaktion im Gange war?»

Der Junge zuckte mit den Schultern.

«Rede mit dem Polizisten, Torge», forderte seine Mutter ihn auf. Sie war bei der Spüle stehen geblieben, knetete nervös ihre Finger.

«Ja», murmelte Torge.

«Dann wusstet ihr also, dass ihr eigentlich nicht dort sein solltet?»

«Ja.»

«Aber?»

«Ich weiß nicht. Wir fanden es spannend. Wir dachten, wir würden vielleicht diese Person finden, nach der die Polizei sucht.»

«Sie haben sich eingebildet, es gäbe eine Belohnung», schaltete sich Janine Kaiser ein.

Björn signalisierte ihr, sich herauszuhalten. «Und weiter?», fragte er Torge.

«Da lag dieser Mann.» Er biss sich auf die Unterlippe. «Er war tot.»

«War sonst noch jemand in der Nähe?»

«Nein.»

«Sicher? Ist euch unterwegs vielleicht irgendwer begegnet? Oder habt ihr ein Geräusch gehört?»

«Nein, da war niemand. Nur der Tote.» Torge betrachtete seine Finger. «Sah gruselig aus. Echt krass.»

«Torge!»

Björn blickte zu Janine Kaiser und schüttelte den Kopf. Sie verschränkte die Arme und sah zu Boden.

«Habt ihr den Mann berührt? Vielleicht um festzustellen, ob er wirklich tot ist?»

«Scheiße, nein!»

«Und die Pistole?»

«Die hab ich nicht angefasst.»

«Wo lag sie?»

«Na, neben dem Typen, wo sonst?»

«Wo genau?» Björn zog einen Block hervor und malte ein Strichmännchen darauf. «Zeichne die Stelle auf dieser Skizze ein.»

Torge überlegte kurz, dann nahm er den Stift und malte ein Kreuz dicht neben den Körper des Männchens.

Björn zog den Block zu sich heran. «Der Zeuge hat eine Stelle neben der rechten Hüfte markiert», sagte er für die Aufnahme. «Und dann habt ihr euch die Waffe geschnappt?»

«Das war Lasse.»

«Und wer hat geschossen?»

«Er hat gesagt, er wollte es nur einmal ausprobieren. Er hat auf einen Baumstamm gezielt.»

«Meine Kollegen haben zwei Schüsse gehört.»

«Der zweite war keine Absicht, Lasse hat sich selbst erschrocken.»

«Was habt ihr als Nächstes gemacht?»

«Wir sind weggerannt.»

«Und die Pistole?»

«Erst hatte Lasse sie noch in der Hand. Ich habe ihm gesagt, er soll sie wegwerfen, da hat er sie in einen von diesen Gräben geschmissen.»

«Und die ganze Zeit war niemand sonst in der Nähe?»

«Sagte ich doch schon.»

Björn steckte den Block wieder ein. «Das war ganz schön dumm und gefährlich, was ihr da gemacht habt.»

«Ich weiß.» Torge senkte den Blick.

«Was passiert als Nächstes?», schaltete sich seine Mutter wieder ein.

«Wir haben die Waffe zum Glück gefunden. Im Labor wird sich herausstellen, ob die Spuren daran mit der Aussage Ihres Sohns übereinstimmen. Und dann sehen wir weiter.» Björn beendete die Aufnahme und steckte das Handy ein. Er wollte aufstehen, als Torge noch einmal den Mund öffnete.

«Hat der Mann sich umgebracht?»

Björn sah ihn an. «Wir wissen es nicht, Torge. Aber wir werden es herausfinden.»

Am Abend

Romy hüpfte ausgelassen die Treppe hinauf. Im Gegensatz zu Tom war sie hellwach und nun bereits zum dritten Mal wieder aufgestanden, weil sie angeblich etwas ganz Wichtiges vergessen hatte. Beim ersten Mal hatte sie sich vergewissern wollen, dass Tom fürs Sonntagsfrühstück Brötchen zum Aufbacken besorgt hatte. Beim zweiten Mal war es um ihren Schulranzen gegangen. Und jetzt hatte sie angeblich ein komisches Geräusch in ihrem Zimmer gehört.

Tom suchte alle Ecken ab, aber er fand nichts. Romy war einfach zu aufgekratzt, um in den Schlaf zu finden. Am liebsten hätte er sich neben sie gelegt, aber er war noch nicht durch mit dem Tagespensum.

«Bitte bleib jetzt im Bett», sagte er und drückte seiner Tochter einen Kuss auf die Stirn. «Ich muss noch etwas erledigen.»

«Immer musst du arbeiten», schimpfte sie.

«Nicht immer, aber sehr viel, das stimmt. Tut mir leid, Schatz, das lässt sich nicht ändern.»

«Weil ein böser Mann eine Frau am Strand vergraben hat.»

Tom unterdrückte ein Seufzen. Er wunderte sich schon lange nicht mehr, woher seine Tochter wusste, woran er gerade arbeitete, auch wenn er selbst darauf achtete, in ihrer Gegenwart nicht über den Fall zu sprechen. Offenbar waren die Skelette vom Kliff im Kindergarten Thema. Oder bei der Tagesmutter.

«Keine Sorge, ich schnappe ihn bald», sagte er deshalb.

«Ich weiß, Papa.»

Wieder unten vor dem Laptop versuchte er, sich auf die Videodateien zu konzentrieren, die in die Cloud hochgeladen worden waren. Aber es fiel ihm schwer, die Bilder verschwammen vor seinen Augen.

Da auf den Videos der wenigen Sicherheitskameras, die es in Sellnitz gab, keine Spur von Kira oder ihrem möglichen Entführer zu sehen gewesen war, hatte er auf dem Instagram-Account des Reviers einen Aufruf gepostet. Personen, die am vierzehnten Januar in Sellnitz gewesen waren und Fotos oder Videos gemacht hatten, sollten sich melden. Sie erhielten dann einen Link, um die Dateien hochzuladen. Wofür die Polizei die Aufnahmen brauchte, hatte er nicht öffentlich gemacht.

Jedenfalls hatte er nicht mit der riesigen Menge an Daten gerechnet. Hunderte von Fotos und Videos waren hochgeladen worden. Eigentlich hatte er Laurel und Hardy am Montag an das Material setzen wollen, doch er wollte keine Zeit verlieren. Er hatte ohnehin schon ein schlechtes Gewissen, weil er nicht genug für Kira tat. Immer wieder fragte er sich, wie es wäre, wenn Mascha verschwunden wäre. Würde er sich mehr ins Zeug legen? Aber wie? Was konnte er denn noch tun?

Er überlegte, ob er sie anrufen sollte. Bestimmt war sie ebenfalls noch wach. Sie könnten gemeinsam überlegen. Zudem könnte er sich vergewissern, dass es ihr gut ging. Zwar war der Stalker angeblich in Untersuchungshaft. Doch Mascha bezweifelte, dass ihre Kollegen den Richtigen erwischt hatten. Und was das anging, hatte sie einen guten Instinkt.

Er griff nach dem Handy.

«Papa?»

«Ach, Romy, nicht schon wieder.»

«Aber ich höre noch immer das Geräusch.»

Frustriert erhob sich Tom und begleitete sie nach oben. Auf

der Bettkante blieb er sitzen und horchte. Und tatsächlich, da war ein merkwürdiges Brummen, es schien aus dem Schrank zu kommen.

Er öffnete die Tür. Im unteren Fach entdeckte er den kleinen Plüschhund, den er dorthin verbannt hatte, weil er nicht ständig die Batterien wechseln wollte. Romys Großeltern hatten ihn ihr zum Geburtstag geschenkt. Mit schwindenden Kräften bewegte das kleine Tier Kopf und Pfoten.

«Ich habe den Übeltäter!», rief er und betätigte den Schalter, um die vergeblichen Laufversuche des kleinen Hundes zu beenden.

«Haben!» Romy breitete die Arme aus.

Tom reichte ihr den Hund und gähnte. «Aber jetzt wird geschlafen.» Er deckte sie zu, beugte sich vor und strich ihr über das Haar.

Und plötzlich konnte er der Versuchung nicht länger widerstehen. Er ließ seinen Kopf neben ihr aufs Kissen sinken und schloss die Augen. Nur fünf Minuten, sagte er sich, und schlief Sekunden später ein.

Am selben Abend

Vor zwei Stunden war Dayita von Kaffee zu Wein übergegangen, in der Hoffnung, endlich zur Ruhe zu kommen. Obwohl sie froh war, zu Hause zu sein, ließ sie der Trubel der Hauptstadt noch nicht los. Es war eine Art Kribbeln in den Adern, das sie wie ein aufgescheuchtes Huhn durchs Haus laufen ließ. In der vergangenen Nacht hatte sie kaum geschlafen, all die Partys, Abendessen, Kaffeeverabredungen und Gespräche waren in ihrem Kopf wild umhergeflattert.

Früher waren ihr derartige Probleme fremd gewesen. Vielleicht wurde sie alt, oder das Leben in der Abgeschiedenheit des Darß machte sie übersensibel für das hektische Tempo der Stadt.

Immerhin war es ihr gelungen, ihre Unruhe produktiv zu nutzen. Von ihrem Informanten auf dem Sellnitzer Revier hatte sie heute Nachmittag erfahren, dass die ermordete Iris Hertz möglicherweise eine Erpresserin gewesen war und ihr Opfer ein ehemaliger Richter, der verhindern wollte, dass seine rechtsradikale Vergangenheit ans Licht kam. Wenn das mal nicht interessant war.

Zudem passte es zu dem anonymen Brief. Vielleicht hatte der unbekannte Verfasser den Richter gemeint, als er von einem Gesetzeshüter in Sellnitz schrieb, der Dreck am Stecken hatte.

Dayita hatte alles, was sie über den Mann im Netz finden konnte, zusammengekratzt, und allmählich ergab sich ein Bild, das noch schockierender war als das Geheimnis, das die Polizei enthüllt hatte. Sie musste noch ein paar Fakten überprüfen, aber falls sie richtig lag, würde sie den Knüller morgen schon online stellen, damit ihr niemand zuvorkam.

Sie blickte auf die Uhr. Halb zehn. Ziemlich spät für einen Anruf, aber noch im Rahmen.

«Toni, ich bin's, Dayita.»

Antonio Reuter war seit Jahrzehnten Gerichtsreporter in Hamburg. Man sagte ihm nach, dass er über jeden Prozess und jeden Skandal Bescheid wusste, und das nicht nur in der Hansestadt, sondern im gesamten Norden. Dayita kannte ihn seit einer Ewigkeit, er war einer der wenigen, die sich nach der Pleite mit den gefälschten E-Mails nicht von ihr abgewandt hatten.

Ein Gähnen am anderen Ende der Leitung, dann Tonis rauchige Stimme. «Verdammt, hast du eine Ahnung, wie spät es ist?»

«Ich habe dich doch nicht geweckt, oder?»

«Was willst du? Sag nicht, dass dir Berlin schon langweilig geworden ist.»

«Ganz im Gegenteil, der Rummel war mir zu viel.»

Toni stieß ein schallendes Lachen aus, das in Husten überging. «Verfluchter Mist», knurrte er, nachdem der Anfall vorüber war.

«Ich habe dir gesagt, dass die vielen Kippen dich irgendwann umbringen», sagte Dayita, nur halb im Scherz.

«Aber noch ist es nicht so weit.» Dayita hörte das Klicken eines Feuerzeugs, dann wie ihr Freund tief inhalierte. «Also, worum geht es?»

«Guido Zernikow, sagt dir der Name was?»

«Die Blindschleiche? Klar, an den erinnere ich mich. Der ist aber doch schon lange im Ruhestand.»

«Blindschleiche?», fragte Dayita interessiert zurück. Ihr war bekannt, dass viele Richter in einschlägigen Kreisen Spitznamen hatten, wie etwa «Richter Gnadenlos», «Hammer Helga» oder «Das lachende Fallbeil». «Blindschleiche» klang jedenfalls nicht gerade nach einem Kompliment.

«Der Kerl war bekannt für seine milden Urteile, vor allem, wenn es um Einbruch, Raub und Bandenkriminalität ging. Und dafür, Verfahren zu verschleppen.»

Das wusste Dayita bereits durch ihre Internetrecherche. «Irgendwelche Gerüchte darüber, weshalb Zernikow so viel Verständnis für die Angeklagten aufgebracht hat?»

«Dazu kann ich dir nichts sagen.»

«Komm schon, Toni. Ich höre dir doch an, dass du etwas weißt.»

«Warum soll ich deine Arbeit machen? Was springt für mich dabei raus? Willst du mich in deiner Dankesrede erwähnen, wenn du den nächsten Preis einheimst?»

«Na los, Toni, gib dir einen Ruck.» Dayita nahm einen Schluck Wein. Sie wusste, dass der Reporter sich bloß aus Prinzip zierte.

Er seufzte theatralisch. «Ich fühle mich ausgenutzt.»

«Gib mir wenigstens einen Tipp.»

Am anderen Ende wurde eine neue Zigarette angezündet. «Google mal Dirk Teschendorf.»

«Wer ist das?»

«Ein Strafverteidiger. Inzwischen auch im Ruhestand, glaube ich.»

«Und was hat der mit Guido Zernikow zu tun?»

«Das musst du selbst herausfinden.»

Am selben Abend

Mascha las den knappen Bericht in der Stasi-Akte jetzt zum dritten Mal. Ein Glas Wein stand auf dem Tisch, und aus den Kopfhörern plätscherte leise Bachs Air. Die wunderschöne, ein wenig melancholische Melodie passte genau zu ihrer Stimmung. Trotz der vielen geschwärzten Passagen in der Akte – oder vielleicht auch gerade deswegen – berührten die Worte sie zutiefst. Und mit jeder Lektüre war sie mehr davon überzeugt, dass dies ihre eigene Geschichte war, und die ihrer Mutter.

Es war die kalte Sachlichkeit, die ihr besonders ans Herz ging. Wie etwa die Feststellung, dass die Maßnahmen zur Verhinderung eines schweren Grenzdurchbruchs und zur Sicherung der Staatsgrenze zweckmäßig gewesen seien. Maßnahmen, bei denen auf eine junge Mutter und ihr kleines Mädchen geschossen worden war. Die Frau sei dabei an der Schulter verletzt worden, hieß es, jedoch nicht lebensgefährlich.

«Die Beschuldigte», stand weiter unten, «sagte in der Erstvernehmung aus, dass sie sich bereits seit mehreren Monaten mit dem Gedanken trägt, die DDR ungesetzlich zu verlassen.»

Der Satz machte Mascha zu ihrer eigenen Überraschung wütend. Warum hatte ihre Mutter unbedingt in den Westen fliehen wollen? Warum hatte sie sich nicht wie andere auch irgendwie mit der Situation arrangiert? Dann wären sie nie voneinander getrennt worden, und Mascha hätte nicht in einer fremden Familie aufwachsen müssen.

Mascha nippte am Wein. Sie wusste, dass es unfair war, so zu denken. Zumal sie ihren Adoptivvater dafür verachtete, dass er linientreu gewesen war und dem System gedient hatte. Trotzdem schlich sich dieser kleine hässliche Gedanke immer wieder in ihren Kopf.

Am meisten aber berührte sie eine Stelle auf der letzten Seite des Berichts, wo es um das kleine Mädchen ging, das nach der Inhaftierung der Mutter ins Heim gesteckt worden war. Dort stand lakonisch, dass man die Kleidung des Kindes vernichtet habe, weil sie beschädigt und verschmutzt und deshalb für den weiteren Gebrauch nicht mehr geeignet gewesen sei.

Obwohl Mascha den Satz bereits mehrmals gelesen hatte, schnürte er ihr noch immer die Kehle zu. Vor ihrem inneren Auge sah sie ein zerrissenes weißes Kleid, auf dem das Blut der Mutter einen riesigen dunklen Fleck hinterlassen hatte. Jemand warf das Kleid in einen Ofen und schürte das Feuer, bis die Flammen den Stoff aufgefressen hatten. Dabei war es in Wahrheit ganz sicher kein Kleid gewesen, denn die Mutter hatte ihrem Kind für die Flucht bestimmt etwas Praktischeres angezogen.

Mascha schluckte hart. War sie das Mädchen, dessen Name in dem Bericht geschwärzt war? Hatte man ihre Kleidung vernichtet? Falls ja, grenzte es an ein Wunder, dass es ihr gelungen war, ihr Schnatterinchen zu retten.

Leider waren in der Akte, wie auch in allen anderen, die Bruno Hirsch ihr gemailt hatte, sämtliche Namen, Ortsangaben und Daten unkenntlich gemacht. Doch es war der einzige Fall, bei dem es um eine Flucht über die Ostsee ging. In den anderen Akten waren ebenfalls Fluchtversuche dokumentiert, doch die Umstände passten nicht zu Maschas bruchstückhaften Erinnerungen. Einmal ging es um eine Familie mit zwei Kindern, einmal hatte eine Mutter ihre Tochter zurückgelassen und allein den Versuch gewagt, in den Westen zu entkommen. Natürlich wusste Mascha nicht mit Sicherheit, was damals geschehen war, doch sie war fest davon überzeugt, dass ihre Mutter zusammen mit ihr hatte fliehen wollen und dass keine weitere Person bei ihnen gewesen war.

Sie setzte die Kopfhörer ab und schrieb Bruno Hirsch eine Mail, bat ihn darum, in dem entsprechenden Bericht die Namen und Daten zu überprüfen. Sie wusste, wann sie adoptiert worden und wie alt sie zu dem Zeitpunkt gewesen war, also ließ sich der Zeitraum sehr gut eingrenzen. Mit zitternden Fingern drückte sie auf «Absenden». Dann lehnte sie sich zurück und schloss für einen Moment die Augen.

Nachdem sich ihr flatterndes Herz beruhigt hatte, trank sie einen weiteren Schluck Wein und warf einen Blick auf die Uhr. Zeit, ins Bett zu gehen. Sie hatte gerade den Laptop heruntergefahren, als ihr Handy klingelte. Im ersten Moment dachte sie, es wäre Bruno Hirsch, und ihr Herz kam sofort wieder ins Stolpern. Doch dann erkannte sie Lisas Nummer.

«Hi, Lisa, auch noch wach?»

Die Antwort war ein Schluchzen.

Sofort kamen Mascha alle möglichen Szenarien in den Sinn, eins schrecklicher als das andere. «Großer Gott, Lisa, was ist passiert?»

«Nichts Schlimmes, nur wieder ein Albtraum. Du hast ja gesagt, dass ich dich anrufen darf. Ich hoffe, es ist okay?»

«Aber natürlich ist es okay», sagte Mascha erleichtert. So furchtbar es war, dass Lisa unter Albträumen litt, so froh war sie, dass es keine akute Bedrohung gab. Mascha leerte ihr Glas und lehnte sich im Stuhl zurück. «Willst du mir davon erzählen?»

«Eigentlich möchte ich bloß vergessen.»

«Du könntest herkommen, und wir schauen zusammen irgendeinen albernen Highschool-Film.»

Lisa lachte auf. «Das wäre wunderbar. Aber ich bin in Anklam.»

«Wenn du willst, komme ich vorbei.» Mascha war todmüde und hatte eigentlich schon zu viel getrunken, aber sie spürte, wie schlecht es Lisa ging, und wollte ihr beistehen. Mit reichlich Kaffee würde sie die hundertzwanzig Kilometer schon schaffen, ohne am Steuer einzuschlafen.

«Um Himmels willen, das ist nicht nötig, Mascha», protestierte Lisa. «Jetzt, wo ich deine Stimme höre, geht es mir schon viel besser.»

«Was kann ich sonst noch tun?»

«Einfach eine Weile am Telefon bleiben, dann fühle ich mich nicht so allein. Mach, was auch immer du gerade machen wolltest, ich störe dich nicht.»

«Eigentlich wollte ich mir die Zähne putzen und dann ins Bett gehen.»

«Dann tu das. Wenn es für dich in Ordnung ist, meine ich.»

«Klar, kein Problem.» Mascha stand auf, streifte ihren Pullover über den Kopf und hängte ihn über die Stuhllehne. «Aber nur, wenn du mich in der Zeit unterhältst. Erzähl mir von deinen Nichten und Neffen. Du bist doch vor wenigen Wochen erst wieder Tante geworden, richtig?»

«Ja, stimmt. Liv ist ein zauberhaftes kleines Mädchen, ich vergöttere sie.»

Während Lisa von ihrer Nichte erzählte, machte Mascha sich fertig fürs Bett und schlüpfte unter die Decke. «Ich beneide dich um deine Familie», sagte sie gähnend.

«Sie ist mein sicherer Hafen», bestätigte Lisa. «Deshalb möchte ich meinen Geschwistern auch nichts von meinen Albträumen erzählen. Ich möchte sie nicht damit belasten.»

«Vielleicht wären sie gern für dich da.»

«Ganz bestimmt. Aber sie würden sich auch unnötige Sorgen machen.» Lisa seufzte. «Ich glaube, ich habe mich wieder halbwegs gefangen, die Ablenkung hat geholfen, ich habe den Traum schon fast vergessen.»

«Sicher?»

«Ja. Wir können jetzt auflegen, es geht mir gut. Gute Nacht, Mascha. Und danke, dass du für mich da warst.»

«Gute Nacht, Lisa. Und …»

«Ja?»

«Such dir professionelle Hilfe.»

«Mach ich. Versprochen.»

Sonntag, 26. Januar

Sellnitz, am Morgen

Tom drückte mit dem Ellbogen den Schalter, der Kellerraum wurde in grelles Licht getaucht. Mit dem Karton in beiden Händen schritt er das Regal ab, bis er den richtigen Ablageort gefunden hatte. Es war Sonntag, die Kollegen würden erst in einer Stunde zur Besprechung kommen, und so hatte er endlich die Zeit gefunden, die letzten Unterlagen des Ripperfalls, die noch im Büro herumlagen, in den Aktenraum zu bringen. Er hatte das erst tun wollen, wenn er absolut sicher war, dass die beiden Toten vom Kliff nicht doch weitere Opfer des Serienmörders waren, den sie vor ein paar Tagen überführt hatten.

Tom schob den Karton ins Regal, richtete sich wieder auf und streckte den Rücken durch. Er schmerzte ein wenig von der unbequemen Nacht in Romys Bett. Immerhin war er ausgeschlafen und hatte sogar die Zeit gefunden, zum Frühstück Pfannkuchen zu backen. Romy hatte er eben bei Nicole vorbeigebracht. Zu seiner Überraschung hatte die Erzieherin von sich aus angeboten, seine Tochter heute zu betreuen, angeblich freuten sich ihre alten Eltern immer so, wenn Romy im Haus war. Doch Tom hatte auch an Maschas Worte denken müssen. Stimmte es, dass Nicole sich mehr erhoffte, dass sie womöglich sogar glaubte, Romy wäre der Schlüssel zu ihm?

Er war so in Gedanken versunken, dass er beinahe aufgeschrien hätte, als er Schritte auf der Treppe hörte. Lisa trat in den Keller.

«Hier steckst du.»

«Morgen, Lisa. Ich wusste gar nicht, dass du noch auf dem Darß bist.» Er betrachtete die junge Kollegin. Sie sah übermüdet aus, aber in ihren Augen sprühte Energie.

«Bin extra aus Anklam hergekommen, weil ich mir die Stelle im Wald noch mal ansehen wollte.»

«Gibt es einen bestimmten Anlass?», fragte Tom hoffnungsvoll.

«Ich war schon um fünf wach, also habe ich mir die Spurenakte zum Suizid von Manuel Hertz vorgenommen. Dabei bin ich über etwas gestolpert. Ich weiß aber nicht, ob du dich darüber freust.»

Tom seufzte. «Raus damit.»

«Nicht ohne Kaffee.»

«Deal.»

Fünf Minuten später saßen sie am Besprechungstisch, zwei dampfende Becher Kaffee vor sich. Draußen begann es allmählich zu dämmern, Regen prasselte gegen das Fenster, und Tom ertappte sich dabei, dass er sich den Schnee zurückwünschte.

Lisa nahm einen Schluck Kaffee, dann zog sie zwei Ausdrucke hervor und legte sie auf den Tisch. Sie zeigten jeweils eine Skizze von einem Kopf mit einer Schusswunde an der Schläfe. Die Fläche rund um die Verletzung war mit kleinen Pünktchen versehen, auf dem linken Bild weniger als auf dem rechten.

«Ich weiß nicht, wie viel Ahnung du von Schmauchspuren hast», begann sie. «Deshalb habe ich die hier mitgebracht. Zweimal die gleiche Schussverletzung, aber die Schmauchspuren unterscheiden sich.»

«Ich schätze, der eine Schuss war aufgesetzt, und der andere wurde aus einer Entfernung von etwa dreißig Zentimetern abgefeuert», sagte Tom.

«Tja, könnte man meinen, oder?»

«Komm schon, spann mich nicht länger auf die Folter. Was willst du mir sagen? Hast du Zweifel an der Suizid-Hypothese? Süderholz hat gestern am Fundort nichts Verdächtiges entdeckt.» Professor Manfred Süderholz war der leitende Rechtsmediziner der Uni Greifswald. «Ganz im Gegenteil. Alles deutet unzweifelhaft auf eine Selbsttötung hin.» Tom zählte an den Fingern ab. «Es gibt nur einen einzelnen Einschuss, und dabei handelt es sich um einen Nahschuss. Es wurden Schmauchspuren und Blutspritzer an der Schusshand festgestellt, und die Pistole lag neben dem Körper.»

Wenn die Waffe in der Hand des vermeintlichen Selbstmörders lag, war das immer ein Alarmsignal. Und ein Hinweis darauf, dass der Tatort möglicherweise manipuliert worden war. Denn normalerweise erschlafften die Finger nach Eintritt des Todes, und die Waffe fiel zu Boden.

«Zwar gab es relativ wenig Blut und Geweberückstände an der Waffe», räumte er ein. «Aber das lässt sich damit erklären, dass die Jungen sie ins Wasser geworfen haben.»

«Ja, ich weiß», sagte Lisa. «Aber die Schmauchspuren an der Wunde sprechen eine andere Sprache.» Sie nahm ein Foto aus der Tasche, das die Eintrittswunde in Nahaufnahme zeigte. «Eindeutig ein aufgesetzter Schuss, das ist an der Stanzmarke zu erkennen.» Sie deutete auf die kreisförmige braunrote Kontur rund um die schwarz verfärbte Wunde.

«Aber?»

«Die Menge an Schmauch ist zu gering.»

Tom griff nach dem Kaffeebecher. «Und was schließt du daraus?»

«Dass möglicherweise ein Schalldämpfer benutzt wurde.»

Tom stellte den Becher abrupt ab. «Aber …»

«Lass mich erklären.» Lisa holte Luft. «Durch einen Schalldämpfer reduzieren sich Menge und Intensität von Schmauch und Auswurf signifikant, weil eine weitere Verbrennung des Antriebpulvers vor der Laufmündung stattfindet. Der Effekt ist natürlich nicht immer gleich, viele Faktoren spielen dabei eine Rolle, damit möchte ich dich gar nicht langweilen. Fest steht, dass wir bei Manuel Hertz ein typisches Schmauchbild für einen Schalldämpfer vorliegen haben.»

Tom lehnte sich zurück. «Vielleicht haben die beiden Jungen, die die Waffe gefunden haben, das Ding abgeschraubt, bevor sie die Schüsse abgegeben haben.»

«Dann hätten wir es aber in der Nähe der Leiche finden müssen.»

«Stimmt. Also, was ist geschehen?»

Lisa trank von ihrem Kaffee. «Ich vermute, dass irgendwer, der sich ziemlich gut mit Waffen auskennt, einen Suizid vorgetäuscht hat. Er musste den Schalldämpfer benutzen, damit niemand den Schuss hört und ihn womöglich entdeckt. Aber ihm war klar, dass es das Misstrauen der Ermittler geweckt hätte, wenn bei der Leiche eine Waffe mit Schalldämpfer gefunden worden wäre. Denn einem Selbstmörder ist es normalerweise egal, ob irgendwer den Schuss hört. Deshalb hat der Täter ihn nach der Tat abgeschraubt und verschwinden lassen. Und er hat die Waffe so abgelegt, dass es zu einem Suizid passt.»

«Aber wie sind die Schmauchspuren und das Blut an Hertz' Hand gekommen? Mit der Waffe wurde nur dreimal geschossen, zwei Schüsse haben die beiden Jungen abgefeuert, das habe ich selbst gehört.»

«Vielleicht war der Täter kaltblütig genug, beim Schießen die Hand seines Opfers zu ergreifen.»

«Okay», sagte Tom nachdenklich. «Das wäre möglich. Noch wissen wir nichts über die Herkunft der Waffe. Mit etwas Glück beantwortet sie einige Fragen. Allerdings ist heute Sonntag, vor morgen werden wir da keine Antworten bekommen.»

«Ich schaue mich jedenfalls mal am Tatort um.» Lisa leerte ihren Kaffeebecher. «Ich habe mir einen Metalldetektor geliehen, vielleicht finde ich den Schalldämpfer in einem dieser Wasserkanäle.»

«Da hast du dir ja was vorgenommen, das ist ein riesiges Gebiet.» Er blickte nach draußen. «Und das bei dem Wetter.»

«Die frische Luft wird mir guttun.» Sie stand auf. «Wish me luck.»

Am selben Morgen

Als Mascha auf die Strandpromenade bog, gab es keinen Zentimeter trockenen Stoff mehr an ihrem Körper. Aber das machte ihr nichts aus. Joggen löste immer Glücksgefühle in ihr aus, egal, wie widrig das Wetter war. Dazu Vivaldi auf den Ohren, einen besseren Start in den Tag gab es nicht.

Sie hatte nicht besonders gut geschlafen, die Sätze aus der Stasi-Akte hatten sich in ihren Träumen zu einer wilden Geschichte verwoben, mit einer Schießerei am Strand, die eher an die Schweinebucht auf Kuba als an den Darß erinnerte, und an blutbefleckte Kleidungsstücke, die auf einem riesigen Scheiterhaufen verbrannt wurden.

Zudem machte Mascha sich Sorgen um Lisa. Obwohl die junge Frau auf den ersten Blick viel unbeschwerter wirkte als sie selbst, waren sie sich doch in manchen Dingen erschreckend ähnlich. Etwa wenn es darum ging, alles mit sich selbst auszumachen. Oder unbedingt stark sein zu wollen, auch wenn man sich schwach und verletzlich fühlte. Vielleicht hatte es mit dem Job zu tun. Zwar gab es inzwischen viele Frauen in sämtlichen Aufgabenbereichen der Polizei, dennoch drehte sich in diesem Beruf noch immer viel um vermeintlich männliche Attribute wie Härte, Kraft und Durchsetzungsvermögen. Und Frauen mussten sich nach wie vor doppelt anstrengen, um zu beweisen, dass sie da mithalten konnten.

Der Klingelton ihres Handys mischte sich unter die Klänge

von Vivaldis Violinkonzert Nr. 3. Ohne das Tempo zu drosseln, nahm Mascha den Anruf entgegen.

«Hallo, Oliver. Was ist so wichtig, dass du mich am Sonntagmorgen störst?»

«Wo bist du? Was sind das für Geräusche?»

«Bin joggen.»

«Sehr löblich.» Oliver räusperte sich. «Entschuldige, dass ich störe. Ich wollte dich bloß vorwarnen.»

«Ist etwas passiert?»

«Sieht so aus, als müssten wir unseren Verdächtigen morgen auf freien Fuß setzen. Der Richter hat den Vollzug des Haftbefehls ausgesetzt, zu wenige Beweise für eine Gefährdung der Öffentlichkeit, keine Fluchtgefahr.»

Mascha blieb stehen. «Und das heißt?»

«Wir sind nach wie vor davon überzeugt, dass wir den Richtigen festgenommen haben. Nur leider haben wir nichts gegen ihn in der Hand. Außer der Tatsache, dass er seine Ex-Freundin belästigt hat. Das gibt er auch zu. Doch das reicht leider nicht für eine U-Haft. Zumal es bislang keine Verbindung zu den anderen Opfern gibt.»

Mascha stellte sich unter das Dach einer Bushaltestelle. Obwohl sie selbst daran gezweifelt hatte, dass der Mann wirklich der Stalker war, war die Nachricht ein Schock. «Und jetzt?»

«Wir ermitteln weiter. Aber solange wir Sandro Horn nicht nachweisen können, dass er die Mails verschickt und die Computer seiner Opfer ausgespäht hat, sind uns die Hände gebunden. Und das bedeutet leider auch, dass du ab morgen wieder in Gefahr sein könntest.»

«Na wunderbar.» Mascha trat fröstelnd von einem Fuß auf den anderen.

«Komm zurück nach Schwerin, Mascha. Hier können wir dich beschützen.»

«Ich habe hier noch zu tun.»

«Du hast doch das CD-Passwort geknackt.»

Mascha fragte sich, woher er das wusste. «Damit ist der Fall aber noch nicht geklärt.»

«Schon klar.»

Mascha erwartete Widerspruch, doch er blieb aus. Stattdessen fragte Oliver: «Hast du eigentlich schon über mein Angebot nachgedacht?»

«Selbstverständlich.»

«Und?»

«Die Woche ist noch nicht um, oder?»

«Schon gut, ich werde dich nicht weiter bedrängen. Pass auf dich auf, versprochen?»

«Mach ich doch immer.»

Als Mascha aufgelegt hatte, blieb sie noch einen Augenblick unter dem schützenden Dach stehen und dachte nach. Gerade als sie sich wieder in Bewegung setzen wollte, hielt ein Wagen am Straßenrand, die Beifahrerscheibe glitt herunter. Nach einer Schrecksekunde erkannte sie den Staatsanwalt.

«Kann ich Sie irgendwohin mitnehmen, Frau Krieger?»

Ihr war ohnehin die Lust am Laufen vergangen, also öffnete sie die Tür. «Ich versaue Ihnen die Ledersitze.»

Er lächelte. «Die sind einiges gewohnt, ich habe zwei kleine Töchter.»

Mascha stieg ein und lehnte sich zurück. «Na, wenn das so ist.»

Am selben Morgen

Holger erschrak, als er hörte, dass der Schlüssel ins Schloss gesteckt wurde. Er hatte nicht damit gerechnet, dass Mascha so schnell zurückkommen würde.

Er zögerte. Wenn sie ihn hier erwischte, würde sie ihm den Schlüssel abnehmen. Vielleicht wäre sie sogar so sauer, dass sie ihn anzeigte. Das durfte er keinesfalls riskieren.

In letzter Sekunde warf er sich auf den Boden und rollte sich unter das Schlafsofa. Während er die Ohren spitzte, um mitzubekommen, was Mascha machte, überlegte er fieberhaft, ob irgendetwas im Apartment herumlag, das seine Anwesenheit verriet. Wohin hatte er den Schlüssel gelegt? Hatte er seine Schuhe auf der Matte abgestreift oder führten die feuchten Abdrücke geradewegs zu seinem Versteck?

Bei dem Gedanken brach ihm der Schweiß aus. Er hielt die Luft an, wappnete sich für die Konfrontation. Doch nichts geschah. Statt Maschas wütender Stimme vernahm er Klappern im Badezimmer, und kurz darauf lief das Wasser in der Dusche.

Das war seine Chance. Holger brauchte nur fünf Sekunden, um unter dem Sofa hervorzukriechen und zur Tür zu schleichen. Ein letzter Blick zurück, doch er hatte keine Spuren hinterlassen. Er trat nach draußen, zog die Tür leise hinter sich zu.

Als er in seinem Wagen saß, den er zwei Straßen weiter abgestellt hatte, atmete er erleichtert aus. Immerhin hatte sich der Ausflug gelohnt. Er hatte, was er brauchte. Mit einem triumphierenden Lächeln zog er sein Handy aus der Tasche und betrachtete die Fotos von den Notizen, die er auf dem Tisch gefunden hatte.

Zuerst hatte er gar nichts damit anfangen können, doch dann hatte er die Jahreszahl entdeckt, und die Stichworte, die er für Anmerkungen zum aktuellen Fall gehalten hatte, hatten mit einem Mal einen vollkommen anderen Sinn ergeben.

Schussverletzung. Untersuchungshaft. Vernichtete Kleidung. Datum überprüfen. Juli oder August 1987.

Im Herbst 1987 war Mascha von seinen Eltern adoptiert worden. Das konnte kein Zufall sein. Sie hatte es also wieder getan. Sie hatte ihre Kontakte benutzt, um an Informationen über ihre leibliche Mutter zu kommen. Wut stieg in Holger auf. Warum nur gab sie keine Ruhe? Warum war sie so besessen von dieser Frau, an die sie sich nicht einmal erinnerte? Und warum war sie so undankbar den Menschen gegenüber, die sie großgezogen hatten?

Er überlegte. War Mascha auf der richtigen Fährte oder fischte sie im Trüben? Auf einem Blatt stand oben in der Ecke eine Nummer, die aussah wie ein Aktenzeichen. Also war sie irgendwie an offizielle Unterlagen herangekommen. Wie viel wusste sie bereits?

Holger schloss den Ordner mit den Fotos. Er wusste, was er zu tun hatte. Er machte das nicht gern, aber er musste seine Familie beschützen. Außerdem war das die perfekte Gelegenheit, es Mascha heimzuzahlen.

Am selben Tag

Es war kalt und nass im Wald, aber zumindest regnete es nicht mehr. Lisa hatte Mascha die Koordinaten ihres Treffpunkts geschickt. Luftlinie waren es nur achthundert Meter, doch Mascha bezweifelte, dass der direkte Weg eine vernünftige Option war. Um nicht plötzlich vor einem unüberwindlichen Wassergraben zu stehen, wollte sie den offiziellen Wanderweg nehmen, bis sie auf der richtigen Höhe war, und erst dann in den Wald abbiegen.

Tom hatte ihr erzählt, dass Lisa im Alleingang einer Spur folgte und dass es um Schmauchspuren ging. Mascha hatte nur mit einem Ohr hingehört, da sie in Gedanken noch immer bei Olivers Anruf war. Sie fragte sich, wann Lisa auf den Hinweis gestoßen war. Bei ihrem Telefonat gestern Abend hatte sie die Sache jedenfalls mit keiner Silbe erwähnt.

Als Mascha den matschigen Weg betrat, sah sie aus den Augenwinkeln ein Fahrzeug auf den Parkplatz biegen, und sofort schossen ihre Gedanken wieder zu dem Stalker. Beobachtete der Mann sie noch immer?

Sie wandte sich ab und lief weiter. Auf dem Parkplatz hatten mehrere Autos gestanden, er war ein beliebter Ausgangspunkt für Spaziergänge durch den Wald oder an den Strand und sonntags selbst im Januar gut besucht. Es gab keinen Grund, in jedem Fahrzeug eine Bedrohung zu sehen.

Den Blick auf das Handy gerichtet, um die Stelle nicht zu

verpassen, wo sie den Weg verlassen musste, schritt sie kräftig aus. Plötzlich hörte sie, dass jemand hinter ihr herging. Doch als sie sich umdrehte, war da niemand. Sie lief ein Stück weiter, fuhr erneut herum und sah gerade noch eine Gestalt hinter einem Baum verschwinden.

Oder war es ein Tier gewesen?

Mascha eilte weiter. Es gab zwei Möglichkeiten: Entweder wurde sie tatsächlich verfolgt, oder die Fantasie ging mit ihr durch. Sie erreichte die Stelle, wo sie vom Weg abzweigen musste, blickte kurz über die Schulter und schlug sich nach rechts. Die Bäume standen hier weit auseinander, es gab kaum Unterholz, nur hier und da die Wasserläufe, die sich durch den gesamten Darßwald zogen, aber mit einem Sprung zu überwinden waren.

Nach etwa hundert Metern tat sich vor ihr ein undurchdringliches Gestrüpp auf. Mascha wandte sich nach links, stand jedoch schon nach wenigen Metern vor einem Tümpel. Fluchend konsultierte sie die Karte auf dem Handy. Der Treffpunkt war nicht mehr weit weg, vermutlich befand sich Lisa schon fast in Hörweite. Aber in dieser Richtung gab es kein Durchkommen. Also kehrte sie um und versuchte, das Gestrüpp rechts zu umrunden.

Inzwischen war sie zum zweiten Mal heute von oben bis unten nass. Zwar hielten die dunklen Wolken noch immer dicht, aber tief hängende Zweige, verwelkter Farn und Brombeerranken hatte ganze Arbeit geleistet. Nicht nur ihre Jacke, auch ihre Hose und ihre Schuhe waren durchgeweicht. Sie erreichte eine Stelle, wo das Gestrüpp durchlässiger war.

Dann bemerkte sie den Mann.

Am selben Tag

Frustriert betrachtete Tom die Papierberge auf seinem Schreibtisch. So viel Arbeit und so wenige Leute. Und trotzdem erwarteten alle, dass er endlich handfeste Ergebnisse lieferte. Doch dazu musste er den störrischen Ex-Richter irgendwie zum Reden bringen. Es würde ja schon helfen, wenn er die übrigen Männer auf den Fotos identifizierte. Doch die Chancen standen schlecht. Gerade hatte Tom mit Guido Zernikow telefoniert. Er weigerte sich, ihnen weitere Auskünfte zu geben.

«Schicken Sie mir eine Vorladung», hatte er Tom angefahren. «Dann schaltet mein Anwalt sich ein.»

Was das bedeutete, konnte Tom sich ausmalen. Der Anwalt würde ihnen ein Attest vorlegen, das dem ehemaligen Richter gesundheitliche Probleme bescheinigte, die es ihm unmöglich machten, bei der Polizei auszusagen.

«Sie könnten es uns beiden leicht machen und ein paar letzte Fragen beantworten», hatte Tom es versucht. «Sie sind doch auch daran interessiert, dass der Fall aufgeklärt wird, oder nicht?»

Seit Lisa ihm von ihrer Schalldämpfer-Theorie erzählt hatte, ging ihm die Frage im Kopf herum, ob Zernikow nicht nur ein Motiv gehabt hatte, Iris Hertz zu töten, sondern auch sieben Jahre später ihren Ehemann. Womöglich hatte Hertz eins und eins zusammengezählt und den ehemaligen Richter mit seinen Schlussfolgerungen konfrontiert.

Zwar hatte Tom Schwierigkeiten, sich den alten Mann bei einem eiskalten Mord vorzustellen, bei dem er sein Opfer zwang, ihn in den Wald zu begleiten, um ihn dort zu erschießen. Andererseits ließ die Vorgehensweise darauf schließen, dass der Täter Ahnung von Polizeiarbeit hatte.

Doch Zernikow hatte sich weiterhin gesträubt. «Netter Versuch», hatte er mit einem abschätzigen Lachen gesagt. «Aber Sie bemühen sich umsonst. Ich stehe nicht zur Verfügung.» Mit diesen Worten hatte er aufgelegt.

Tom verschränkte die Arme hinter dem Kopf und überlegte, ob er es mit einer Vorladung versuchen sollte. Sein Blick fiel auf Maschas Laptop auf dem Besprechungstisch. Schlagartig stieg ein ungutes Gefühl in ihm auf. Er hatte sie allein in den Wald geschickt, und das, nachdem sie ihm vorhin erzählt hatte, dass der Stalker höchstwahrscheinlich weiterhin frei herumlief. Wie konnte er nur!

Er sprang auf und zog sein Handy aus der Tasche. Es war ihm egal, ob er sich lächerlich machte mit seiner Sorge. Und auch, dass sie selbst das alles offenbar nicht besonders ernst nahm. Heute Morgen war sie allein joggen gewesen, und ausgerechnet Dominik Westphal hatte sie im Regen aufgegabelt und nach Hause gefahren. Tom mochte den Staatsanwalt noch immer nicht, aber er hatte inzwischen mehr als einen Grund, ihm dankbar zu sein. Er nahm sich vor, mit Westphal über Guido Zernikow zu reden, vielleicht kannte er den Richter und wusste einen Weg, zu ihm durchzudringen.

Aber erst Mascha. Er rief ihre Nummer auf und drückte auf das grüne Hörersymbol.

Am selben Tag

Mascha starrte den Mann an, der nur wenige Meter entfernt zwischen den Bäumen stand. Er hielt seinen Kopf leicht gesenkt, sodass sie sein Gesicht nicht erkennen konnte, außerdem hatte er die Kapuze tief ins Gesicht gezogen. Ihre Kehle wurde trocken.

Sie hätte sich selbst ohrfeigen können. Warum hatte sie ihre Dienstwaffe nicht dabei? Der Unbekannte war größer als sie und wirkte jung und sportlich. Trotzdem bezweifelte sie nicht, dass sie ihn in einem Zweikampf überwältigen konnte. Sie machte seit Jahren Jiu-Jitsu. Falls er jedoch bewaffnet war, half ihr das wenig.

Der Unbekannte zog die rechte Hand aus der Jackentasche. Ein länglicher Gegenstand blitzte zwischen seinen Fingern auf, und im selben Moment schrillte Maschas Telefon. Sie erschrak, zog es dann hastig hervor, ohne den Mann aus den Augen zu lassen. Rasch warf sie einen Blick aufs Display, nahm den Anruf entgegen.

«Tom, was ist los?»

«Bist du schon bei Lisa?»

«So gut wie.» Mascha beobachtete, wie der Mann den Gegenstand zurück in die Tasche schob, sich zurückzog und zwischen den Bäumen verschwand. Eigentlich müsste sie ihn verfolgen und stellen, aber allein und unbewaffnet war das zu gefährlich. Dann also beim nächsten Mal.

Ihr Atem ging wieder normal, aber ihr Herz klopfte noch etwas zu schnell, als sie sich wieder in Bewegung setzte.

«Alles okay bei dir?», fragte Tom.

Sollte sie ihm von dem Typen erzählen? Lieber nicht, sonst käme er womöglich auf die Idee, sie Innendienst machen zu lassen, um sie zu beschützen.

«Klar», sagte sie leichthin. «Weshalb rufst du an?»

«Bitte vergesst nicht, Fotos vom Fundort zu machen. Und auch von der Umgebung.»

Mascha runzelte die Stirn. Sie war keine Anfängerin, und Lisa ebenfalls nicht. Das brauchte er ihnen nun wirklich nicht zu sagen.

«Deshalb rufst du doch nicht an. Was ist los?»

«Was sollte denn sein? Ich wollte nur, dass alles korrekt abläuft. Damit der Strafverteidiger keine Lücke in der Beweiskette finden kann und uns womöglich unterstellt, wir hätten nicht sauber gearbeitet. Schließlich ist unser Verdächtiger ein ehemaliger Richter. Ich weiß, dass ich dir das eigentlich nicht sagen muss. Sorry.»

Mascha war noch immer nicht ganz überzeugt. Andererseits konnte sie Tom verstehen, und sie nahm es ihm nicht übel. Sie entdeckte Lisa, die mit dem Rücken zu ihr bei einem kleinen Tümpel stand, das Gesicht über ihr Smartphone gebeugt.

«Ich bin jetzt bei Lisa», sagte sie. «Wenn sonst nichts ist?»

«Alles klar. Wir sehen uns später.» Er legte auf.

Mascha schob das Handy zurück in die Tasche und blickte über die Schulter. Keine Spur mehr von dem Mann.

Noch immer ein wenig irritiert von Toms Anruf, lief sie weiter. Als sie näher kam, drehte Lisa sich um, lächelte und steckte das Telefon weg.

«Schön, dass du gekommen bist, Mascha. Tut mir leid, dass ich dich raus in die Kälte rufen musste, vor allem, wo ich dich gestern Abend schon genervt habe. Aber ich dachte, es ist besser, wenn jemand aus der Soko es mit eigenen Augen sieht.»

«Kein Thema.» Mascha betrachtete die Kollegin prüfend. «Und du hast mich nicht genervt. Ganz im Gegenteil. Wie geht es dir? Konntest du noch ein bisschen schlafen?»

«Ja, und zwar ganz ohne Albträume.» Lisa lächelte schwach. «Allerdings war ich schon um fünf wieder wach. Also habe ich mir die Spurenakte angesehen. Und dabei ist mir der Verdacht gekommen, dass Manuel Hertz mit einer Waffe mit Schalldämpfer erschossen wurde. Aber das hat Tom dir sicherlich erzählt.»

«Die Schmauchspuren, ja.» Mascha blickte sich neugierig um. «Was hast du gefunden?»

Lisa deutete auf den Tümpel. «Ich bin mit einem Metalldetektor losgezogen. Trotzdem war es verdammtes Glück, dass ich das Ding entdeckt habe.»

Mascha trat näher und beugte sich vor. Das Wasser war schwarzbraun, und im ersten Moment erkannte sie nur welkes Laub und vermoderte Zweige auf dem Grund. Doch dann bemerkte sie den länglichen, symmetrischen Gegenstand.

«Fuck», murmelte sie. «Wie weit sind wir von der Stelle entfernt, wo Hertz gefunden wurde?»

«Mehr als einen Kilometer. Ich dachte mir, dass ein Täter, der so clever einen Suizid inszeniert, den Schalldämpfer nicht in der Nähe der Leiche entsorgt. Er muss ja davon ausgehen, dass dieses Gebiet gründlich abgesucht wird.»

«Trotzdem Wahnsinn, dass du das Teil im Alleingang aufgestöbert hast.» Mascha schob die durchgefrorenen Hände in die Jackentaschen.

«Kann man so sagen. Hätte er den Schalldämpfer vergraben, hätte ich ihn wohl nie gefunden.»

«Großartige Arbeit. Ich bin echt beeindruckt.»

«Unsinn.» Lisa winkte verlegen ab. «Fotos habe ich schon gemacht, also hole ich das Ding jetzt raus, okay?» Ohne Maschas Antwort abzuwarten, streifte sie einen Einmalhandschuh über, zog den Ärmel ihrer Jacke hoch und griff ins Wasser.

Mascha hielt den Beutel auf, Lisa ließ den Schalldämpfer hineinfallen. Er war schmutzig, sah aber ansonsten unbeschädigt aus. Auch ohne genauere Analyse schien klar, dass er nicht lange in dem Tümpel gelegen hatte.

Sie kehrten gemeinsam zum Parkplatz zurück, wo Lisa den Metalldetektor und das Beweisstück in ihrem Wagen verstaute. «Ich gebe den Beutel im LKA ab, bevor ich nach Hause fahre. Und morgen kümmere ich mich um einen Termin bei einer Therapeutin», fügte sie rasch hinzu. «Versprochen.»

Mascha nickte. «Und wenn du heute Nacht wieder Albträume hast, scheu dich nicht anzurufen. Okay?»

«Ja. Danke.» Lisa umarmte Mascha, dann stieg sie in ihren Wagen.

Nachdenklich sah Mascha ihr hinterher. Dann wandte sie sich der Stelle zu, wo der Wagen gestanden hatte, der unmittelbar nach ihr auf den Parkplatz gefahren war.

Er war fort.

Am selben Tag

Nachdem er mit Mascha telefoniert hatte, saß Tom eine ganze Weile einfach nur da und dachte nach. Er war so froh gewesen, ihre Stimme zu hören, dass es ihm egal war, dass sie sich womöglich über seinen Anruf ärgerte. Hauptsache, es ging ihr gut.

Er wollte gerade wieder zum Telefon greifen, um Westphal anzurufen, als es klopfte und die Tür aufgestoßen wurde.

«Das musst du dir ansehen», rief Paul.

«Wovon redest du?»

«Geh auf die Seite vom Sellnitzer Wochenblatt.»

Tom folgte Pauls Bitte und las Sekunden später die fette Schlagzeile.

Ehemaliger Richter in Morde am Kliff verwickelt?

Tom fiel die Kinnlade herunter. «Woher weiß diese Kumar, dass wir Zernikow befragt haben?»

Paul hob die Hände. «Ich habe keine Ahnung.» Er kam näher. «Lies den Artikel, es kommt noch dicker.»

Seufzend wandte Tom sich wieder dem Bildschirm zu.

Seit eines der beiden Skelette, die nach der Sturmflut am Kliff hinter der Klinik gefunden wurden, als die ehemalige Friseurin Iris H. identifiziert wurde, haben die Ermittlungen der Polizei eine vollkommen neue Wendung genommen. Der Ehemann der Verstorbenen wurde inzwischen ebenfalls

tot aufgefunden, offenbar nahm er sich aus noch ungeklärten Gründen das Leben.

Und nun scheint der pensionierte Richter Guido Z. in den Fokus der Aufmerksamkeit gerückt zu sein. Die Polizei hat den 78-Jährigen offenbar zu einigen kompromittierenden Fotos befragt. Z. war während seiner Dienstzeit in einschlägigen Kreisen unter dem Spitznamen «Blindschleiche» bekannt, wobei der Name nicht nur auf das Tempo anspielte, mit dem er Prozesse in Angriff nahm, sondern wohl auch auf seine auffällige Milde gegenüber Gewalttätern. Ein Insider, der anonym bleiben möchte, erklärte gegenüber unserer Zeitung, dass «Richter Blindschleiche» mit seinen Urteilen häufig weit unter dem von der Staatsanwaltschaft geforderten Strafmaß blieb oder sogar Strafen zur Bewährung aussetzte, und das vor allem, wenn der Angeklagte von einem speziellen Strafverteidiger vertreten wurde. Es ließ sich jedoch nie ein Fehlverhalten nachweisen.

Über einen möglichen Zusammenhang zwischen seiner beruflichen Vergangenheit und den aktuellen Ermittlungen möchte die Polizei sich nicht äußern. Und auch die Identität des zweiten Skeletts scheint weiterhin ungeklärt zu sein.

Tom schlug mit der Faust auf den Schreibtisch. «Ich fasse es nicht. Woher hat die Frau ihre Informationen? Und wieso weiß sie mehr als wir?»

«Das wüsste ich auch gern», brummte Paul.

Tom sah zu ihm auf. «Ich will, dass du dir sämtliche Fälle von Zernikow ansiehst und alles, was darüber in der Presse stand. Wir müssen wissen, ob was dran ist an der Geschichte.»

Um die undichte Stelle auf dem Revier würde er sich später kümmern müssen, jetzt ging es erst mal darum, die Andeutungen auf ihren Wahrheitsgehalt hin zu überprüfen.

«Das ist ein Haufen Arbeit», protestierte Paul schwach. «Und wie in dem Artikel angedeutet wird, ist es eher fraglich, dass das mit unserem Fall zu tun hat.»

«Das wissen wir erst, wenn wir die Fakten kennen. Also an die Arbeit. Lass dir von Björn helfen, alles andere muss warten. Ich fahre zu dieser Kumar und versuche herauszufinden, ob sie noch mehr weiß.»

Am selben Tag

Genervt kippte Janine den Inhalt der Schublade auf den Tisch. Allmählich hatte sie keine Lust mehr zu suchen, aber sie wollte Torge nicht enttäuschen. Er war noch immer sehr anhänglich, ein Zeichen, dass er die Sache im Wald längst nicht verdaut hatte. Oder die Gewaltorgie in Gotham City. Janine bezweifelte, dass es richtig gewesen war, ihm zu erlauben, den Film anzuschauen. So oder so würde es noch eine Weile dauern, bis er wieder der Alte war, und vermutlich brauchte er professionelle Hilfe. Doch genau davor graute Janine. Was, wenn in der Therapie auch andere Dinge zur Sprache kamen, wie etwa Torges fehlender Vater oder ihr eigener Klinikaufenthalt vor zehn Jahren?

Janine hatte keine Lust, alte Wunden aufzureißen. Auch wenn sie wusste, dass es früher oder später unumgänglich sein würde. Aber im Moment hatte sie wirklich andere Sorgen. Und einfach nicht die Kraft dazu. Immerhin war sie nicht mehr nachts draußen gewesen, seit sie dazu übergegangen war, den Schlüssel abends zu verstecken. Drei Nächte schon hatte es funktioniert. Das war doch ein erster Schritt.

Sie schob die Sachen auf dem Tisch auseinander, um sich einen Überblick zu verschaffen. Seit mehr als einer Stunde schon war sie auf der Suche nach einem Bild, das Torge in der ersten Klasse gemalt hatte. Es zeigte ihn als Fußballspieler im roten Trikot, den rechten Fuß lässig auf den Ball gestellt. Das

Bild hatte jahrelang am Kühlschrank gehangen, bis es Torge peinlich geworden war und Janine es abgenommen hatte.

Am Montag sollte Torge etwas aus seiner Grundschulzeit mit in den Unterricht bringen, und er hatte sich in den Kopf gesetzt, dass es dieses Bild sein musste. Janine hatte versprochen, es aufzutreiben. Mit einem Anflug von Verzweiflung betrachtete sie den Inhalt der Schublade. Das meiste war Kram, den sie unbesehen in den Müll werfen konnte. Abgerissene Schnürsenkel, Gummis, eingetrocknete Kugelschreiber. Himmel, warum hatte sie all den Mist aufbewahrt? Sie stieß auf einen vergilbten Briefumschlag mit Kinderfotos von ihr aus den Achtzigern, den sie hastig wieder schloss. Keinesfalls wollte sie noch mehr Erinnerungen aufwühlen.

Obwohl sie weitere unangenehme Überraschungen befürchtete, griff sie nach einer Pappschachtel und öffnete sie. Alte Münzen, Büroklammern, Knöpfe und ein Schlüsselanhänger mit dem Logo von Alfa Romeo. Sie wollte den Deckel schon wieder schließen, als sie eine Erinnerung streifte.

Eine Spritztour auf die Klippe in dem gebrauchten Alfa Romeo. Sein erstes Auto, auf das er so verdammt stolz war, dass er ständig damit herumkurvte. Strömender Regen, der aufs Wagendach pladderte und das Meer hinter grauen Schleiern verbarg. Unbeholfene Küsse, Hände, die sich suchend unter ihren Pullover schoben. Das Herz, das ihr bis in den Hals schlug, das Lenkrad, das sich schmerzhaft gegen ihren nackten Oberschenkel drückte, das Klimpern des Schlüssels im Zündschloss, das Logo mit dem roten Kreuz und der grünen Schlange, auf das sie die ganze Zeit gestarrt hatte.

Den Schlüsselanhänger in der Hand, ließ Janine sich auf einen Stuhl sinken. Sie hatte plötzlich das Gefühl, nicht genug Luft zu bekommen. Die Erinnerung war wie eine Hand, die sich um ihren Hals gelegt hatte. Sie schluckte gegen das Gefühl an.

Warum war der Schlüsselanhänger in dem Karton? Wie war er in ihren Besitz gelangt?

Eine zweite Erinnerung blitzte auf. Eine Sturmnacht. Wind, der an Ästen zerrte und weiße Blüten durch die Luft wirbelte. Gestalten in der Dunkelheit, umherzuckendes Licht. Wieder der Alfa Romeo mit dem auffälligen Heckspoiler. Der Anhänger halb vergraben im Sand. Janine hatte ihn aufgehoben und mitgenommen.

Aber warum?

Am selben Tag

Die Fischkate war ein Lokal auf der Klippe, ganz in der Nähe der Klinik, und sah so gar nicht aus, wie man sich eine Kate vorstellte. Es handelte sich um einen modernen Flachbau mit großen Panoramafenstern zur Ostsee hin sowie einem riesigen Außenbereich, der jedoch nur im Sommer geöffnet war. In der Saison war hier die Hölle los, denn die Fischkate war das einzige Restaurant in Sellnitz mit Meerblick. Im Winter hatte es nur am Wochenende geöffnet, war dann aber so gut besucht, dass man ohne Reservierung keinen Platz bekam.

Als Tom eintrat, schlug ihm der Geruch nach Frittierfett und heißem Punsch entgegen, und sein Magen stülpte sich um. Er hatte mal wieder seit dem Frühstück nichts gegessen. Vielleicht sollte er die Gelegenheit nutzen und sich etwas bestellen, auch wenn er keine große Lust verspürte, gemeinsam mit der Sellnitzer Lokalreporterin zu speisen.

Als er sie angerufen hatte, war sie nicht überrascht gewesen.

«Ich will gerade zu Mittag essen, Herr Engelhardt, leisten Sie mir doch Gesellschaft», hatte sie ihn aufgefordert.

Da er so bald wie möglich mit ihr reden wollte, hatte er das Angebot angenommen und sich sofort auf den Weg gemacht.

Er entdeckte Dayita Kumar an einem Tisch direkt am Fenster und schlängelte sich zwischen den anderen Gästen hindurch.

«Schön, dass es so schnell geklappt hat, Frau Kumar.»

«Kein Thema.» Sie winkte ab und schob ihm die Karte hin. «Ich hoffe, Sie vergeben mir, dass ich schon bestellt habe, aber ich bin ausgehungert.»

Er orderte Backfisch mit Pommes und ein alkoholfreies Bier, dann wandte er sich an die Reporterin. «Sie wissen sicherlich, weshalb ich mit Ihnen reden will.»

«Es geht um den Richter, nehme ich an.» Sie nippte an ihrem Wein.

«Ich frage mich, woher Sie davon wissen.»

Sie stellte ihr Glas ab. «Echt jetzt? Sie sind doch nicht erst seit gestern bei dem Verein, oder? Sie wissen, dass Journalisten ihre Quellen schützen.»

«Ihr Bericht gefährdet die Ermittlungen.»

«Ach ja? Inwiefern?»

«Sie sind doch auch nicht erst seit gestern dabei und glauben, dass ich Ihnen noch mehr Details auf die Nase binde.»

«Touché.» Sie lächelte dünn.

Die Bedienung brachte eine Krabbensuppe und stellte sie vor Kumar. Sie tauchte den Löffel hinein, pustete und kostete. «Hm, wirklich lecker. Anfangs dachte ich, dass die hier alles, was aus dem Meer kommt, in altes Fett werfen und bis zur Unkenntlichkeit frittieren, aber manche Gerichte sind echt köstlich.»

Tom hatte keine Lust auf Small Talk. «Sie deuten in Ihrem Artikel an, dass Guido Zernikow auffällig milde Urteile gesprochen hat, vor allem wenn er es mit einem bestimmten Strafverteidiger zu tun hatte. Ich brauche seinen Namen.»

Dayita blickte ihn über den Löffel hinweg an. «Warum sollte ich Ihnen den verraten?»

«Sie wollen doch nicht die Ermittlungen in einem Mordfall behindern?»

«Die Sache hat also was mit den Toten am Kliff zu tun?»

«Das wissen wir noch nicht.»

«Natürlich nicht.» Die Reporterin tauchte erneut den Löffel in die Suppe. «Was bieten Sie mir im Gegenzug an?»

«Wie bitte?»

«Nun kommen Sie schon, Engelhardt. Wir müssen doch vermutlich noch ein paar Jahre gut miteinander klarkommen. Ein bisschen gegenseitige Unterstützung kann nicht schaden.»

«Sie haben doch bereits Ihren Informanten. Sie brauchen mich nicht.»

Sie legte den Löffel ab und blickte hinaus aufs Meer, plötzlich ernst. Dann wandte sie sich wieder ihm zu. «In unserem Job kann man gar nicht genug Verbündete haben, finden Sie nicht? Und das gilt vor allem für uns beide. Sie haben einen schweren Stand, weil Sie für die Menschen hier noch immer ein Zugezogener sind, ein Fremder. Und ich?» Sie seufzte. «Manchmal reden die Leute gebrochenes Deutsch mit mir. Sie sehen mein Gesicht und glauben, dass ich direkt aus den Slums von Kalkutta auf dem Darß gestrandet bin.»

Tom betrachtete sie mit gerunzelter Stirn. Wollte sie sein Mitgefühl? Das hatte sie wohl kaum nötig. Bevor er das Gespräch zurück auf das Thema lenken konnte, kam sein Essen. Während er den Fisch probierte, schrieb Kumar etwas auf einen Zettel.

«Mit mir wollte der Typ nicht reden», sagte sie. «Vielleicht haben Sie mehr Glück. Ich zähle darauf, dass Sie ein anständiger Mensch sind und sich bei Gelegenheit revanchieren.»

Am selben Tag

Es war eine Ewigkeit her, dass Björn zuletzt mit einem Streifenwagen unterwegs gewesen war. Das Gefühl war vertraut und zugleich fremd. Es machte einen Unterschied, ob man in Zivil herumlief oder sofort als Polizist erkannt wurde. Ein Polizeifahrzeug erregte immer Aufmerksamkeit.

Normalerweise mied es Björn, am Steuer zu sitzen, aber heute schmerzte sein Bein zum Glück kaum. Er war unterwegs zu einem pensionierten Polizeikollegen, der in Ribnitz-Damgarten lebte. Paul war bei seiner Recherche zu Guido Zernikows Vergangenheit auf den Namen gestoßen. Der Polizist hatte sich einmal öffentlich über den Richter beschwert. «Wir schlagen uns die Nächte um die Ohren, um Verbrecher von der Straße zu holen», hatte er in die ausgestreckten Mikrofone der Presse vor dem Gerichtsgebäude gesagt, «und dieser Mann lässt sie wieder laufen.»

Natürlich war der Kollege später zurückgerudert und hatte erklärt, dass er überreagiert und selbstverständlich vollstes Vertrauen in die Justiz habe, vermutlich auf Druck seiner Vorgesetzten. Ein Polizist, der in aller Öffentlichkeit einen Richter für sein Urteil kritisierte, stellte das gesamte System infrage.

Der ehemalige Kollege hatte sich bereit erklärt, über Zernikow zu reden, jedoch nur inoffiziell unter vier Augen. Björn hoffte, dass er seine Kritik an dem Richter mit ein paar Fakten untermauern konnte, die ihre Ermittlungen weiterbrachten.

Gleichzeitig fragte er sich, warum Tom diese Spur so wichtig war, wo sie doch offenbar nichts mit Iris und Manuel Hertz zu tun hatte. Bei der Ermordung der Ehefrau war es höchstwahrscheinlich um Erpressung gegangen, nicht um zu milde Gerichtsurteile. Sollten sie sich nicht lieber darum kümmern, der Spur des Geldes folgen?

Doch Björn zweifelte nicht an Toms Kompetenz. Vielleicht wusste er als Ermittlungsleiter etwas, das er dem Rest des Teams noch nicht mitgeteilt hatte.

Björn stellte das Radio an, doch statt der erwarteten Musik hörte er die Moderatorin, die mit ernster Stimme eine Eilmeldung verlas.

«Soeben erreichte uns die Nachricht, dass eine junge Kriminalkommissarin aus Stralsund während eines Aufenthalts auf dem Darß spurlos verschwunden ist. Offenbar wird die junge Frau bereits seit über einer Woche vermisst, doch das wurde aus unbekannten Gründen bislang nicht öffentlich gemacht. Jetzt haben sich die verzweifelten Eltern mit einer Presseerklärung an die Öffentlichkeit gewandt. Sie scheinen das Gefühl zu haben, dass nicht intensiv genug nach ihrer Tochter gesucht wird, die am helllichten Tag aus ihrem Hotelzimmer verschwand. Mehr dazu gleich in den Nachrichten, bleiben Sie dran!»

Björn schaltete das Radio aus und fuhr an den Straßenrand. Was für ein Mist. Tom musste sofort davon erfahren. Es würde nicht lange dauern, bis es Nachfragen von der Presse hagelte. Besser, er war vorgewarnt.

Während Björn wartete, dass Tom ranging, überlegte er, ob an der Kritik der Eltern etwas dran war. Taten sie zu wenig, um Kira zu finden? Hätte es etwas gebracht, sofort die Öffentlichkeit in die Suche einzubeziehen? Müßige Fragen, das wusste er. Schließlich hatten sie lange Zeit davon ausgehen müssen, dass Kira Sellnitz freiwillig verlassen hatte.

«Ja, Björn, was gibt es?», meldete sich Tom.

«Ich wollte dich vorwarnen, gerade kam im Radio, dass Kiras Eltern eine Presseerklärung abgegeben haben. Sie glauben, dass die Polizei nicht genug tut, um ihre Tochter zu finden.»

«Fuck. Danke für den Hinweis, ich rede sofort mit Neuhoff. Als Kiras Chef kriegt er bestimmt den größten Teil des Ansturms ab. Was machst du gerade?»

«Fahre zu einem Zeugen, der etwas über unseren Richter wissen könnte.»

«Sehr gut. Frag ihn nach Dirk Teschendorf. Das ist der Anwalt, der so viele Angeklagte vor Gericht herausgeboxt hat, wenn Zernikow den Vorsitz hatte. Mascha und ich sind gerade auf dem Weg zu ihm.»

Rostock, am selben Tag

Dirk Teschendorf wohnte in einem schicken, aber gesichtslosen Bungalow außerhalb von Rostock. Er hatte sich sofort bereit erklärt, mit der Polizei zu reden, als Tom angerufen hatte.

«Danke, dass wir Sie am Sonntagnachmittag stören dürfen», sagte er.

«Ich freue mich über die Abwechslung.» Teschendorf machte eine einladende Geste. Er war Mitte sechzig, schlank und hochgewachsen. Mit Brille, Stirnglatze und grauem Bart erinnerte er Tom eher an einen ehemaligen Schulleiter als an einen Strafverteidiger, der für seine Härte bekannt gewesen war.

Er führte sie in ein komplett weiß eingerichtetes Wohnzimmer. Durch die Glasfront waren der abgedeckte Pool auf der Terrasse und der Garten dahinter zu sehen. «Meine Frau ist verreist. Eine Woche Yoga und Wellness oder so was in der Art auf Kreta.» Er deutete auf die Sitzecke. «Nehmen Sie Platz. Kann ich Ihnen etwas anbieten?»

«Ein Kaffee wäre schön, wenn es keine Umstände macht.» Tom blickte fragend zu Mascha.

«Für mich auch, danke.»

Zehn Minuten später saßen sie vor ebenfalls weißen Tassen, die schlicht, aber teuer aussahen. Der Kaffee war stark, wofür Tom dankbar war. Das schwere Mittagessen hatte ihn müde gemacht.

Zu allem Überfluss hatte nun auch noch die Suche nach Kira

eine unschöne Wendung genommen. Wenn die Presse sich den Happen schnappte, den ihre Eltern ihr hingeworfen hatten, konnte es richtig ungemütlich werden. Dann durften sie sich auf einen Shitstorm gefasst machen und auf jede Menge unangenehme Fragen. Was weder für die Ermittlungen im Fall Hertz noch für die Suche nach Kira hilfreich wäre.

«Wir interessieren uns für den ehemaligen Richter Guido Zernikow», begann Mascha das Gespräch, «auch etwas abschätzig ‹die Blindschleiche› genannt.»

«Das sagte Ihr Kollege bereits am Telefon.» Teschendorf schlug die Beine übereinander.

Mascha ließ sich nicht aus dem Konzept bringen. «Es heißt, Zernikow sei für seine milden Urteile bekannt gewesen, vor allem, wenn er es mit Ihnen als Strafverteidiger zu tun hatte.»

«Ich bin ein guter Anwalt.»

«Haben Sie auch bei anderen Richtern eine so hohe Quote an Freisprüchen erzielt?»

Teschendorf lehnte sich zurück. «Ich will ehrlich sein, Frau Krieger. Zernikow war ein Geschenk für uns Strafverteidiger. Ich habe mich immer gefreut, wenn er den Vorsitz hatte. Und so ging es mit Sicherheit nicht nur mir.»

Tom leerte seine Kaffeetasse. «Es gab also keine Deals?»

Teschendorf musterte ihn. «Natürlich gab es hin und wieder Absprachen. Das ist ein vollkommen normales Prozedere, etwa wenn der Angeklagte im Gegenzug Informationen liefert.»

«Diese Art Deal meinte ich nicht.» Tom glaubte zu verstehen, warum der Anwalt so erfolgreich gewesen war. Er wirkte jovial, doch unter der Oberfläche war er knallhart. Aber das allein erklärte seine Erfolgsquote nicht.

«Wenn Sie mir etwas vorwerfen wollen …»

«Wir interessieren uns für Guido Zernikow, nicht für Sie»,

unterbrach Tom rasch. «Es gibt da Fotos aus seiner Jugendzeit, die seine Karriere sehr schnell hätten beenden können.»

«Davon weiß ich nichts», antwortete Teschendorf etwas zu schnell. «Wenn das alles ist?» Er machte Anstalten, sich zu erheben.

«Interessiert Sie denn gar nicht, was auf den Fotos zu sehen ist?», fragte Mascha mit aufgesetzter Unschuldsmiene.

Teschendorf starrte sie an. «Nicht im Geringsten. Ich habe Guido Zernikow als fairen, besonnenen Richter erlebt. Wenn er als junger Mann möglicherweise einen Fehler begangen hat, schert mich das nicht.»

«Das glaube ich Ihnen nicht, Herr Teschendorf.» Mascha hielt seinem Blick stand. «Wollen Sie wissen, was ich glaube? Ich glaube, dass Sie sehr wohl von diesen Fotos wissen, dass Sie sogar im Besitz von Kopien sind. Und dass Sie diese verwendet haben, um den Richter dazu zu bringen, in Ihrem Sinn zu urteilen.»

«Das ist Verleumdung!», fuhr Teschendorf sie an und sprang auf. «Ich habe Sie nicht in mein Haus eingeladen, um mich von Ihnen beleidigen zu lassen. Gehen Sie! Und wagen Sie es nicht, Ihre Anschuldigungen öffentlich zu wiederholen, sonst zeige ich Sie an. Und dann sind Sie die längste Zeit Polizistin gewesen.»

Mascha öffnete den Mund, doch Tom signalisierte ihr mit einer Handbewegung, sich zurückzuhalten. Er stand auf. «Danke für den Kaffee, Herr Teschendorf», sagte er. «Fürs Erste war's das. Aber wir werden bestimmt noch einmal mit Ihnen reden müssen.»

Als sie am Wagen standen, sah Mascha ihn zerknirscht an. «Ich bin ein wenig über die Stränge geschlagen, das war ein Fehler, tut mir leid.»

«Aber nicht doch, ich finde es gut, dass du ihn aus der Reserve gelockt hast.»

«Er wird nicht noch einmal mit uns reden.»

«Das macht nichts, denn wir wissen jetzt, was wir wissen müssen. Dirk Teschendorf kennt die Fotos, jede Wette. Mehr noch, ich bin sicher, dass er sie benutzt hat, um Zernikow unter Druck zu setzen. Bleibt nur die Frage, was das alles mit Iris und Manuel Hertz und deren plötzlichen Geldsegen zu tun hat.»

Am selben Tag

Von unterwegs rief Tom Paul an und bat ihn zu recherchieren, ob es zwischen dem Ehepaar Hertz, dem Anwalt Dirk Teschendorf und dem Richter Guido Zernikow irgendeine Verbindung gab, ob der Anwalt die Eheleute mal vor Gericht vertreten hatte oder die drei sich aus einem anderen Kontext kennen konnten.

«Vielleicht ist es ja wirklich ein Zufall», meinte Mascha, als er aufgelegt hatte, obwohl sie selbst nicht davon überzeugt war. «Könnte doch sein, dass Iris Hertz und Dirk Teschendorf vollkommen unabhängig voneinander auf die Neonazi-Vergangenheit von Zernikow gestoßen sind und ihr Wissen zu ihrem Vorteil genutzt haben.»

«Wäre natürlich möglich», räumte Tom ein.

Mascha setzte den Blinker und bog auf die Landstraße. «Das Leben ist voller verrückter Zufälle.»

«Es würde erklären, warum Zernikow so bereitwillig gestanden hat, erpresst worden zu sein. Er hat keine juristischen Konsequenzen zu befürchten, wenn er bezahlt hat, damit seine ‹Jugendsünde› nicht ans Licht kommt.» Bei dem Wort «Jugendsünde» malte Tom Anführungszeichen in die Luft. «Aber wenn er das Recht gebeugt hat, um sich selbst zu schützen, droht ihm so richtig Ärger. Alle Prozesse, die je von ihm geleitet wurden, wären infrage gestellt, auf die Gerichte käme eine Flut von Revisionsanträgen zu. Und er selbst würde vermutlich seinen Lebensabend im Gefängnis verbringen.»

«Stimmt», sagte Mascha nachdenklich. «Aber wie hilft uns das in unseren Mordfällen weiter?»

«Keine Ahnung.» Tom wollte noch etwas hinzufügen, doch in dem Moment klingelte sein Handy. Er warf einen Blick aufs Display, seufzte und nahm den Anruf entgegen.

Mascha versuchte zu hören, wer der Anrufer war, aber Tom sagte nur hin und wieder «ja» oder «nein» oder «selbstverständlich», und von dem Redeschwall am anderen Ende bekam sie nichts mit, dafür war es im Auto zu laut.

«Und?», fragte sie, als er aufgelegt hatte.

«Das war mein Chef. Wegen Kira.»

«Die Presseerklärung der Eltern.» Mascha verdrehte die Augen. «Das hat uns gerade noch gefehlt.»

«Irgendwie kann ich sie sogar verstehen.» Tom blickte nach draußen, es regnete wieder. «Jedenfalls will Bartelsen Ergebnisse sehen, und zwar am liebsten sofort.»

«Wie stellt er sich das vor? Wir haben jetzt schon zu wenig Leute.»

«Wir kriegen ab morgen Verstärkung.»

«Endlich.»

«Und ich werde mich nachher noch mal an die Fotos und Videos setzen, die in die Cloud hochgeladen wurden. Bisher war nichts Brauchbares dabei, aber noch habe ich die Hoffnung nicht aufgegeben.»

«Ich bin dabei, wenn du möchtest, vier Augen sehen mehr als zwei.»

«Großartig. Du kannst mit Romy und mir zu Abend essen, wenn du magst. Nichts Feines vom Italiener allerdings.»

Mascha warf ihm einen Seitenblick zu. «Ich brauche nichts Feines, das solltest du wissen.»

«Ja, weiß ich.»

Sie zögerte. Irgendwann musste sie es ihm ja sagen.

Tom schien zu spüren, dass sie noch etwas loswerden wollte. «Was ist?»

«Oliver hat mir eine feste Stelle im LKA angeboten.»

«Echt?»

«Ich weiß nicht, was ich machen soll.»

«Das ist doch ein tolles Angebot.»

«Aber es würde bedeuten, dass ich dauerhaft hauptsächlich im Innendienst arbeiten müsste.»

«Du willst lieber zurück nach Dresden?»

«Ich will als Ermittlerin arbeiten.» Mascha bremste und setzte den Blinker. Sie hatten die Abzweigung erreicht, wo es in Richtung Darß ging. «Aber wer weiß, ob ich dazu je wieder eine Chance kriege.»

Montag, 27. Januar

Sellnitz, am Morgen

Da es bei Tom zu eng war, hatte er das gesamte Team im großen Büro zusammenkommen lassen. Es war halb acht und noch nicht richtig hell, Regen prasselte gegen die Scheiben. Nicht nur die Soko Sturm einschließlich Lisa hatte sich eingefunden, sondern auch die vier Streifenkollegen waren da. Lediglich Mascha fehlte. Sie folgte einer Spur, die sie gestern Abend auf einem der hochgeladenen Fotos entdeckt hatten.

Tom hatte hin und her überlegt, wie er mit dem Leck in seinem Revier umgehen sollte. Ob er mit jedem einzeln reden oder eine Ansprache halten, was er sagen sollte. Nachdem die erste Wut verraucht war, hatte er sogar darüber nachgedacht, kommentarlos über die Sache hinwegzusehen. Aber das war keine Lösung. Irgendwer hatte ermittlungsrelevante Informationen nach außen getragen, das musste er thematisieren.

«Guten Morgen zusammen», begann er mit gepresster Stimme. «Vermutlich könnt ihr euch denken, worum es geht. Jemand hat Ermittlungsinterna an das Sellnitzer Wochenblatt weitergeleitet. Dayita Kumar weiß, dass wir Guido Zernikow befragt haben, und sie hat ihr Wissen brühwarm in einem Online-Artikel in die Welt hinausposaunt. Sie kann das nur von jemandem erfahren haben, der sich hier in diesem Raum befindet.»

Tom machte eine Pause, betrachtete nacheinander die betretenen Gesichter der Kollegen. Pauls Miene war versteinert, Lisa biss sich auf die Unterlippe, Laurel und Hardy studierten angestrengt ihre Schuhspitzen.

«Ich kann euch gar nicht sagen, wie wütend ich bin», fuhr er fort. Und in dem Moment, als er es aussprach, spürte er eine frische Woge Zorn in sich aufwallen. «Ihr wisst alle, wie sehr es einer Ermittlung schaden kann, wenn Informationen nach außen dringen. Von dem Vertrauensbruch möchte ich gar nicht reden. Ich bin enttäuscht. Und ich bin stinksauer. Ich erwarte, dass niemand von euch über irgendetwas, das hier auf dem Revier geschieht, mit Personen von außerhalb redet. Schon gar nicht mit der Presse. Das sollte selbstverständlich sein, und ich bin geschockt darüber, dass ich das überhaupt thematisieren muss.»

Noch einmal studierte Tom jedes einzelne Gesicht, doch in keinem erkannte er auch nur den Anflug eines schlechten Gewissens. «Okay, das war's. Es gibt viel zu tun. Die Soko Sturm kommt mit in mein Büro.»

Mit diesen Worten wandte er sich ab und marschierte aus dem Raum. Am liebsten wäre er an die frische Luft gegangen, hätte einen Spaziergang am Strand gemacht, um den Kopf freizubekommen. Aber dazu war keine Zeit. Und der Regen war auch nicht gerade verlockend. Also ließ er sich hinter seinem Schreibtisch nieder und atmete einige Male tief durch.

Paul, Björn und Lisa ließen sich Zeit mit dem Hinterherkommen. Schließlich klopfte es, und Paul steckte den Kopf zur Tür herein.

«Dürfen wir?»

«Ich warte auf euch.» Tom erhob sich. «Es gibt viel zu besprechen.»

Die anderen folgten Paul, der die übliche Tüte mit Backwaren auf dem Tisch ablegte. Lisa kochte frischen Kaffee, Björn rückte die Stühle am Besprechungstisch zurecht.

«Kommt Mascha auch?», fragte er.

«Sie folgt noch einem Hinweis. Dauert hoffentlich nicht lang. Und wir brauchen einen weiteren Stuhl.»

«Verstärkung?» Pauls Augen leuchteten hoffnungsvoll auf.

«Zwei Kollegen. Zum einen ist Lisa uns nun fest zugeteilt.» Er nickte ihr zu.

Sie lächelte. «Ich freue mich sehr darüber.»

«Willkommen im Team.» Paul grinste sie an. «Und die zweite Person?»

«Dennis Schwarz.»

«Yes!» Paul schlug mit der Faust in die Hand. Dennis war der Partner von Holger Dietrich, doch im Gegensatz zu diesem ein umgänglicher Typ, und Paul war bei den Ermittlungen im vergangenen Herbst gut mit ihm klargekommen.

Wie aufs Stichwort klopfte es erneut, und der Kollege aus Anklam betrat den Raum. Er war ein paar Jahre älter als Tom, breitschultrig und hatte das dünne blonde Haar im Nacken zu einem Pferdeschwanz zusammengebunden.

«Hallo zusammen», brummte er.

«Schön, dass du wieder dabei bist.» Paul klopfte ihm auf die Schulter.

«Hallo, Dennis.» Tom nickte ihm zu. «Willkommen in der Soko Sturm. Du kennst ja alle hier. Wir wollten gerade mit der Besprechung anfangen. Hast du dich schon ein wenig in den Fall einlesen können?»

«Hab die Akte bisher nur überflogen.» Er blickte sich neugierig in Toms neuem Büro um. «Verrückte Geschichte.»

«Dann setzt euch.» Tom warf einen Blick auf die Uhr. «Wir können nicht länger auf Mascha warten, wir fangen schon mal an. Und da Dennis neu dabei ist, fasse ich ganz kurz zusammen, wo wir stehen: Vor etwas über zwei Wochen wurden nach einer Sturmflut zwei Skelette am Kliff gefunden, die sterblichen

Überreste eines Mannes und einer Frau. Anders als zunächst angenommen, handelte es sich dabei nicht um weitere Opfer des sogenannten Darßrippers. Die Frau konnte in der vergangenen Woche endlich als Iris Hertz identifiziert werden, eine Friseurin aus Sellnitz, die angeblich nach Amerika ausgewandert war. Ihr Mann, Manuel Hertz, geriet daraufhin in den Fokus der Ermittlungen, doch nach einem ersten Gespräch mit uns verschwand er spurlos. Seine Leiche wurde vorgestern im Wald gefunden. Erst sah alles nach Suizid aus, bis Lisa nachweisen konnte, dass für den tödlichen Kopfschuss ein Schalldämpfer benutzt wurde, und sie diesen einen Kilometer vom Fundort entfernt in einem Tümpel entdeckt hat. Also wurde wohl auch Manuel Hertz ermordet.»

«Krass», murmelte Dennis.

«Bei den beiden Skeletten wurde eine verschlüsselte CD gefunden», fuhr Tom fort, «mit Fotos von einem Neonazi-Treffen. Die Aufnahmen sind Jahrzehnte alt und müssen zu einem späteren Zeitpunkt digitalisiert worden sein. Insgesamt befinden sich elf Personen auf den Fotos. Einige davon sind so alt, dass sie mit Sicherheit nicht mehr leben. Die anderen versuchen wir mithilfe des Verfassungsschutzes zu identifizieren. Die Kollegen machen uns jedoch nicht viel Hoffnung. In einer Person hat Paul den ehemaligen Richter am Landgericht Rostock Guido Zernikow erkannt. Deshalb denken wir, dass beim Tod von Iris und Manuel Hertz sowie des unbekannten dritten Mannes Erpressung im Spiel gewesen sein könnte. Zumal Manuel Hertz kurz nach dem Tod seiner Frau plötzlich seine Schulden bezahlen konnte. Der Richter hat sogar zugegeben, erpresst worden zu sein, angeblich wusste er jedoch nicht, von wem.»

«Das stinkt doch zum Himmel», unterbrach Dennis erneut. «Ich wette, er ist der Täter.»

«Leider weigert er sich, ein zweites Mal mit uns zu reden»,

sagte Tom. «Und ich fürchte, wenn wir ihn vorladen, kommt sein Anwalt mit einem medizinischen Gutachten. Zernikow ist fast achtzig.»

«Das heißt aber nicht, dass wir ihn davonkommen lassen.» Paul biss in eine Zimtschnecke.

«Natürlich nicht.» Tom blickte auf seine Notizen. «Es gibt da aber eine weitere Komplikation, nämlich einen Anwalt namens Dirk Teschendorf, dessen Mandanten erstaunlich milde Strafen bekamen, wenn Zernikow im Prozess den Vorsitz hatte. Deshalb vermuten wir, dass auch er von Zernikows Vergangenheit wusste. Auch wenn er das natürlich abstreitet.» Tom wandte sich an Björn. «Hat die Befragung des Ex-Kollegen gestern was ergeben?»

«Leider nicht. Der Typ hat sich bloß aufgeblasen, wusste aber nichts.»

«Schade.» Tom machte sich eine Notiz. «Unser Problem ist, dass es keine Verbindung zwischen Teschendorf und dem Ehepaar Hertz zu geben scheint.» Er sah Paul fragend an. «Oder hast du was gefunden?»

«Nada. Weder verwandt noch verschwägert noch hatten sie je beruflich miteinander zu tun, soweit ich das auf die Schnelle überprüfen konnte. Sie können auch nicht zusammen zur Schule gegangen sein, Teschendorf ist deutlich älter als die beiden. Und er stammt aus dem Westen. Genau wie Guido Zernikow übrigens.»

«Was ist denn mit dem zweiten Toten?», fragte Björn. «Vielleicht ist er die Verbindung. Er könnte ein Kollege oder Mitarbeiter von diesem Anwalt gewesen sein und zugleich ein Bekannter des Ehepaars.»

«Oder der Geliebte von Iris», ergänzte Lisa. «Wir hatten doch den Verdacht, dass es sich um ein Eifersuchtsdrama handeln könnte. Iris hat von New York geträumt. Eines Tages hat sie dann diesen Typen kennengelernt, der wusste, wie man schnell an Geld kommt. Doch aus New York wurde nichts. Manuel Hertz tötete die beiden im Affekt und benutzte das Geld aus der Erpressung, um seine Schulden zurückzuzahlen.»

«So könnte es gewesen sein», räumte Tom ein. «Aber ohne die Identität des zweiten Toten zu kennen, bleibt es Spekulation. Paul, du suchst weiter nach einer Verbindung zwischen dem Ehepaar Hertz und dem Anwalt, Björn, du recherchierst alle Personen aus dem beruflichen Umfeld von Dirk Teschendorf. Achte darauf, ob irgendwer plötzlich verschwunden ist. Konzentrier dich auf den Zeitraum um den Tod von Iris Hertz herum. Dennis hilft dir dabei. Ich glaube, das ist im Augenblick unsere beste Spur.»

«Und ich?», fragte Lisa.

«Du befragst die Nachbarn von Zernikow. Wir haben einen ungefähren Todeszeitpunkt für den mutmaßlichen Mord an Manuel Hertz. Zernikow will nicht mit uns reden, aber es gibt andere Wege, um herauszufinden, ob er für die Tatzeit ein Alibi hat.»

Am selben Morgen

Mascha zog die Kapuze über den Kopf, bevor sie aus dem Wagen stieg. Beim Betrachten des Fotos war sie sicher gewesen, dass sie die Stelle ganz leicht finden würde, doch jetzt hielt sie bereits am dritten Parkplatz.

Tom war über das Bild gestolpert. Auf den ersten Blick zeigte es bloß einen Hund, eine kurzbeinige Dackelmischung auf einer asphaltierten Fläche. Auf den zweiten Blick konnte man erkennen, dass im Gestrüpp hinter dem Tier etwas lag, das aussah wie eine dunkelblaue Reisetasche. Und genau so eine Tasche hatte Kira dabeigehabt, daran erinnerte Mascha sich genau.

Auf dem Boden war zudem ein Stück weiße Markierung zu erkennen, deshalb gingen sie davon aus, dass es sich um einen Parkplatz handelte. Sie hatten die Zeugin kontaktiert, die das Foto hochgeladen hatte, doch die junge Frau erinnerte sich leider nicht, wo genau es aufgenommen worden war. Sie war nicht einmal sicher, ob es überhaupt in Sellnitz oder in einem anderen Ort auf dem Darß gewesen war.

Tom hatte Laurel und Hardy auf die Suche schicken wollen, doch Mascha hatte darauf bestanden, es selbst zu tun. So musste sie nicht auf das Ergebnis warten und verpasste zudem Toms Strafpredigt.

Ihre erste Vermutung war der Hotelparkplatz gewesen. Doch schon beim Einbiegen hatte sie ihren Irrtum erkannt. Die Sträucher, die den Platz säumten, sahen vollkommen anders aus. Es handelte sich um Wildrosen, die jetzt im Winter kahl waren, während auf dem Foto irgendeine immergrüne Pflanze zu sehen war.

Also hatte Mascha angefangen, sämtliche Parkplätze in Sellnitz systematisch abzufahren. Bei den ersten beiden war es noch dunkel gewesen, doch inzwischen war der Tag angebrochen.

Mit gesenktem Kopf umrundete Mascha die geteerte Fläche. Sie gehörte zur Grundschule, und sie bezweifelte, dass sie hier fündig werden würde. Wenn irgendwer Kira am helllichten Tag entführt hatte, hätte er ihr Gepäck wohl kaum an einem Ort entsorgt, wo ihn Dutzende potenzielle Zeugen dabei beobachten konnten. Es sei denn, er hatte einen legitimen Grund, sich auf einem Schulparkplatz aufzuhalten. Die Sträucher, mit denen das Gelände eingefasst war, sahen tatsächlich ähnlich aus wie auf dem Foto, doch nirgendwo lag eine Tasche herum.

Mascha lief zum Auto zurück, setzte sich hinter das Steuer, zog die nasse Kapuze vom Kopf und checkte auf dem Handy die Route zum nächsten Parkplatz. Er gehörte zum Friedhof, wurde aber auch von Spaziergängern genutzt, weil es von hier aus nur ein kurzes Stück zum Kliff und zur Klinik war. Sie fuhr die wenigen Hundert Meter und stellte den Wagen direkt neben dem schmiedeeisernen Friedhofstor ab. Lediglich ein weiteres Fahrzeug parkte hier. Sie stieg aus und ließ den Blick schweifen, konnte aber auf Anhieb nichts erkennen.

Langsam schritt sie den Parkplatz ab. Nichts. Verflucht. Dabei sahen die Sträucher aus wie auf dem Foto, und sie hätte schwören können, dass sie hier richtig war.

Sie wollte schon zum Wagen zurückkehren, als ihr etwas im Mülleimer neben der Parkplatzeinfahrt auffiel. Sie trat näher und griff sich unwillkürlich an die Kehle. Jemand hatte eine blaue Reisetasche in den Metallbehälter gestopft.

Mascha schoss ein paar Fotos mit dem Handy, dann streifte

sie Handschuhe über und zog die Tasche aus dem Müll. Aus den Augenwinkeln sah sie eine ältere Frau durch das Friedhofstor auf den Parkplatz treten, die sie misstrauisch unter dem Schirm hervor beäugte. Mascha ignorierte sie und zog den Reißverschluss auf.

Am selben Morgen

Tom fuhr zusammen, als Mascha ins Büro stürzte, einen Müllsack in der Hand. Sie war vollkommen durchnässt, ihre Wangen leuchteten rot. Die versammelte Soko Sturm musterte sie erstaunt.

«Ich habe sie gefunden.» Ihr Blick fiel auf Dennis, und sie stockte. «Hi.»

«Hallo, Mascha.»

«Dennis verstärkt unser Team», erklärte Tom. «Genau wie Lisa. Sie ist jetzt fest dabei.»

«Großartig», sagte Mascha.

Doch sie klang nicht begeistert. Zu Toms Erstaunen war ihr skeptischer Blick auf Lisa gerichtet, und nicht auf Holgers Buddy Dennis. War etwas zwischen den Frauen vorgefallen?

Er streckte die Schultern durch und deutete auf den Beutel. «Was ist da drin?»

«Eine Sekunde.» Mascha legte den Müllsack auf dem Boden ab und zog ihre nasse Jacke aus. «Tom und ich haben uns gestern noch mal die Fotos und Videos angesehen, die im Rahmen des öffentlichen Aufrufs hochgeladen wurden», erklärte sie den anderen. Sie sah Dennis an. «Es geht um unsere verschwundene Kollegin Kira.»

Er nickte mit ernster Miene. «Noch immer keine Spur von ihr?»

«Jetzt vielleicht doch.» Sie fuhr mit den Fingern durch das

nasse Haar. «Wir haben auf einem der Fotos im Hintergrund eine Reisetasche im Gebüsch entdeckt, ganz ähnlich der, die Kira dabeihatte.»

«Ach du Scheiße», murmelte Björn.

Tom suchte das Foto heraus und drehte den Laptop, sodass die anderen den Bildschirm sehen konnten. «Das ist es.»

«Mann, da habt ihr aber echt gut aufgepasst», sagte Lisa anerkennend. «Ich hätte nur Augen für den Hund gehabt.»

«Uns wäre es auch beinahe durchgerutscht.» Tom wandte sich wieder an Mascha. «Erzähl weiter.»

«Um es kurz zu machen: Auf dem Friedhofsparkplatz bin ich fündig geworden. Aber nicht im Gebüsch, sondern im Müll.»

«Also ist da Kiras Reisetasche drin?» Björn deutete auf den Müllsack am Boden.

«Davon gehe ich aus. Leider ist sie leer bis auf ein einzelnes Paar Socken, deshalb weiß ich es nicht sicher.»

«Aber auf dem Foto sieht sie nicht leer aus», wandte Lisa ein, den Blick stirnrunzelnd auf den Monitor des Laptops geheftet.

«Ich vermute, jemand hat die Sachen rausgenommen und die Tasche weggeworfen.»

«Ein Glück, dass der Mülleimer nicht geleert wurde», murmelte Dennis.

«Die Tasche muss so schnell wie möglich ins Labor», sagte Tom. Es ärgerte ihn, dass sie nicht früher darauf gestoßen waren.

«Also wurde Kira entführt, und der Täter hat ihren Kram verschwinden lassen, damit es nicht sofort bemerkt wird?», fragte Dennis. «Hätte er die Tasche dann nicht besser versteckt?»

«Darüber habe ich auf der Fahrt hierher auch nachgedacht», erwiderte Mascha. «Ich vermute, dass die Tat nicht geplant war und er die Tasche deshalb einfach ins Gebüsch geworfen hat. Kira ist ihm in die Quere gekommen, und er musste schnell handeln.»

«Du glaubst noch immer, dass es der Stalker war.» Paul kaute auf seinem Kuli.

«Was für ein Stalker?», fragte Dennis verwundert.

«Ein Fall, den Mascha mit ihren Kollegen im LKA bearbeitet», erklärte Tom knapp.

«Ich weiß, dass der Mann in meinem Hotelzimmer war», sagte Mascha. «Vermutlich sogar mehr als einmal. Ich nehme an, dass Kira ihn dort überrascht hat. Er hat sie überwältigt, in ihrem Namen ausgecheckt und Sonderurlaub beantragt und sie irgendwo eingesperrt.»

«Apropos auschecken», hakte Björn ein. «Hat das Labor sich schon wegen des Zettels gemeldet?»

«Ja, vorhin», sagte Tom. «Das Blatt stammt von einem Block, der im Hotelzimmer auslag. Es sind verschiedene Abdrücke darauf. Vom Hotelpersonal vermutlich. Oder auch von anderen Gästen. Keine von Kira. In der Datenbank gab es keinen Treffer. Auch keine Übereinstimmung mit Sandro Horn, dem Tatverdächtigen, der wieder auf freien Fuß gesetzt wurde.»

«Eine Sackgasse also.»

«Zumindest so lange, bis wir einen neuen Verdächtigen haben.» Tom kam ein Gedanke. «Dennis, ich möchte, dass du dir noch mal alle Informationen im Zusammenhang mit Kiras Verschwinden genau anschaust. Du kennst die Fakten noch nicht, kannst alles unvoreingenommen betrachten. Vielleicht kommt dir dabei eine neue Idee.»

«Ähm, klar. Kann ich machen.» Dennis wirkte etwas überrumpelt.

«Ich weiß, dass du eigentlich der Soko Sturm zugeteilt wurdest, und daran ändert sich auch nichts. Außerdem wird die Suche nach Kira ab heute offiziell von Stralsund aus koordiniert. Das haben wir den Eltern zu verdanken. Sie haben mit ihrer Presseerklärung so viel Staub aufgewirbelt, dass beschlossen wurde, ein größeres Kommissariat ins Zentrum der Aufmerksamkeit zu rücken. Dafür bin ich sehr dankbar. Sonst hätten wir wahrscheinlich schon eine Traube von Reportern vor dem Revier stehen. Aber Kira ist hier auf dem Darß verschwunden, sie gehört zu unserer Soko, deshalb werden wir sie auch finden.»

«Kein Thema», sagte Dennis. «Ich kümmere mich darum.»

«Ich würde auch gern noch einer Spur nachgehen», hakte Mascha sich ein. «Ich möchte nach Schwerin fahren, mit meinen Kollegen sprechen und mir die Akten zu dem Verdächtigen ansehen.»

«Du glaubst, deine Kollegen haben was übersehen?», fragte Tom skeptisch. Er wollte nicht, dass Mascha nach Schwerin fuhr, er brauchte sie hier.

«Sie wissen nichts über die näheren Umstände von Kiras Verschwinden. Deshalb sehe ich womöglich etwas, das ihnen entgangen ist. Ich kann bei der Gelegenheit auch sofort die Tasche im Labor abgeben, das spart uns Zeit.»

Tom überlegte. «Also gut. Aber du kommst heute noch zurück.»

«Klar.»

Als sie nach ihrer Jacke griff, hatte Tom das Gefühl, dass sie ihm nicht die ganze Wahrheit gesagt hatte. Gab es noch einen anderen Grund, weshalb sie nach Schwerin wollte? Hatte sie vor, Oliver zu treffen? Ging es um den Job?

Am selben Tag

Als Janine auf den kleinen Parkplatz am Bodden bog und den Wagen neben der Slipanlage stehen sah, verließ sie beinahe der Mut. Was hatte sie sich nur dabei gedacht, ein Treffen mit ihm zu arrangieren, und dann ausgerechnet an diesem einsamen Ort? Sie waren ganz allein hier draußen, niemand ließ zu dieser Jahreszeit ein Boot ins Wasser.

Nach kurzem Zögern parkte sie ihr Auto neben seinem, zog den Schlüssel ab und stieg aus. Zum Glück regnete es nicht mehr, die Sonne blinzelte sogar zwischen den Wolken hindurch.

Auf der anderen Seite wurde ebenfalls die Fahrertür aufgestoßen, und im nächsten Moment stand er vor ihr. Älter, und doch kaum verändert, bis auf die Haare, die sich stark gelichtet hatten. Aber die leuchtend blauen Augen waren noch dieselben. Früher hatte sie dieses Gesicht angehimmelt, jetzt brach ihr bei seinem Anblick der Schweiß aus.

«So sieht man sich also wieder.» Seine Miene war unergründlich.

Janine schluckte und rieb sich die verschwitzten Finger. Es war fast wie früher. Egal, wie stark und entschlossen sie sich vorher gefühlt hatte, sobald sie vor ihm stand, schrumpfte sie zu einem schüchternen Teenager zusammen. Genau wie als Kind bei ihrem Großvater. In seiner Gegenwart hatte sie sich immer so klein und erbärmlich gefühlt, dass sie am liebsten im

Boden versunken wäre. Ihre Bücher und die Welten, in die sie damit abtauchen konnte, hatten sie gerettet.

Doch hier und jetzt würden sie ihr nicht helfen. «Ich möchte, dass du dich von Torge fernhältst», sagte sie so entschieden wie möglich.

«Deshalb hast du mich herbestellt?» Er wirkte fast erleichtert. «Was habe ich denn verbrochen?»

«Du hast ihn vom Sport heimgefahren.»

«Er hatte den Bus verpasst, hätte ich ihn an der Haltestelle stehen lassen sollen?»

«Du sollst ihn in Ruhe lassen.»

Er verschränkte die Arme. «Vielleicht würde er ja gern Zeit mit mir verbringen. Wenn er wüsste, wer ich bin.»

«Wag es nicht.» Wut stieg in Janine auf, so heftig, dass sie die Angst vertrieb. «Du hast dich vierzehn Jahre lang nicht für ihn interessiert, tu nicht so, als ob sich das plötzlich geändert hätte.»

«Na na.» Er hob beschwichtigend die Hände. «Kein Grund, so emotional zu werden.»

Janine schnaubte. «Ich will, dass du dich aus unserem Leben heraushältst, hast du das verstanden?»

«Keine Sorge. Ich lasse dich in Ruhe. Vorausgesetzt, du tust das auch.»

«Was soll das denn heißen?»

«Das weißt du ganz genau. Halt einfach die Füße still, verstanden? Dann passiert euch auch nichts.»

Sie starrte ihn an. Drohte er ihr etwa? Sie dachte an den Schlüssel in ihrer Tasche. Sie hatte den Anhänger daran befestigt. Irgendetwas sagte ihr, dass er von Bedeutung war, doch leider war ihre Erinnerung noch immer total verschwommen. Es hatte mit der Sturmnacht zu tun, da war sie sicher. Mit dem, was damals geschehen war.

«Dann sind wir uns ja einig.» Sie zögerte, dann zog sie den

Schlüssel langsam aus der Tasche und ließ sein Gesicht dabei nicht aus den Augen.

Sein Blick wurde starr. Er packte sie am Arm, so fest, dass sie vor Schmerz aufkeuchte. «Lass die Spielchen, Janine», zischte er. «Ich kann dir das Leben zur Hölle machen. Ich kann dafür sorgen, dass man dir Torge wegnimmt, es kostet mich nur einen einzigen Anruf. Also lass es lieber nicht darauf ankommen.»

«Aber ich …» Janine verstummte, ihre Kehle war plötzlich so eng, dass sie kein weiteres Wort hervorbrachte.

«Ich warne dich nur einmal.» Er ließ ihren Arm los. «Also überleg dir sehr genau, was du tust.»

Schwerin, am selben Tag

Mascha parkte in Sichtweite von Pia Sukows Haus. Sie war kurz im LKA gewesen, um mit ihren Kollegen zu sprechen und um ihr schlechtes Gewissen zu besänftigen, weil sie Tom nicht die volle Wahrheit über den Zweck ihrer Fahrt nach Schwerin gesagt hatte. Immerhin war sie jetzt auf dem neuesten Stand und im Besitz einer digitalen Kopie der Akte sowie einiger Ausdrucke.

Sie wollte gerade aussteigen, als sie eine Bewegung in einer dunklen Limousine wahrnahm, die ein paar Meter vor ihr abgestellt war. Sie beugte sich vor und versuchte, etwas zu erkennen. In den meisten Fällen gab es einen harmlosen Grund dafür, dass Menschen in ihrem Wagen herumsaßen und warteten. Aber vor dem Haus eines Stalkingopfers, und das wenige Stunden, nachdem der Tatverdächtige auf freien Fuß gesetzt worden war, womöglich nicht.

Dann bemerkte sie, dass nicht eine Person, sondern zwei in dem Fahrzeug saßen. Kollegen also, dachte sie erleichtert. Oliver hatte offenbar Personenschutz für die junge Frau angeordnet.

Was allerdings bedeutete, dass Mascha sich den Kollegen erklären musste, bevor sie Pia aufsuchte. Und die würden es in ihren Bericht schreiben, sodass Oliver davon erfahren würde.

Sie zog ihr Handy aus der Tasche. Vielleicht gab es ja eine andere Lösung. Sie konsultierte die Seiten, die sie aus der Akte ausgedruckt hatte, fand die Nummer und tippte sie ein.

Es dauerte eine Weile, bis die junge Frau sich meldete. «Ja?»

«Mascha Krieger hier, vom LKA. Hätten Sie einen Augenblick Zeit, mir ein paar Fragen zu beantworten? Es dauert nicht lange.»

«Aber ich habe doch schon alles erzählt.»

«Ich weiß. Und es tut mir leid, dass ich Sie noch einmal belästigen muss. Aber es ist wichtig.»

«Worum geht es denn?»

Mascha räusperte sich. «Um die ärztliche Behandlung Ihrer Narben.»

«Muss das sein?» Die Stimme der jungen Frau klang gepresst.

Mascha hätte sie lieber von Angesicht zu Angesicht gesprochen, aber es ließ sich nicht ändern.

«Ich verspreche, dass es schnell geht.»

«Okay.»

«Der Akte entnehme ich, dass Sie sich mehreren kosmetischen Operationen in einer Spezialklinik unterzogen haben.»

Das «Ja» war nicht mehr als ein Flüstern.

«Und die Nachsorge hier in Schwerin wurde von einer Ärztin durchgeführt, einer Frau Doktor Schlosser, richtig?»

«Das stimmt, ja.»

«Wurden Sie je von einem anderen Arzt behandelt?»

«Nein, nur von Frau Schlosser.»

«Sind Sie ganz sicher? Überlegen Sie noch mal, bitte.»

«Das bin ich. Ich war ausschließlich bei Frau Schlosser in Behandlung. Das heißt, einmal war ich bei einer Urlaubsvertretung, das ist alles.»

Mascha setzte sich gerade auf. «Wissen Sie noch, wie die Vertretung hieß?»

«Das war so eine große Praxis mit verschiedenen Ärzten.»

«Und wer hat Sie behandelt?»

«Ein jüngerer Arzt, den Namen weiß ich nicht mehr.»

«Denken Sie nach», drängte Mascha.

«Keine Ahnung, irgendwas mit A, glaube ich.»

«Könnte es Braake gewesen sein? Doktor Nils Braake?»

«Ja, das war er. Ich erinnere mich, dass er Nils mit Vornamen hieß.»

Hab ich dich. Mascha schloss für eine Sekunde die Augen.

«Warum wollen Sie das wissen?», fragte Pia Sukow. «Stimmt etwas nicht mit ihm?»

«Dazu kann ich im Augenblick noch nichts sagen. Vielen Dank, dass Sie mit mir gesprochen haben.»

Mascha beendete das Gespräch. Ihr Herz raste, ihr Körper vibrierte. Nils Braake war in den Fokus der Ermittlungen geraten, weil der Stalker von seiner IP-Adresse aus eine Mail verschickt hatte. Eine Hausdurchsuchung hatte jedoch nichts ergeben. Zudem passte der Familienvater nicht ins Täterprofil, wenn man davon absah, dass er Dermatologe und auf die Behandlung von Narben spezialisiert war. Also waren sie davon ausgegangen, dass der Stalker sich in das WLAN der Familie gehackt hatte.

Doch offenbar hatten sie Braake zu schnell vom Haken gelassen. Es gab eine Verbindung zwischen dem Arzt und dem ersten Opfer des Stalkers. Der Mistkerl lebte in Sellnitz, genau wie Mascha vermutet hatte. Und jetzt würde sie ihn endlich kennenlernen.

Rostock, am selben Tag

Auch bei Sonnenschein fand Tom den Bungalow von Dirk Teschendorf hässlich. Obwohl er bestimmt teuer gewesen war, erinnerte er Tom an ein fantasieloses Fertighaus aus den Achtzigerjahren. Es fehlte die persönliche Note, die Seele.

Teschendorf verzog das Gesicht, als er Tom erblickte. «Habe ich mich gestern nicht klar ausgedrückt? Ich werde nicht mehr mit Ihnen reden.»

«Und ich habe gesagt, dass wir noch nicht fertig sind.»

«Ihr Problem.» Der Anwalt wollte Tür schließen.

Kurzerhand stellte Tom den Fuß in den Spalt. «Das würde ich mir an Ihrer Stelle gut überlegen. Sie wissen doch, wie schnell Gerüchte die Runde machen. Ehe man sichs versieht, ist der Ruf ruiniert, ohne dass man sich etwas hat zuschulden kommen lassen.»

Teschendorfs Miene verfinsterte sich. «Drohen Sie mir etwa, Herr Engelhardt?»

«Aber ganz im Gegenteil, ich mache Ihnen ein Angebot. Ein informelles Gespräch unter vier Augen. Wenn Sie kooperieren, sehen Sie mich nie wieder.»

Der Anwalt lachte freudlos auf. «Netter Versuch.»

«Ich habe kein Interesse an irgendeinem Justizskandal», beharrte Tom. «Es ist mir schnuppe, ob Sie Freisprüche erpresst haben. Ich bin Kriminalbeamter, ich will einen dreifachen Mörder überführen.»

Teschendorf musterte ihn. «Ich weiß nichts über Ihren Mörder.»

«Aber Sie wissen etwas über eine CD mit Fotos.»

«Kein Kommentar.»

«Geben Sie mir zehn Minuten. Anderenfalls muss ich Sie vorladen. Und dann werden wir nicht gemütlich zu zweit in Ihrem Wohnzimmer sitzen und plaudern, so viel ist sicher.»

Dirk Teschendorf überlegte, dann öffnete er die Tür ganz. «Sie kennen ja den Weg.»

Diesmal bot er Tom keinen Kaffee an. Stattdessen hielt er die Hand auf. «Ihr Telefon.»

«Wie bitte?»

Der Anwalt hob bloß die Brauen.

«Wie Sie meinen.» Tom händigte Teschendorf sein Smartphone aus.

Der warf einen Blick darauf und brachte es dann hinaus in den Flur. «Und jetzt die Jacke», sagte er. «Und das Hemd.»

«Sie denken doch nicht …»

«Entweder Sie ziehen Jacke und Hemd aus, oder Sie können gleich wieder verschwinden.»

Zähneknirschend zog Tom sich aus und demonstrierte dem Strafverteidiger, dass er kein verstecktes Mikro trug. Letztlich war das sowieso bloß eine symbolische Aktion. Wenn Tom das Gespräch wirklich heimlich hätte aufzeichnen wollen, hätte er eine ausgefeiltere Technik verwendet, das wussten sie beide.

«Also gut, was wollen Sie wissen?», fragte Teschendorf, als Tom sich wieder angezogen hatte. Er blieb demonstrativ stehen und bot auch Tom keinen Platz an.

«Sind Sie im Bilde über Zernikows Vergangenheit als Neonazi?»

«Könnte sein, dass ich davon gehört habe», erwiderte Teschendorf ausweichend. Selbst jetzt, wo er wusste, dass Tom das Gespräch nicht heimlich aufzeichnen konnte, hielt er sich eine Hintertür offen. Aber das störte Tom nicht. Solange er seine Antworten bekam, spielte er das Spiel gerne mit.

«Es gibt Fotos, die das beweisen», fuhr er fort. «Haben Sie die je gesehen?»

«Wäre möglich.»

«Es gibt digitalisierte Kopien davon, in einem verschlüsselten Ordner auf einer CD. Waren Sie je im Besitz dieser CD? Oder einer weiteren Kopie?»

«Ich besitze keine solche CD.»

Tom horchte auf. «Aber Sie haben einmal eine besessen?»

«Das kann ich nicht bestätigen.» Teschendorf lehnte sich gegen den Sessel.

«Falls eine solche CD je in Ihrem Besitz gewesen wäre, wer hätte noch davon gewusst?»

«Ich denke nicht, dass ich mit anderen über eine solch heikle Angelegenheit sprechen würde.»

«Aber Sie hatten doch sicherlich Mitarbeiter in Ihrer Kanzlei?»

Dirk Teschendorf musterte ihn. «Es gibt Dinge, um die kümmert man sich lieber selbst. Das können Sie doch sicherlich aus Ihrem Job bestätigen.»

«Also hat niemand sonst davon gewusst?»

«Diese Frage habe ich bereits beantwortet.»

«Mein Problem ist, dass eine CD, ganz ähnlich der, die Sie möglicherweise einmal besessen haben, zusammen mit den sterblichen Überresten zweier Menschen auf dem Darß gefunden wurde. Haben Sie dafür eine Erklärung?»

«Nein.»

«Was ist denn aus Ihrer CD geworden?»

Teschendorf blickte aus dem Fenster. Auf der Poolabdeckung stritten sich zwei Eichhörnchen um eine Haselnuss, vielleicht spielten sie auch damit, Tom war nicht sicher. Ein bisschen erinnerten die kleinen Tiere ihn an den Anwalt und ihn selbst, wobei die Nuss die Information war, um die sie rangen.

Tom war so in seine Beobachtung versunken, dass er erschrak, als Teschendorf endlich zu einer Antwort ansetzte.

«Vor einigen Jahren wurde hier eingebrochen», erzählte er. «Ich hatte damals sehr viel Bargeld im Tresor, was der Einbrecher offenbar wusste. Oder er hatte einfach nur Glück.» Teschendorf wandte den Blick vom Fenster ab und sah Tom direkt in die Augen. «Angenommen, in dem Tresor hätte sich auch eine CD befunden, dann hätte der Einbrecher sie vielleicht ebenfalls mitgenommen.»

Tom starrte ihn an. «Wann war das?»

«Ist bestimmt zehn Jahre her. Genau weiß ich es nicht mehr. Aber es gibt sicher noch eine Akte bei Ihren Kollegen. War's das jetzt?»

Schwerin, am selben Tag

Mascha blätterte in einer Zeitschrift, aber die Buchstaben verschwammen vor ihren Augen. Sie war viel zu nervös, um sich auf etwas anderes zu konzentrieren als ihre bevorstehende Konfrontation.

Es hatte sie enorm viel Überredungskunst gekostet, heute noch einen Termin bei Doktor Braake zu bekommen. Gleich würde sie ihm gegenüberstehen und hoffentlich erkennen, ob er der Mann war, der sie auf dem Parkplatz überfallen hatte. Zwar hatte sie ihren Angreifer nicht gesehen, aber sie vertraute darauf, instinktiv zu wissen, ob er es war.

Endlich wurde ihr Name aufgerufen, und sie folgte der Sprechstundenhilfe in ein Behandlungszimmer. Der Raum war weiß und steril, doch an den Wänden hingen ästhetische Naturfotos, Bäume im Morgenlicht, eine Blumenwiese, eine Biene in einer gelben Blüte.

«Guten Tag, Frau Krieger.»

Mascha fuhr herum. Im wirklichen Leben sah Braake noch attraktiver aus als auf den Fotos, die sie im Internet gefunden hatte. Blaue Augen, hohe Stirn und ein nonchalantes Lächeln, das ihn jünger wirken ließ als Mitte dreißig. Sie wartete darauf, dass ihr Körper auf ihn reagierte, dass sie spürte, dass er ihr Angreifer war. Doch ihr Instinkt schwieg.

«Hallo.» Mechanisch drückte sie die ausgestreckte Hand, studierte dabei sein Gesicht.

Nichts deutete darauf hin, dass er sie erkannt hatte. Kein Zwinkern, kein Zucken der Mundwinkel. Er wirkte vollkommen entspannt.

«Wie kann ich Ihnen helfen, Frau Krieger?»

«Also, ehrlich gesagt, geht es um eine Freundin. Das ist mir jetzt ein bisschen unangenehm.»

Er runzelte die Stirn. «Ich fürchte, ich verstehe nicht.»

«Also diese Freundin …» Mascha räusperte sich. «Sie hat Narben von einem Autounfall. Sie leidet sehr darunter, hat große Schmerzen und fühlt sich hässlich. Aber sie will nicht zum Arzt gehen. Sie hat Angst.»

War da ein kurzes Aufflackern in Braakes Augen?

«Das ist sehr bedauerlich», sagte er. «Aber ich kann nur Patienten helfen, die meine Hilfe auch wollen.»

«Haben Sie nicht einen Tipp, wie ich sie überreden kann?»

«Sie kennen Ihre Freundin, ich nicht.»

«Aber Sie sind der Experte.»

«Hören Sie, Frau Krieger, ich bin Dermatologe, kein Therapeut. Wenn Ihre Freundin nicht will, kann ich nichts machen.» Er zögerte kurz. «Aber es ist ja schon ein erster Schritt, wenn sie mit einem Arzt spricht, wenn auch unter einem Vorwand.» Er sah sie bedeutungsvoll an.

Er glaubte also das, was er glauben sollte. Nämlich, dass sie diese Frau mit den Narben war, es aber nicht wagte, sich zu offenbaren.

Sie lächelte. «Danke, dass Sie mit mir gesprochen haben. Das war eine große Hilfe.»

Er nickte. «Wir sehen uns wieder, Frau Krieger.»

Erst als sie draußen auf der Straße stand, fiel ihr auf, dass sein letzter Satz beinahe wie eine Drohung geklungen hatte. Und mit einem Mal war sie sicher, dass er von Anfang an genau gewusst hatte, wen er vor sich hatte.

Sellnitz, am selben Tag

Das Geräusch ist widerlich und erschreckend laut. Für einen Moment bin ich wie erstarrt, dann springe ich aus dem Auto und sehe mir die Bescherung an. Ein hässlicher Kratzer zieht sich über die Beifahrerseite.

Verfluchte Scheiße, das hat mir gerade noch gefehlt.

Ich habe beim Verlassen des Supermarkt-Parkplatzes einen Poller gestreift. Zum Glück ist das Ding nicht weiter beschädigt, bloß ein wenig dunkelblaue Farbe haftet daran.

Seit dem Treffen heute Vormittag stehe ich unter Strom, auch wenn ich mir Mühe gebe, nach außen hin ruhig zu wirken. Nachdem ich wieder im Wagen saß, musste ich erst mal eine halbe Packung Magentabletten schlucken. Trotzdem fühlt es sich noch immer so an, als hätte mir jemand ein Messer in den Bauch gerammt.

Und jetzt auch noch dieser Mist. Dabei ist der Wagen gerade mal ein Jahr alt.

Ein lautes Hupen lässt mich aufblicken. Ein fetter SUV drückt sich an meine Stoßstange. Ich hätte Lust, ihm den Mittelfinger entgegenzustrecken, aber ich beherrsche mich, steige ein und fahre weiter.

An der ganzen Misere ist dieses dämliche Miststück schuld. Wie kommt sie dazu, mir zu drohen?

Ich sehe noch immer die Berechnung in ihren Augen, während sie mit dem Schlüsselanhänger herumspielt. So viel Kaltblütigkeit hätte ich ihr gar nicht zugetraut. In dem Moment hätte ich sie am liebsten erwürgt. Aber das wäre keine gute Idee. Wenn ihr etwas zustieße, würde das viel zu viel Staub aufwirbeln.

Wenn ich nur wüsste, ob sie blufft oder ob sie tatsächlich etwas weiß. Eigentlich ist das unmöglich. Vermutlich hat sie bloß einen vagen Verdacht, aber das ist gefährlich genug.

Nachdem sie weg war, bin ich eine Weile ziellos in der Gegend herumgekurvt und habe versucht, meine Gedanken zu ordnen. Ich habe keine Ahnung, ob das an ihrem Schlüsselbund wirklich mein Anhänger war, oder ob sie das Ding extra besorgt hat, um mir einen Schreck einzujagen. Falls ja, ist es ihr gelungen.

Ich muss an einer Ampel halten und werfe einen Blick auf die Uhr, lenke meine Gedanken zum eigentlichen Zweck meiner Einkaufstour. Keine Zeit mehr, das Zeug heute noch in den Keller zu bringen. Bis morgen wird die dumme Pute es wohl aushalten. Schließlich hat sie es sich selbst zuzuschreiben, dass sie da drin hocken muss. Warum musste sie mir auch in die Quere kommen? Noch so ein Ärgernis, mit dem ich mich herumschlagen muss.

Ich kaufe jedes Mal in einem anderen Supermarkt ein und nie dort, wo ich sonst hingehe. Und natürlich zahle ich bar. Ich habe überlegt, ihr kein Essen mehr zu bringen, dann würde sich das Problem recht bald von allein erledigen. Aber eine Polizistin zu töten, ist keine gute Idee, außerdem müsste ich dann die Leiche loswerden. Und wie heftig das auch noch nach Jahren in die Hose gehen kann, habe ich ja gerade erst erlebt.

Laufen lassen kann ich sie aber auch nicht. Sie hat mich gesehen. Mehr noch, sie hat mich erkannt. Ein Dilemma, für das ich noch keine Lösung gefunden habe. Am besten wäre es, einen Unfall zu inszenieren. Aber Inszenierungen sind gefährlich. Ein kleiner Fehler, und alles fliegt auf.

Die Ampel wechselt auf Grün, ich gebe Gas. Ich werde schon eine Lösung finden, ich darf nur nichts überstürzen. Auf einen Tag mehr oder weniger kommt es schließlich nicht an.

Manchmal lösen sich Probleme ja auch von allein. Wie bei diesem Hertz. Der kann keinen Schaden mehr anrichten. Besser hätte es nicht laufen können. Man muss eben auch mal Glück haben.

Und mit den beiden Frauen werde ich auch fertig. Janine habe ich im Griff. Und für die Polizistin lasse ich mir etwas einfallen.

Am selben Tag

Tom legte das Handy weg. Warum hob Mascha nicht ab? Er blickte nach draußen, wo es bereits wieder dämmerte. Vermutlich saß sie im Auto. Oder noch in der Besprechung mit den Kollegen. Er hätte gern mit ihr über die neue Wendung im Fall gesprochen. Er wusste nämlich inzwischen, dass der Einbruch bei Teschendorf fast fünfzehn Jahre zurücklag. Zu lange, um irgendwie mit dem Tod von Iris Hertz zusammenzuhängen. Dennoch könnte die CD durch den Einbrecher auf Umwegen zu ihr gelangt sein. Tom hatte die Akte angefordert, die jedoch nur in Papierform vorlag und erst im Archiv herausgesucht werden musste. Vor morgen würden sie nicht mehr in Erfahrung bringen.

Es bestand natürlich auch die Möglichkeit, dass er vollkommen auf dem Holzweg war und die CD überhaupt nichts mit den Morden zu tun hatte. Da sie mehr als sieben Jahre vor dem Verschwinden von Iris Hertz gestohlen worden war, erschien ihm das sogar recht wahrscheinlich.

Trotzdem wollte Tom die Hypothese noch nicht verwerfen. Immerhin war da noch das Geld, dessen Herkunft sie nach wie vor nicht geklärt hatten. In den Unterlagen aus dem Haus hatten sie nichts gefunden, das auf eine Erbschaft verwies.

«Störe ich?»

Tom hob den Blick. «Senior! Ich habe dich gar nicht reinkommen gehört.»

«Ich habe geklopft. Zweimal sogar.»

«Alles gut. Was gibt's?»

Der Kollege schloss mit ernster Miene die Tür hinter sich, und im ersten Moment dachte Tom, er wollte unter vier Augen mit ihm über die undichte Stelle im Revier sprechen. Doch es ging um etwas ganz anderes.

«Ich habe jemanden gefunden, der ein Motiv hätte, Waltraud und Agnes Bülow zu piesacken.»

«Wirklich?» Tom lehnte sich im Stuhl zurück und verschränkte die Arme hinter dem Kopf. «Erzähl!»

Senior zog sich einen Stuhl heran und zückte seinen Block. «Ich habe die Besitzverhältnisse überprüft, genau wie du gesagt hast. Die Villa gehört den beiden Schwestern überhaupt nicht. Nicht mehr jedenfalls. Sie haben das Anwesen vor ziemlich genau zehn Jahren verkauft, an einen gewissen René Wendt aus Lübeck. Laut Kaufvertrag haben die beiden jedoch lebenslanges Wohnrecht. Sie waren damals sechsundsiebzig und achtundsiebzig Jahre alt. Ich nehme an, Wendt ging davon aus, dass er nicht lange darauf würde warten müssen, sein Eigentum in Besitz zu nehmen. So kann man sich täuschen.»

Tom nahm die Arme runter. «Du glaubst, er versucht, sie aus dem Haus zu vergraulen?»

«Ich könnte es sogar verstehen, irgendwie. Da besitzt man eine prächtige Villa am Meer, aber statt darin zu wohnen, muss man zusehen, wie sie mehr und mehr verfällt.»

Tom dachte darüber nach. Seniors Theorie wirkte schlüssig. Und dieser Wendt wäre nicht der Erste, der mit rabiaten Methoden versuchte, lästige Hausbewohner loszuwerden. «Hast du mit dem Mann gesprochen?»

«Noch nicht. Aber ich weiß aus zuverlässiger Quelle, dass er mehrmals versucht hat, den Damen ein Seniorenheim schmackhaft zu machen.»

«Sehr interessant.» Tom rieb sich das Kinn. «Ruf diesen Wendt an. Bestell ihn für morgen aufs Revier, damit wir ihm ein wenig auf den Zahn fühlen können.»

«Mit dem allergrößten Vergnügen.» Senior steckte den Block weg, stand auf und rieb sich die Hände.

Kaum hatte der Kollege das Büro verlassen, klingelte Toms Telefon. Mascha. Endlich.

«Gut, dass du zurückrufst», begrüßte er sie. «Ich habe Neuigkeiten.»

«Ich auch.»

Unbekannter Ort

Obwohl der Entführer so auf der Stelle bemerken würde, dass sie aus ihrem Gefängnis entkommen war, hatte Kira die Isomatte und die Decke in den vorderen Raum geholt und sich dort eingerichtet. Sie brachte es einfach nicht über sich, in das stockfinstere Loch zurückzukehren.

Inzwischen waren wieder alle Lebensmittel aufgebraucht, nur eine halbe Flasche Wasser blieb ihr. Sie hatte keine Ahnung, ob der Mann die Mengen falsch einschätzte oder nicht häufiger kommen konnte. Oder ob er sie absichtlich hungern ließ, damit er sie besser in Schach halten konnte.

Noch immer wusste sie nicht, was genau passiert war. Sie erinnerte sich daran, wie sie ins Hotel gegangen war, um sich umzuziehen, und auch, wie sehr ihr Knöchel bei jedem Schritt geschmerzt hatte.

Dann war da ein unscharfes Bild von einer Fahrt im Aufzug. Doch jedes Mal, wenn sich die Tür öffnete, wurde es dunkel.

Dafür erinnerte sie sich inzwischen besser an die Ermittlungen. An die Skelette im Sand, an den Erdrutsch, bei dem Lisa verschüttet worden war. Und wie sie die Kollegin mit bloßen Händen ausgegraben hatte. Tom hatte ihr danach einen Einlauf verpasst, weil sie sich seiner Anordnung widersetzt hatte. Sie war stinksauer gewesen, hatte sich ungerecht behandelt gefühlt. Was würde sie jetzt darum geben, von Tom zurechtgewiesen zu werden. Alles wäre besser, als in diesem eisigen Keller gefangen zu sein.

Dabei war sie so euphorisch gewesen, nachdem sie die Tür aufgebrochen hatte. Sie hatte sich eingebildet, schon fast wieder in Freiheit zu sein. Doch die Stahltür am Ende des zweiten Raums besaß ein Schloss, das sich nicht mit Kiras primitivem Dietrich knacken ließ. Sie saß noch immer in der Falle.

Ihr einziger Trost war das Licht, das tagsüber durch die Ritzen drang. Zum ersten Mal seit einer Ewigkeit wusste sie wieder, wann Tag und wann Nacht war. Seit sie im vorderen Kellerraum hauste, war es zweimal dunkel und wieder hell geworden. Jetzt hockte sie in der Finsternis einer weiteren Nacht und sehnte die Morgendämmerung herbei.

Sie hoffte und fürchtete zugleich, dass der nächste Tag ihren Entführer herbrachte. Sicherlich wäre er stinksauer, wenn er herausfand, dass sie aus dem Raum entkommen war, und sie wollte sich gar nicht ausmalen, wie er sie dafür bestrafen würde.

Sie hatte die Isomatte so positioniert, dass er sie von der Tür aus nicht sofort sehen konnte. Trotzdem wagte sie kaum, die Augen zu schließen, aus Angst, den Moment zu verpassen. Der Stein lag neben ihr bereit, und sie hatte sich genau überlegt, wie sie vorgehen würde, hatte es sogar geprobt, wieder und wieder.

Aufspringen, sich hinter der Tür in Position bringen. Mit dem Stein auf den Hinterkopf des Mannes schlagen, sobald er eintrat, und sofort nachtreten, nur zur Sicherheit. Keinesfalls durfte sie kopflos nach draußen laufen, solange sie nicht sicher war, dass sie ihn außer Gefecht gesetzt hatte. Sie hatte ja keine Ahnung, wo sich das Haus befand. Wenn die Gegend einsam war, würde er sie mühelos einholen, noch bevor sie auch nur in die Nähe einer anderen menschlichen Behausung gelangt war.

Nahe Rövershagen, am Abend

Die Begegnung mit Braake hallte noch immer in Mascha nach, so stark, dass es ihr schwerfiel, sich auf den Verkehr zu konzentrieren. Zwar hatte das Telefonat mit Tom ihren Kopf ein wenig geklärt, aber in ihrem Körper war das nicht angekommen. Er vibrierte, als hätte man ihn unter Strom gesetzt.

Draußen war es stockfinster, abgesehen von den Scheinwerfern der entgegenkommenden Fahrzeuge. Hin und wieder schossen Häuser mit erleuchteten Fenstern vorbei, die Mascha mit ihrer Wärme und Geborgenheit zu verhöhnen schienen. Sie versuchte, an etwas anderes zu denken, doch ihre Gedanken kehrten immer wieder zu Nils Braake zurück.

Tom hatte ihr geraten, seine Worte nicht überzuinterpretieren. «Vielleicht ist er einfach nur ein sehr einfühlsamer Arzt, und es gibt keine unterschwellige Botschaft», hatte er gesagt.

«Du warst nicht da, du hast nicht mitbekommen, wie er mich dabei angesehen hat.»

«Voller Mitgefühl mit einer Frau, die so sehr unter ihren Narben leidet, dass sie nicht einmal mit einem Arzt offen darüber sprechen kann.»

«Nein, das war es nicht.»

Tom seufzte. «Hast du Beweise für deine Theorie?»

«Die Mail wurde von seiner IP-Adresse geschickt.»

«Ich dachte, deine Kollegen hätten herausgefunden, dass sich jemand ins WLAN gehackt hat.»

«Sie vermuten es, weil sie bei Braake nichts Belastendes gefunden haben.»

«Okay. Vielleicht hast du ja recht, und er ist es. Lass uns später in Ruhe darüber reden. Hast du Lust, auf einen Wein vorbeizukommen?»

Sie hatten sich für acht Uhr verabredet. Bis dahin war Mascha wieder mit ihren Überlegungen allein. Sollte sie mit Oliver über den Arzt reden? Aber dann müsste sie ihm gestehen, dass sie in der Praxis gewesen war, und das war keine gute Idee. Außerdem wartete ihr Chef noch immer auf ihre Antwort, was das Jobangebot anging. Sie hatte zwar noch bis Freitag Zeit, trotzdem stand die Sache zwischen ihnen, solange sie nicht geklärt war.

Mascha schaltete das Fernlicht an. Sie fuhr gerade durch ein einsames Waldstück. Aus den Augenwinkeln sah sie einen Schatten, und im nächsten Moment sprang etwas vor ihr auf die Fahrbahn.

Sie trat auf die Bremse, das Lenkrad fest umklammert. Ein Reh starrte sie sekundenlang mit großen dunklen Augen an, bevor es sich abwandte und auf der anderen Straßenseite im Wald verschwand.

Verflucht, das war knapp gewesen.

Mit hämmerndem Herzen fuhr Mascha weiter. Kein Grübeln mehr, beschloss sie, bis sie sicher in Sellnitz war.

Sie stellte Musik an, und für eine Weile gelang es ihr, einfach durch die Dunkelheit zu gleiten und an gar nichts zu denken. Doch dann kam ihr unvermittelt Bruno Hirsch in den Sinn. Der Mann vom Stasi-Unterlagenarchiv hatte ihr noch nicht geantwortet.

Hoffentlich hörte sie bald von ihm! Immer wieder sah sie die vernichtete Kinderkleidung vor sich. Ein Bild, das bloß ihrer Fantasie entsprang und sich doch so real anfühlte. Sie fragte sich, ob es tatsächlich ihre Sachen gewesen waren, die irgendwer kaltherzig entsorgt hatte. Sie war davon überzeugt, dass sie der Wahrheit noch nie so nah gewesen war wie jetzt, und das stimmte sie zugleich froh und traurig.

Sellnitz, am selben Abend

Dayita strampelte keuchend den Berg hinauf, wenn auch nur auf der Stelle. Viel lieber hätte sie eine Flasche Wein geöffnet und es sich auf dem Sofa bequem gemacht. Das würde sie auch tun, sobald sie diese Strapaze erfolgreich bewältigt hatte. Aber erst hieß es, Zähne zusammenbeißen und durch.

Monatelang war sie um Simons altes Fitnessbike geschlichen, hatte sogar überlegt, es zu verkaufen. Ihr verstorbener Mann hatte darauf bestanden, es mitzunehmen, als sie von Hamburg auf den Darß gezogen waren, obwohl zu dem Zeitpunkt schon klar gewesen war, dass er es nie mehr würde nutzen können. Vielleicht hatte er darauf spekuliert, dass Dayita eines Tages die Vorzüge sportlicher Ertüchtigung erkennen würde. Jetzt war es jedenfalls so weit. Und es war höchste Zeit.

Seit einigen Monaten geriet Dayita vollkommen außer Atem, wenn sie ein paar Treppen steigen musste. Und sämtliche Hosen kniffen am Bund. So konnte es nicht weitergehen. Sie wollte nicht bereits mit fünfzig ein körperliches Wrack sein. Deshalb hatte sie das Rad ins Wohnzimmer geschafft, wo sie es nicht länger ignorieren konnte. Und wo sie beim Work-out die Aussicht in den Garten genießen konnte. Theoretisch zumindest. Praktisch war es längst dunkel, und von Genuss konnte auch keine Rede sein.

Sie warf einen Blick auf das Display. Noch knapp vier Minuten, das schaffte sie nie. Der Schweiß lief ihr über Stirn und

Rücken, ihre Beine brannten wie Feuer. Aber sie wollte nicht aufgeben, sie war nicht der Typ, der die Flinte ins Korn warf, bevor das Ziel erreicht war. Sie hatte sich schon durch ganz andere Durststrecken gekämpft.

Um sich abzulenken, rief sie sich den anonymen Brief ins Gedächtnis. Als sie von Guido Zernikows unrühmlicher Vergangenheit erfahren hatte, war sie sicher gewesen, dass er mit dem Schreiben gemeint war. Doch inzwischen waren ihr Zweifel gekommen. Würde jemand einen Richter als Gesetzeshüter bezeichnen? Waren damit nicht immer Polizisten gemeint?

Ein erschreckender Gedanke kam ihr. Bezog sich der Brief etwa auf ihren Informanten auf dem Sellnitzer Revier? Hatte irgendwer davon Wind bekommen, dass es dort jemanden gab, der ihr hin und wieder eine Information zukommen ließ?

Aber irgendwie passte die Formulierung mit der weißen Weste nicht dazu. Die Presse über Ermittlungsinterna zu informieren, verstieß zwar gegen die Dienstvorschriften, aber ein Verbrechen war es nicht.

Dayita stöhnte. Das Ziehen in ihren Beinen war so stark, dass sie hätte schreien können vor Schmerzen. Und Luft bekam sie auch kaum noch. Unfassbar, wie unfit sie war. Immerhin waren es jetzt nur noch ein paar Sekunden. Sie zwang sich zu einem letzten Spurt, dann ertönte das erlösende Piepsen.

Sie hörte auf zu strampeln, stieg vom Rad und wankte zum Sofa, wo sie sich schwer atmend fallen ließ. In ihre Erschöpfung mischte sich Stolz. Es war hart gewesen, aber sie hatte es geschafft. Und wenn sie morgen den Muskelkater ihres Lebens hatte, bewies das nur, dass sie auf dem richtigen Weg war.

Während ihr Atem sich allmählich beruhigte, kehrten ihre Gedanken zu dem Brief zurück. Das Schriftbild und die Rechtschreibung deuteten darauf hin, dass der Verfasser oder die Verfasserin schon älter war. Wegen der schwungvollen, wenn auch etwas unsicheren Handschrift tippte Dayita auf eine Frau. Dafür sprach auch, dass der Brief mit der Post gekommen war. Eine jüngere Person hätte ihr eine E-Mail von irgendeinem kostenlosen Account geschickt, den man sich innerhalb von fünf Minuten einrichten konnte.

Dayita setzte sich auf. Sie machte sich zu viele Gedanken. Bestimmt hatte sich irgendwer über die Polizei geärgert und machte so seinem Frust Luft. Oder jemand wollte sich wichtigtun. Andererseits sagte ihr Bauchgefühl ihr, dass mehr an der Sache war.

Sie stand auf, ihre Beine waren noch immer zittrig wie Wackelpudding. Jetzt würde sie erst mal duschen und sich ein wohlverdientes Glas Wein gönnen. Alles andere musste bis morgen warten.

Am selben Abend

Tom und Mascha hatten es sich auf der Bank hinter dem Haus bequem gemacht, da Romy mal wieder nicht einschlafen wollte. Wenn sie nichts hörte, so hoffte Tom, wurde ihr irgendwann langweilig, und sie nickte ein.

Wegen der Kälte hatte er eine Flasche Glühwein hervorgekramt, die ein Nachbar ihm zu Weihnachten geschenkt hatte, und den Inhalt in einem Topf erwärmt. Zudem hatten sie sich in warme Decken gehüllt.

«Du hast es wirklich schön hier», sagte Mascha, die Finger um den heißen Becher gelegt.

«Das ist wahr.» Tom nippte am Wein, genoss das heiße, süße Gefühl auf der Zunge. «Manchmal vermisse ich die Stadt, aber meistens fühle ich mich wohl, möchte nirgendwo anders sein.»

«Beneidenswert.»

«Würdest du gern auf dem Darß leben?», fragte Tom überrascht.

«Ich glaube, das wäre mir zu einsam. Aber ich hätte gern einen Ort, an dem ich mich wirklich zu Hause fühle. In Schwerin habe ich die Wohnung eines Kollegen übernommen, ich habe nicht einmal eigene Bilder aufgehängt. In Dresden bin ich auch nie ganz heimisch geworden. Und mein Elternhaus …»

«Ich bin sicher, dass du eines Tages deinen Platz findest.»

«Wenn du das sagst.» Sie drückte den Becher an ihre Wange und sah hinauf in den Sternenhimmel.

Tom folgte ihrem Blick. Die Nacht war kalt und klar, unzählige Lichter funkelten über ihnen am samtschwarzen Himmel. Der Anblick stimmte ihn ehrfürchtig. Er fühlte sich mit einem Mal auf geheimnisvolle Weise beschützt.

Mascha holte ihn zurück in die Realität. «Ich kann nicht aufhören, an Kira zu denken», sagte sie. «Seit ich mit Braake gesprochen habe, mache ich mir noch mehr Sorgen um sie. Er hat sie in seiner Gewalt, ich weiß es. Und er weiß, dass ich es weiß. Er spielt irgendein Spiel, aber ich durchschaue es nicht.»

«Hast du mit deinem Chef darüber gesprochen?»

«Und ihm erzählt, dass ich als angebliche Patientin in Braakes Praxis war? Natürlich nicht! Er würde mir den Kopf abreißen. Nein, ich werde weitere Erkundigungen über ihn einholen, und wenn ich genug zusammenhabe, lege ich Oliver die Beweise vor. Ich hoffe nur, dass es dann noch nicht zu spät ist.»

«Das hoffe ich auch.»

Mascha trank von ihrem Glühwein. «Gibt es schon was Neues zu der Reisetasche?»

«Noch nicht. Und der Parkplatz hat leider nichts weiter hergegeben. Die KT hat zwar jede Menge Zeug in dem Gebüsch gefunden. Aber nichts davon lässt sich eindeutig mit Kira oder der Tasche in Verbindung bringen.»

«Vielleicht habe ich mich geirrt, und sie gehört gar nicht Kira.» Maschas Stimme klang zugleich frustriert und hoffnungsvoll.

Tom fühlte ähnlich wie sie. «Morgen wissen wir mehr.»

Eine Windböe streifte durch den Garten, in den Sträuchern am Zaun raschelte es. Unwillkürlich fragte sich Tom, ob sie beobachtet wurden. Ob der Mann, der Mascha überfallen und sich Zugang zu seinem Haus verschafft und das Foto auf dem Kamin umgedreht hatte, irgendwo kauerte und sie im Visier hatte. Und ob es tatsächlich dieser Nils Braake war.

Mascha fröstelte. Vielleicht gingen ihr ähnliche Gedanken im Kopf herum.

Er legte ihr den Arm um die Schultern. «Frierst du?»

«Ein bisschen.»

«Wir könnten reingehen, Romy ist bestimmt inzwischen eingeschlafen.»

«Aber es ist wunderschön hier draußen.»

«Nicht, dass du dich erkältest.»

«Keine Sorge.» Sie schmiegte sich an ihn. «Noch fünf Minuten, okay? Dann fahre ich heim und stelle mich unter die heiße Dusche, versprochen.»

Dienstag, 28. Januar

Sellnitz, am Morgen

Das Vereinsheim des SSV Sellnitz lag am Ortsrand nahe der Schule und nur ein paar Hundert Meter vom Revier entfernt. Es war genau so eingerichtet, wie Tom sich ein Vereinsheim vorstellte. Eine Theke mit Zapfanlage und Barhockern davor, Bodenfliesen in einer undefinierbaren Farbe, Vereinswimpel an den Wänden und an den abgenutzten Tischen die typischen unbequemen Holzstühle, die er schon in Dutzenden Kneipen gesehen hatte.

Immerhin war es warm. Und genau daran haperte es gerade auf dem Revier. Über Nacht war die Heizung ausgefallen, und es würde wohl einige Stunden dauern, bis der Schaden behoben war. Falls es überhaupt heute noch klappte.

Die Streifenkollegen, die hinter der Empfangstheke ausharren mussten, behalfen sich mit einem Heizlüfter, aber für die Soko Sturm hatte eine andere Lösung hergemusst. Paul hatte ein wenig herumtelefoniert und keine zehn Minuten gebraucht, um das Vereinsheim für sie klarzumachen.

Tom hatte sich in einer Ecke einen provisorischen Arbeitsplatz eingerichtet, während Paul und Björn Tische und Stühle zurechtgerückt hatten, sodass sie in einer großen Runde zusammensitzen konnten.

Jetzt hockten alle erwartungsvoll vor ihren Laptops, Tablets oder Notizblöcken.

Tom räusperte sich. «Wollen wir hoffen, dass dieser holprige

Start in den Tag kein schlechtes Omen ist. Zumindest gibt es Neuigkeiten zu dem Einbruch bei Dirk Teschendorf vor fünfzehn Jahren. Die Akte kam heute Morgen per Kurier.» Er deutete auf die zerfledderte Mappe, die vor ihm lag. «Ich habe sie mir noch nicht näher angesehen, aber eins weiß ich bereits: Der Täter wurde damals sehr schnell identifiziert, und zwar als Walter Kublank. Er war einschlägig vorbestraft und hatte zum Zeitpunkt der Tat fast ein Drittel seiner fünfundfünfzig Lebensjahre im Gefängnis verbracht.»

«Wie nett», kommentierte Björn sarkastisch. «Man sollte meinen, dass jemand mit so viel Erfahrung im Metier weiß, wie man keine Spuren hinterlässt.»

«Ganz im Gegenteil. Teschendorf hatte Sicherheitskameras außen am Haus montiert, und Kublank hat in eine davon direkt hineingesehen.»

«Sehr clever», murmelte Paul.

«Clever genug, um sich nicht schnappen zu lassen.» Tom schlug die Akte an der Stelle auf, die er markiert hatte. «Trotz groß angelegter Fahndung wurde der Mann bis heute nicht geschnappt.»

«Ist er bei weiteren Einbrüchen in Erscheinung getreten?», fragte Björn.

«Das ist das Erstaunliche. Man hat nie wieder von ihm gehört. Dabei bringen diese Typen das Geld normalerweise schnell durch, es dauert nie lange bis zum nächsten Bruch.»

«Dann war womöglich deutlich mehr im Tresor, als Teschendorf bei der Polizei angegeben hat.» Dennis spielte mit seinem Zigarettenpäckchen. «Der ist doch bestimmt von einigen seiner zwielichtigen Mandanten bar bezahlt worden.»

Tom nickte. «Davon gingen die Kollegen damals auch aus. Aber natürlich hat Teschendorf das nicht zugegeben.»

«Ich frage mich, ob diese Einbruchgeschichte uns nicht zu

weit wegführt von unserem eigentlichen Fall.» Paul blickte skeptisch in die Runde. «Die einzige Verbindung ist diese CD, und Teschendorf hat nicht mal zugegeben, dass er sie je besessen hat. Nicht explizit jedenfalls.»

«Aber es kann doch kein Zufall sein, dass Guido Zernikow sowohl von Iris Hertz als auch von Dirk Teschendorf erpresst wurde», wandte Lisa ein.

«Was wir aber in beiden Fällen nur vermuten.»

«Paul hat nicht ganz unrecht», räumte Tom ein. «Aber ich möchte die Spur zu Ende verfolgen, bevor ich sie aufgebe. Es gibt nämlich einen weiteren möglichen Grund, weshalb Kublank nie gefasst wurde. Er könnte tot sein.»

«Das zweite Opfer», rief Lisa. «Laut Rechtsmedizin war der Mann zwischen fünfzig und sechzig Jahre alt.»

Tom nickte. «Ich will zumindest ausschließen, dass es sich um Kublank handelt. Und das dürfte recht schnell gehen. Er hat nämlich einen Bruder mit einer ähnlich beeindruckenden Karriere. Zufällig sitzt er gerade ein, ich denke, gegen ein paar Vergünstigungen ist er bereit, uns seine DNA zur Verfügung zu stellen.»

Tom sah Mascha an, doch die schien mit ihren Gedanken weit weg zu sein. Womöglich beim Stalker und bei dem, was sie gestern herausgefunden hatte. Tom hoffte, dass ihre Kollegen sich diesen dubiosen Arzt noch einmal vornahmen.

«Sonst noch was?», fragte er. «Neuigkeiten über den Richter? Eine Verbindung zwischen Teschendorf und Iris Hertz?»

Allgemeines Kopfschütteln.

«Dann lasst uns über die mutmaßliche Ermordung von Manuel Hertz reden.»

«Da hätte ich was», sagte Lisa eifrig. «Ich habe eben mit einem Kollegen telefoniert. Der offizielle Bericht kommt im Laufe des Tages, aber das Wichtigste hat er mir schon verraten.»

«Und?» Björn beugte sich vor.

«Sie haben die Herkunft der Tatwaffe ermittelt. Haltet euch fest: Sie wurde aus einem Streifenwagen gestohlen.»

«Wie bitte?», rief Paul überrascht.

«Aber das kann nicht sein», wandte Tom ein. «Die Tatwaffe war eine Glock, das Modell wurde nie als Dienstwaffe der Polizei benutzt.»

«Ich habe auch nicht gesagt, dass es eine Dienstwaffe war», entgegnete Lisa. «Vor ein paar Jahren verschwand nach einer Razzia ein Karton mit beschlagnahmten Waffen aus einem Polizeifahrzeug.»

«Von der Sache habe ich gehört», brummte Paul.

«Und der Dieb wurde nie ermittelt.» Tom verzog das Gesicht. «Er hat seine Beute bestimmt in alle Welt vertickt. Und wir haben keine Chance zu ermitteln, wer sie gekauft hat.»

«Also eine Sackgasse», stellte Dennis fest. «Hoffen wir, dass der Schalldämpfer uns weiterbringt.»

«Der stammt aus demselben Karton», sagte Lisa.

«So oder so werde ich Zernikow eine Vorladung schicken, selbst auf die Gefahr hin, dass er ein Attest vorlegt. Wir müssen ihn als Täter ausschließen.» Tom klopfte mit dem Kuli auf den Tisch, auf dem unzählige Gläserränder von ausgelassenen Feiern zeugten. «Ich habe das mit Bartelsen abgesprochen, er unterstützt meinen Plan.» Er wandte sich an Lisa. «Wie war die Befragung der Nachbarn? Haben sie irgendwas gesehen, das uns weiterhilft?»

«Absolut nichts, leider.»

«Dann hat er also auch kein Alibi.» Tom konnte sich den alten Mann nach wie vor nicht als eiskalten Killer vorstellen. Andererseits durfte er sich vom harmlosen Äußeren nicht täuschen lassen, vor allem nicht bei jemandem, der als junger Mann unter der Hakenkreuzfahne gegrölt hatte.

«Noch nichts zu der Reisetasche, nehme ich an?», riss Björn ihn aus seinen Überlegungen.

«Leider nicht. Da brauchen wir noch etwas Geduld.»

«Ich weiß nicht, was ich mir wünschen soll», sagte Lisa bekümmert. «Dass es Kiras Tasche ist oder nicht.»

«So geht es jedem von uns.» Tom betrachtete die sorgenvollen Gesichter seiner Kollegen. «Aber nach allem, was wir bisher herausgefunden haben, glaube ich nicht mehr daran, dass Kira freiwillig untergetaucht ist. Deshalb würde ich mich über eine konkrete Spur freuen.»

«Ich bin sicher, dass der Stalker sie hat», sagte Mascha. «Und ich würde gern noch was abklären, wenn wir hier fertig sind. Ist das okay?»

«Geht es um den Arzt?», wollte Tom wissen.

«Was denn für ein Arzt?» Björn runzelte die Stirn.

«Der Mann, über dessen IP-Adresse der falsche Fotograf die Mail mit der Malware an Mascha geschickt hat», erklärte Tom.

«Falscher Fotograf? Malware?» Dennis blickte sich verwundert um. «Habe ich was verpasst?»

«Wir haben dir doch von dem Stalker erzählt», antwortete Mascha. «Die Details spielen im Augenblick keine Rolle. Jedenfalls gab es einen Verdächtigen, der aber entlastet wurde, weshalb ein Arzt hier aus Sellnitz, der bereits einmal überprüft wurde, wieder in den Fokus der Ermittlungen gerückt ist.»

«Was hast du vor?», erkundigte sich Tom. Er wollte nicht, dass Mascha weitere Alleingänge unternahm. Andererseits durften sie nichts unversucht lassen, um Kira zu finden.

«Ich möchte mich ein bisschen bei den Nachbarn der Familie umhören, die wissen oft mehr, als man denkt. Aber unauffällig, nicht als Polizistin.»

Tom überlegte kurz. Dann nickte er. «Okay, mach das. Aber pass auf, dass Braake nichts davon mitbekommt.»

«Keine Sorge, der ist tagsüber in seiner Praxis in Schwerin.»

«Alles klar.» Tom rieb sich die Hände. «Wir treffen uns heute Nachmittag noch einmal, mit etwas Glück dann wieder auf dem Revier. An die Arbeit!»

Am selben Tag

Das Haus der Familie Braake lag am Ende der Straße, daneben die Imbissbude, in der Mascha vergeblich versucht hatte, auf eine Spur des Stalkers zu stoßen. Alles war ruhig, nur ein paar Möwen zogen kreischend ihre Kreise. Die Sonne schien, die Luft war eisig und duftete nach Salz. Ein malerischer Wintertag am Meer.

Mascha stieg aus dem Wagen und setzte sich langsam in Bewegung. Das gelb angestrichene Haus wirkte verlassen. Auf dem Nachbargrundstück fegte eine Frau einen Weg aus Natursteinplatten.

«Traumhaftes Wetter», rief Mascha über den Zaun.

Die Frau unterbrach ihre Arbeit. Sie war um die fünfzig, trug eine blaue Jogginghose und eine Steppjacke in der gleichen Farbe. «Ja, herrlich.»

«Ist es im Januar immer so kalt hier?»

«Kommt schon vor. Letzte Woche hatten wir sogar Schnee.» Die Frau näherte sich, offenbar erfreut über die Unterbrechung. «Machen Sie Urlaub in Sellnitz?»

«Nicht die beste Jahreszeit, ich weiß.» Mascha zuckte mit den Schultern. «Aber ich brauchte eine Auszeit.»

«Dafür ist der Winter genau richtig. Im Sommer ist hier viel zu viel Rummel.»

«Da haben Sie wohl recht. Obwohl es gern etwas wärmer sein dürfte.»

Die Frau lehnte den Besen an den Zaun. «Sind Sie zum ersten Mal auf dem Darß?»

Mascha zögerte. Je näher ihre Lüge an der Wahrheit war, desto geringer die Gefahr, dass sie sich darin verstrickte. «Ich war im vergangenen Herbst schon mal hier», antwortete sie. «Und ich wollte unbedingt wieder her.»

«Das kann ich gut verstehen.» Die Frau lächelte breit. «Ist ein herrlicher Flecken Erde.»

Mascha beschloss, einen behutsamen Vorstoß zu wagen. «Ich glaube übrigens, dass ich Ihre Nachbarn kenne.» Sie deutete auf das gelbe Haus.

«Die Braakes?» Die Frau runzelte die Stirn. «Wirklich?»

«Nicht die ganze Familie. Doktor Braake ist mein Hautarzt in Schwerin. Er hat mir mal erzählt, dass er in Sellnitz wohnt.»

«Ach so.»

«Er ist ein guter Arzt. Und sehr sympathisch.»

«Ja, er ist wirklich nett, da haben Sie recht. Und so ein Glück für die arme Silke.»

Mascha horchte auf. «Seine Frau?»

Die Nachbarin rang sichtlich mit sich. Sie wollte offenbar nicht indiskret sein. «Ist ja kein Geheimnis», sagte sie nach kurzem Zögern. «Silkes erster Mann starb bei einem Autounfall. Schrecklich war das. Sie wurde ebenfalls schwer verletzt. Anfangs sah es schlecht für sie aus. Sie lag wochenlang im Krankenhaus. Und der kleine Leon war damals erst ein paar Wochen alt. Das arme Kind, stellen Sie sich das mal vor.»

«Wie furchtbar.» Maschas Gedanken rotierten. Nils Braake hatte eine Frau geheiratet, die einen schweren Autounfall hatte, und das Kind war gar nicht seins.

«Sie sagen es.» Die Frau warf einen Blick auf das Nachbarhaus. «Man kann nur dankbar sein, wenn einem so ein Schicksalsschlag erspart bleibt.»

«Und was für ein Glück, dass die junge Frau Doktor Braake kennengelernt hat.»

«Wir haben uns alle so für sie gefreut», bestätigte die Nachbarin. «Der Herr Doktor hat ihr wieder neuen Lebensmut geschenkt. Und er kümmert sich rührend um den kleinen Leon. Hat ihn adoptiert. Er hat sogar Silkes Namen angenommen, als sie geheiratet haben.» Die Frau griff nach dem Besen. «Jetzt muss ich aber wieder an die Arbeit, sonst kriege ich heute gar nichts mehr geschafft.»

«Dann will ich Sie nicht länger aufhalten.» Mascha nickte ihr zu. «Einen schönen Tag noch.»

Während sie langsam an dem gelben Haus vorbeischlenderte, kam ihr ein Gedanke. Womöglich war Pia Sukow gar nicht das erste Opfer des Stalkers, sondern Silke Braake.

Am selben Tag

Leider zogen sich die Reparaturarbeiten an der Heizung hin, sodass Tom René Wendt, den Eigentümer der Villa am Waldrand, ins Vereinsheim bestellen musste. Senior begleitete ihn.

Wendt war in Toms Alter, hatte welliges braunes Haar, trug teure Lederslipper und einen schicken Wollmantel. Tom konnte sich den Mann nicht so recht in der alten Holzvilla vorstellen, und auch nicht beim Durchtrennen von Stromkabeln, um die Bewohnerinnen zu vergraulen. Aber solche Typen machten sich bestimmt nicht selbst die Hände schmutzig.

«Entschuldigen Sie bitte, dass wir Sie in unserem provisorischen Büro empfangen müssen», sagte Tom, nachdem er sich vorgestellt hatte.

«Kein Problem.»

Tom deutete in die Ecke, wo er sich einen Arbeitsplatz eingerichtet hatte. Sie waren nicht allein, Björn und Paul saßen vor ihren Computern. Aber der Raum war groß genug, dass sie sich nicht gegenseitig störten.

Sie nahmen Platz, Tom zog seine Notizen zu sich heran. Er hätte die Befragung auch Senior überlassen können, doch damit, dass er sich persönlich darum kümmerte, wollte er seinem Besucher deutlich machen, dass die Polizei die Sache sehr ernst nahm.

«Ihnen gehört das ehemalige Ferienheim am Ortsrand von Sellnitz, ist das richtig?»

In Wendts Gesicht zuckte es. «Das ist korrekt», sagte er mit gepresster Stimme.

«Sie haben das Anwesen vor zehn Jahren gekauft, aber die beiden Bewohnerinnen haben lebenslanges Wohnrecht.»

«Ja.» Wendt legte den Schal ab, ihm schien plötzlich warm geworden zu sein. «Könnte ich vielleicht ein Glas Wasser haben?»

«Selbstverständlich.»

Tom nickte Senior zu, der sich erhob und hinter die Theke trat.

«Sicherlich haben Sie beim Kauf nicht damit gerechnet, dass Sie so lange darauf warten müssen, Ihr Haus zu beziehen», sagte er fast beiläufig.

«Ich habe nicht vor, in der Villa zu wohnen», gab Wendt steif zurück. «Ich möchte sie umbauen, in Ferienwohnungen umwandeln.» Er nahm das Glas Wasser entgegen und trank einen Schluck. «Können Sie mir sagen, worum es geht? Ist etwas mit dem Haus nicht in Ordnung?»

«In gewisser Weise. Irgendwer ist dort eingebrochen. Und ein paar Tage später wurde die Hauptstromleitung durchtrennt.»

«Meine Güte.» Wendt sprang auf. «Warum weiß ich davon nichts? Ich hätte sofort informiert werden müssen!»

Tom bedeutete Wendt, sich wieder zu setzen. «Die beiden alten Damen haben Sie also nicht über die Vorfälle in Kenntnis gesetzt?»

«Die reden überhaupt nicht mit mir, tun so, als würde das alles noch ihnen gehören, als hätten sie das Haus nie verkauft.»

Tom beugte sich interessiert vor. «Wie meinen Sie das?»

«So wie ich es sage. Sie machen, was sie wollen.»

«Zum Beispiel?»

Wendt zuckte mit den Schultern. «Sie lassen alles verkommen, scheren sich nicht um Reparaturen, wenn etwas kaputtgeht, geben mir aber auch nicht Bescheid, damit ich mich kümmern kann.»

«Das ist wirklich ärgerlich», schaltete Senior sich ein. «Vermutlich wären Sie die beiden gerne los.»

René Wendt starrte ihn an. «Was soll das denn heißen?»

«Mein Kollege möchte wissen, ob Sie etwas unternommen haben, um die Schwestern zum Auszug zu bewegen.»

Wendt lehnte sich zurück und verschränkte die Arme. «Das habe ich in der Tat. Ich habe Ihnen vorgeschlagen, in ein Heim zu ziehen. Dort wären sie viel besser aufgehoben, man könnte sich angemessen um sie kümmern. Ich habe ihnen sogar angeboten, sie dabei zu unterstützen.»

«Aber die beiden wollten nicht.» Tom faltete die Hände. «Also haben Sie versucht, es ihnen ein wenig ungemütlich zu machen.»

«Wie bitte? Was unterstellen Sie mir da?»

Wendt wurde so laut, dass Paul und Björn interessiert zu ihnen herüberschauten.

Tom konsultierte in aller Ruhe seine Notizen. «Können Sie mir sagen, wo Sie am neunten Januar abends waren? Oder am dreiundzwanzigsten?»

«Nicht ohne meinen Terminkalender.»

«Und den haben Sie nicht dabei?»

«Nein. War's das?»

«Noch nicht.» Tom sah dem Mann in die Augen. «Sie stehen im Verdacht, für die Sabotageakte im Haus verantwortlich zu sein. Und Sie wurden gesehen, wie Sie nachts vor dem Grundstück standen, um die alten Damen zu erschrecken.»

«Das ist nicht wahr!»

«Dafür können Sie strafrechtlich belangt werden», fuhr Tom ungerührt fort. «Und angesichts des hohen Alters Ihrer beiden Opfer dürfen Sie kaum mit Milde vor Gericht rechnen.»

Wendts Gesicht lief rot an, er sprang auf. «Sie können nicht beweisen, dass ich irgendwas getan habe!»

«Das werden wir sehen, wenn Sie mir Ihr Alibi für die Tatzeiten geliefert haben.»

«Das werde ich, keine Sorge.»

«Zeitnah, wenn es geht.» Tom erhob sich ebenfalls. «Und halten Sie sich bis auf Weiteres von der Villa fern.»

«Keine Sorge, ich werde einen Riesenbogen darum machen.» René Wendt stürmte wutentbrannt aus dem Raum.

«Da ist aber jemand sauer», kommentierte Paul trocken.

Senior sah Tom an. «Glaubst du, er war es?»

«So wie der reagiert hat? Ich denke ja. Hoffen wir, dass er es wirklich selbst war und nicht irgendwen damit beauftragt hat, sonst wird es schwierig, ihm etwas nachzuweisen.» Tom nahm die Notizen vom Tisch. «Fahr raus zu den Bülow-Schwestern und teile ihnen mit, was wir vermuten. Ich denke, sie sollten vorgewarnt sein, auch für den Fall, dass Wendt seinen Ärger irgendwie an ihnen auslässt.»

Senior riss erschrocken die Augen auf. «Du glaubst doch nicht, dass er den beiden etwas antun würde.»

«Nein, nicht wirklich. Aber sie sollen trotzdem auf der Hut sein.»

Am selben Tag

Sie hatten beschlossen, Zernikow die Vorladung persönlich zu übergeben. Das sparte Zeit und gab ihnen die Möglichkeit, ihm sofort ein paar Fragen zu stellen. Falls er mit den Todesfällen zu tun hatte, würde er sich höchstwahrscheinlich nicht darauf einlassen. Aber falls nicht, könnte er so verhindern, noch mehr in den Fokus der Aufmerksamkeit zu geraten.

Als Mascha den Dienstwagen in Zernikows Straße lenkte, stockte sie und trat auf die Bremse. Vor dem Haus des Richters standen ein RTW und ein Notarztwagen.

«Verflucht», murmelte Tom neben ihr.

Mascha parkte am Straßenrand. Tom sprang aus dem Wagen, noch bevor er ganz stand. Mascha eilte hinterher.

Sie erreichten die Haustür, als zwei Sanitäter mit einer Trage nach draußen kamen. Mascha erhaschte einen kurzen Blick auf den ehemaligen Richter, sein Gesicht war aschfahl. Was auch immer geschehen war, zumindest lebte er. Eine dritte Person, offenbar eine Ärztin, folgte den Sanitätern.

«Tom Engelhardt, Kriminalpolizei», stellte Tom sich vor. «Was ist hier geschehen?»

«Polizei?» Die Ärztin, eine schlanke, hochgewachsene Frau um die vierzig, sah erstaunt von Tom zu Mascha. «Wer hat Sie denn gerufen?»

«Wir müssen dringend mit Herrn Zernikow sprechen», erklärte Mascha.

«Daraus wird vorerst nichts. Der Mann hatte einen Herzinfarkt.» Sie blickte zu dem RTW.

Gerade knallte ein Sanitäter die Türen zu, Sekunden später stieg er ein, und das Fahrzeug setzte sich in Bewegung.

«Wie geht es ihm?», fragte Tom.

«Er ist halbwegs stabil. Immerhin hat er es noch geschafft, selbst den Notruf zu wählen. Mehr kann ich Ihnen nicht sagen. Das müssen Sie mit den Kollegen im Krankenhaus klären.»

«In Ordnung, danke.»

Die Ärztin stieg in ihren Wagen und fuhr ebenfalls davon.

«Glaubst du, die ganze Geschichte hat ihn so aufgeregt, dass er deshalb einen Herzinfarkt erlitten hat?», fragte Mascha.

Zu ihrer eigenen Überraschung fühlte sie sich schuldig, obwohl sie nur ihren Job gemacht hatte. Und obwohl ihr das Foto von der Neonazi-Versammlung noch immer lebhaft vor Augen stand.

«So etwas sollten wir nicht einmal denken.» Tom schob die Hände in die Jackentasche.

«Natürlich, du hast recht. Lass uns zurück ins Vereinsheim fahren.»

Sie wollte sich in Bewegung setzen, doch Tom hielt sie am Arm fest. «Wirklich alles in Ordnung?», fragte er.

«Klar.» Sie sah ihm an, dass ihre Antwort ihm nicht genügte. «Was ist?»

Er zögerte.

«Nun mach schon, raus damit!»

Er holte Luft. «Ich hatte gestern den Eindruck, du freust dich nicht besonders, dass Lisa jetzt offiziell zur Soko gehört. Dabei dachte ich, ihr zwei kommt gut miteinander klar. Ist etwas vorgefallen?»

«Nein, natürlich nicht.»

«Aber?»

Mascha wandte sich ab. Sie hatte Lisa versprochen, niemandem von den Albträumen zu erzählen. Andererseits war Tom der Soko-Leiter, er musste wissen, wenn irgendwer im Team Probleme hatte.

«Ich bin mir nicht sicher, ob Lisa der Aufgabe gewachsen ist», sagte sie zögernd.

«Wieso denn das?»

«Ich habe den Eindruck, dass sie noch mit den Folgen des Erdrutsches zu kämpfen hat. Sie ist verschüttet worden, wäre beinahe erstickt. Das steckt niemand einfach so weg.»

Tom trat vor sie, sodass sie ihn ansehen musste. «Gibt es einen konkreten Anlass für diese Vermutung?»

«Dazu kann ich nichts sagen.»

«Verstehe.» Er nickte. «Okay. Ich werde sie im Auge behalten. Und ich bitte dich, über deine Loyalität nicht zu vergessen, wie wichtig es ist, dass wir uns alle aufeinander verlassen können.»

«Keine Sorge. Wenn ich den Eindruck habe, dass Lisa ein Risiko sein könnte, sage ich es dir.»

«Gut. Ich verlasse mich auf dich.»

Am selben Tag

Als sie das Vereinsheim betraten, wehte Tom der Duft nach frischer Pizza entgegen, und ihm lief das Wasser im Mund zusammen.

«Ihr kommt genau richtig», begrüßte Paul Mascha und ihn. «Das Mittagessen ist gerade eingetroffen. Wir haben für euch mitbestellt.»

«Großartig», rief Mascha, warf ihre Jacke über eine Stuhllehne und setzte sich zu den anderen.

Geöffnete Pizzakartons standen kreuz und quer auf dem Tisch herum, jeder schien sich zu nehmen, wonach ihm gerade der Sinn stand. Dazu standen Cola und Wasser bereit sowie eine große Kanne Kaffee.

Tom knurrte der Magen, doch er ließ sich Zeit. Verstohlen beobachtete er Lisa, die angeregt mit Björn plauderte und dabei ein Stück Spinatpizza verdrückte. Ihm war nicht aufgefallen, dass sie unter den Folgen des Erdrutsches litt. Hatte er nicht gut genug auf sie geachtet? Oder lag es an Mascha? Sah sie etwas, das gar nicht da war?

Gerade als Tom sich zu den anderen gesellen wollte, klingelte sein Handy. Ein Kollege von der Kriminaltechnik. Er hörte sich an, was der Mann zu sagen hatte, fragte zweimal nach, ob er auch ganz sicher sei, dann bedankte er sich und legte auf.

Mascha merkte als Erste, dass etwas nicht stimmte. Sie legte ihr Stück Pizza weg. «Was ist los?»

«Schlechte Nachrichten?», wollte Paul wissen.

«Wie man's nimmt.» Tom setzte sich an den Tisch. «Das war die KT. Es geht um den Schalldämpfer.»

«Und?», fragte Dennis gespannt.

«Es wurden Fingerabdrücke von zwei verschiedenen Personen daran sichergestellt, genau wie an der Waffe selbst. Von Manuel Hertz und einem der beiden Jungen. Diesem Lasse.»

«Was?», rief Lisa ungläubig. «Aber das ist nicht möglich. Die Jungen können den Schalldämpfer nicht angefasst haben, der Täter hat ihn in den Tümpel geworfen.»

«Die Kollegen haben es zweimal überprüft, weil sie es sich auch nicht erklären konnten», entgegnete Tom. «Sie sind sich absolut sicher. Und die Position der Abdrücke legt nahe, dass sowohl der Junge als auch Hertz die Waffe abgefeuert haben.»

Ein paar Sekunden lang schwiegen alle betroffen. Dann räusperte sich Mascha. «Soweit ich das sehe, gibt es dafür nur eine Erklärung. Manuel Hertz hat den Schalldämpfer selbst auf die Waffe geschraubt, bevor er sich damit erschoss. Und die Jungen haben ihn abgeschraubt, als sie die Waffe fanden, und später weggeworfen. Aus welchem Grund auch immer.»

«Ein Suizid mit Schalldämpfer?», fragte Dennis zweifelnd.

«Vielleicht wollte er nicht, dass im letzten Moment Hilfe herbeieilt», spekulierte Paul.

«Oder er hat die Glock mit Schalldämpfer auf dem Schwarzmarkt gekauft und sich nicht die Mühe gemacht, ihn abzuschrauben», überlegte Björn weiter. «Gut möglich, dass er sich nicht sonderlich gut mit Waffen auskannte und nicht unnötig daran herumfummeln wollte.»

Paul nickte. «Ein Mörder hätte den Schalldämpfer jedenfalls nach der Tat abgeschraubt und verschwinden lassen, damit es eher nach Suizid aussieht.»

«Es sei denn», warf Mascha mit einem Blick auf Lisa ein, «ihm war bekannt, dass sich mit Schalldämpfer das Schmauchbild verändert.»

Dennis wiegte zweifelnd den Kopf. «Das ist aber sehr spezielles Wissen.»

«Jedenfalls wird es jetzt noch schwieriger, die Wahrheit ans Licht zu bringen, fürchte ich», sagte Tom frustriert. «Manuel Hertz hat nicht einmal einen Abschiedsbrief hinterlassen. Wir haben keine Ahnung, ob er sich aus Kummer umgebracht hat oder aus Schuldgefühlen, weil er etwas mit dem Tod seiner Frau zu tun hatte. Und Guido Zernikow hatte vorhin einen Herzinfarkt. Wer weiß, wann er wieder vernehmungsfähig ist.»

«Ein Herzinfarkt, echt?» Björn schüttelte den Kopf. «Das kann ja wohl nicht wahr sein.»

«Leider doch.» Tom starrte auf die Pizzakartons. Er hatte plötzlich keinen Hunger mehr, aber er musste etwas essen. Außerdem wollte er sich nicht von einem Rückschlag die Stimmung vermiesen lassen. Schließlich war es ja auch eine gute Nachricht, dass sie im Fall Manuel Hertz keinen Mörder suchen mussten.

Er griff nach einem Stück Salamipizza. «Los, Leute, lasst euch davon nicht den Appetit verderben. Wir besprechen nach dem Essen, wie es weitergehen soll. Immerhin haben wir noch die Spur mit dem Einbrecher. Vielleicht ist er das Bindeglied zwischen Zernikow und Iris Hertz. Also esst, bevor alles kalt wird.»

«Ich kann nicht», stieß Lisa hervor und schob den Pizzakarton von sich weg. «Das ist alles meine Schuld. Ich habe euch mit dem dämlichen Schalldämpfer auf die falsche Fährte gelockt.»

«Das ist doch Unsinn», widersprach Tom.

«Ist es nicht. Wir haben zwei Tage lang nach einem Mörder gesucht, den es nicht gibt, anstatt uns auf die beiden Opfer vom Kliff zu konzentrieren. Und das nur, weil ich diese fixe Idee hatte.» Sie sprang auf und rannte nach draußen.

Bestürzt sah Tom ihr hinterher. Er blickte zu Mascha, die sich bereits erhoben hatte.

«Ich kläre das», sagte sie und verschwand ebenfalls.

Der Rest des Teams blieb sprachlos zurück. In betretenem Schweigen aßen sie ihre Pizza. Tom hätte gern etwas gesagt, um die Kollegen aufzumuntern, aber er war selbst zu geschockt. Es dauerte mehr als fünfzehn Minuten, bis Mascha und Lisa zurückkehrten.

Alle sahen sie gespannt an.

«Ich muss euch etwas mitteilen», sagte Lisa. Ihre Augen waren gerötet, ihre Wangen blass. «Mir geht es seit dem Erdrutsch nicht sehr gut. Ich habe Albträume, schlafe schlecht. Deshalb habe ich wohl eben auch so emotional reagiert. Ich habe bereits einen Termin bei einer Therapeutin, aber leider erst nächste Woche.» Sie sah Tom an. «Ich würde gern weiter in der Soko mitarbeiten, aber ich könnte verstehen, wenn du mich vorerst lieber nicht dabeihaben willst.»

Tom schluckte. Eine Kollegin mit PTBS war ein Risiko für alle. Aber wenn Lisa im Augenblick bloß Albträume hatte und ein bisschen übersensibel war, konnten sie das händeln. «Ich fände es schön, wenn du dabeibleiben würdest», sagte er. «Aber nur, wenn du es dir zutraust.»

Ein strahlendes Lächeln breitete sich auf ihrem Gesicht aus. «Aber klar doch.»

«Dann ab an den Tisch mit euch beiden», rief Paul. Auch ihm war die Erleichterung anzusehen. «Ich konnte gerade noch verhindern, dass die Jungs euch alles wegessen.»

Anklam, am selben Tag

Lässig schlenderte Holger den Gang entlang. Er war so zufrieden mit sich, dass er am liebsten ein Lied gepfiffen hätte. Aber er wollte nicht zu siegessicher wirken, das hätte womöglich einen schlechten Eindruck gemacht.

Gestern hatte er beim Stasi-Unterlagenarchiv in Berlin angerufen, anonym, aus einer Telefonzelle in Rostock. Er hatte behauptet, dass ein Unbefugter sich Zugang zu Dokumenten verschafft habe, und zwar vor allem zu einer ganz bestimmten Akte. Dann hatte er der Person am Telefon, einer stark sächselnden Frau mit strenger Stimme, das Aktenzeichen diktiert, das er bei Maschas Notizen gefunden hatte, und darauf bestanden, dass sie es sich aufschrieb.

Holger hatte erst ermitteln müssen, zu welcher Behörde das Zeichen gehörte. Kaum hatte er es herausgefunden, war auch das letzte Puzzleteil an seinen Platz gefallen. Das Stasi-Unterlagenarchiv also. Wie clever von Mascha. Aber nicht clever genug.

Die Frau am Telefon hatte mehrmals verlangt, seinen Namen zu erfahren. Und sie hatte nach weiteren Details gefragt. Doch Holger hatte sich stur an seinen Plan gehalten. Er war davon überzeugt, dass man der Sache auch so nachgehen würde. Dann würde die Spur automatisch zu Mascha führen. Und diesmal würde es ihr nicht gelingen, ihren Kopf aus der Schlinge zu ziehen. Was für ein Hochgefühl.

Sein Erfolg hatte Holger so in Hochstimmung versetzt, dass

er spontan einen Termin bei der Psychologin gemacht hatte. Er würde ihr erzählen, was sie hören wollte, und danach konnte er zurück in den Dienst. Um nicht in irgendeine Falle zu tappen, hatte er sich ein paar Videos auf YouTube angeschaut. Darin ging es zwar um Gespräche mit dem Vorgesetzten oder die optimale Vorbereitung auf die MPU, aber im Prinzip funktionierte es immer gleich. Man zeigte sich einsichtig und gab zu, dass man sich nicht korrekt verhalten und aus den Fehlern gelernt hatte. Ein Kinderspiel.

Vor der Tür blieb Holger stehen und sammelte sich, bevor er klopfte.

«Einen Moment», rief eine Stimme von drinnen.

Eine Minute später wurde geöffnet, und eine Frau lächelte Holger an. Sie sah genau so aus, wie er sich eine Psychologin vorstellte. Groß und mager, mit einem langen lilafarbenen Strickkleid, das lose um ihren Körper flatterte, von grauen Strähnen durchzogene Haare, eine farbenfrohe eckige Brille.

«Herr Dietrich! Wie schön, dass Sie zu mir gefunden haben.»

Er setzte ein strahlendes Lächeln auf. «Freut mich ebenfalls.»

Sellnitz, am selben Tag

Am liebsten hätte Björn allein mit Torge Kaiser gesprochen. Jungen in dem Alter hatten immer Geheimnisse, und meistens sprachen sie offener, wenn ihre Eltern nicht dabei waren. Aber das kam leider nicht infrage, Torge war minderjährig, seine Mutter musste dabei sein.

Janine Kaiser war am Telefon nicht begeistert gewesen. «Torge hat Ihnen doch schon alles erzählt. Und er hat eine Aussage auf dem Revier gemacht. Was wollen Sie denn noch? Mein Sohn ist traumatisiert. Wenn er immer wieder von dem Toten erzählen muss, kommt er nie zur Ruhe.»

«Das tut mir wirklich leid, Frau Kaiser. Aber die Spuren am Tatort passen nicht zu dem, was die beiden Jungen ausgesagt haben. Deshalb lässt es sich nicht vermeiden, dass beide noch einmal befragt werden.»

«Geht das vielleicht morgen?»

«Ich fürchte, es muss sofort sein.»

Tom hatte darauf bestanden, dass beide Jungen parallel vernommen wurden, und zwar sofort, damit sie keine Gelegenheit hatten, sich abzusprechen. Deshalb war Paul gerade auf dem Weg zu Torges Freund Lasse.

Janine Kaiser hatte schließlich eingelenkt. Da ihre Mitarbeiterin frei hatte, saßen sie im Hinterzimmer der Buchhandlung. Kaiser hatte abgeschlossen und ein Schild an die Tür gehängt, damit sie nicht unterbrochen wurden. Kein optimaler Ort für eine Vernehmung, aber andererseits sorgte die vertraute Umgebung vielleicht dafür, dass Torge sich schneller öffnete. Im Augenblick wirkte er allerdings nicht sonderlich gesprächsbereit. Er wippte mit dem Fuß, und sein Blick war auf den Schreibtisch geheftet, seine Arme vor der Brust verschränkt.

«Ich glaube, du hast mir am Samstag nicht die volle Wahrheit gesagt, was den Vorfall im Wald angeht», begann Björn ohne Umschweife. «Vermutlich hast du es einfach nur vergessen, also überleg noch mal, wie genau das mit der Waffe war.»

Der Junge verzog das Gesicht. «Das habe ich doch schon erzählt.»

«Dann wiederhole deine Aussage noch einmal, bitte.» Björn wusste, dass der Junge mit der Bockigkeit nur seine Unsicherheit überspielte. Es war schwierig, wenn man gern stark sein wollte, sich aber schwach und hilflos fühlte.

Torge zuckte mit den Schultern. «Wenn Sie unbedingt wollen. Wir haben im Wald nach dem vermissten Mann gesucht, und dann lag da plötzlich dieser Tote. Er hatte ein Loch im Kopf, und da war Blut. Und neben ihm lag eine Pistole.»

«Kannst du die Waffe näher beschreiben?»

«Ich hab nicht so genau hingeschaut.»

«Versuch dich zu erinnern.» Björn veränderte seine Sitzposition und streckte sein schmerzendes Bein aus. «War etwas Besonderes daran?»

«Nein.»

«Bist du sicher?»

«Ja, Mann. Hab ich doch gesagt.»

«Nicht in diesem Ton, Torge!», mahnte seine Mutter.

«Aber da war nichts.»

«Denk noch einmal nach, bitte.»

Torge starrte Björn an, dann hörte er auf, mit dem Fuß zu wippen. «Meinen Sie den Schalldämpfer?»

Björn atmete auf. «Es war also ein Schalldämpfer aufgeschraubt, ja? Den hast du aber bei der ersten Befragung nicht erwähnt.»

«Wusste nicht, dass das wichtig ist.» Das Fußwippen setzte wieder ein.

«Was ist damit passiert?»

Torge senkte den Blick wieder auf die Tischplatte. «Ich glaube, Lasse hat ihn abgeschraubt. Damit es richtig knallt.»

«Wie bitte?», rief Janine Kaiser entsetzt. «Großer Gott, Torge, was habt ihr euch nur gedacht?»

«Ich war das nicht, Mann», gab Torge zurück.

Seine Mutter wollte mehr sagen, doch Björn hob die Hand.

«Weißt du, was dein Freund mit dem Schalldämpfer gemacht hat?»

«Ich glaube, er hat ihn eingesteckt.»

«Und dann?»

«Er hat ihn weggeworfen, in einen Tümpel. Aber erst später, nicht zusammen mit der Waffe. Er hätte fast vergessen, dass er das Ding noch in der Jackentasche hat.»

«Sonst noch etwas, das du am Samstag vergessen hast zu erzählen?»

«Nein.»

«Sicher nicht, Torge?», hakte Janine Kaiser nach. «Du musst der Polizei alles erzählen.»

«Hab ich doch.»

«Okay, Torge, das war's.» Björn erhob sich. «Ich fürchte, du musst noch einmal aufs Revier kommen und deine Aussage ergänzen. Aber das hat Zeit.»

Janine Kaiser begleitete Björn zur Tür. «Nehmen Sie es ihm nicht übel», bat sie. «Er ist sonst nicht so.»

«Kein Thema.» Björn spürte, dass sie gern mehr sagen würde. «Alles in Ordnung bei Ihnen?»

Die Frau streckte die Schultern durch. «Natürlich. Es ist nur nicht ganz leicht gerade. Mit Torge, meine ich. Die Geschichte nimmt ihn mehr mit, als er sich eingestehen will.»

«Jungs halt.» Björn lächelte sie aufmunternd an. «Sie schaffen das schon.»

Sie nickte. «Ich danke Ihnen, Herr André.»

Als er quer über die Straße zu seinem Wagen humpelte, spürte er, wie ihr Blick ihm folgte.

Am selben Tag

«Da bist du ja», begrüßte Senior Tom, als dieser, den Laptop unter dem einen Arm, einen Stapel Papiere unter dem anderen, das Revier betrat.

Die Heizung war repariert, und er konnte sein Büro wieder in Besitz nehmen, worüber er sehr erleichtert war. Hier hatte er seine komplette Infrastruktur und vor allem auch eine Tür, die er hinter sich zumachen konnte, wenn er Ruhe brauchte.

«Hast du mich vermisst?», scherzte er. «Ich war doch nur einen halben Tag fort.»

«Nicht ich. Agnes und Waltraud Bülow. Die beiden sind vor zehn Minuten wieder aufgebrochen.»

Tom musste sich eingestehen, dass er froh war, die alten Damen verpasst zu haben. Ihr Schicksal war ihm nicht gleichgültig, doch nun, wo die Sache geklärt war, wollte er seine volle Aufmerksamkeit auf den mutmaßlichen Doppelmord am Kliff richten. Und auf die Suche nach Kira. Zudem waren die Bülow-Schwestern bei seinem Kollegen in guten Händen.

Senior nahm ihm die Papiere ab, Tom öffnete die Tür zu seinem Büro.

«Wollten sie Anzeige gegen Wendt erstatten?», fragte er über die Schulter. «Du hast ihnen doch mitgeteilt, dass wir ihn verdächtigen, hinter dem Einbruch und dem Stromausfall zu stecken?»

«Klar, hab ich.» Senior trottete hinter ihm ins Büro und deponierte den Stapel auf dem Besprechungstisch.

Tom legte den Laptop ab und zog seine Jacke aus. «Aber?»

Senior zögerte, den Blick in Richtung Fenster gewandt. «Ich bin mir nicht sicher, ob das alles war», sagte er schließlich.

«Aha.» Tom lehnte sich an den Tisch und verschränkte die Arme. «Wie meinst du das?»

«Agnes Bülow kam als Erste, ohne ihre Schwester. Dabei ist Waltraud sonst immer die Wortführerin.»

Das war Tom auch schon aufgefallen. «Vielleicht hat Waltraud sie vorausgeschickt, weil sie noch was zu erledigen hatte.»

«Ich hatte einen anderen Eindruck.» Senior schaute sich im Büro um, bevor er weitersprach. «Agnes Bülow bestand darauf, mit dir zu sprechen, mit niemandem sonst. Sie wollte auf dich warten. Ich habe alles versucht, um ihr zu entlocken, worum es geht, habe sie mit Kaffee und Gebäck bestochen. Aber sie hat kein Wort gesagt. Und dann tauchte mit einem Mal ihre ältere Schwester auf, vollkommen abgehetzt und sichtlich nervös. Sie hat Agnes vorgeworfen, dass sie einfach weggelaufen sei. Sie habe sich Sorgen gemacht, weil Agnes angeblich manchmal verwirrt sei und sich schon einige Male verlaufen habe.»

«Und?», fragte Tom. «Was ist daran so ungewöhnlich?»

«Waltraud hat angedeutet, dass ihre Schwester dement ist. Aber auf mich wirkte sie vollkommen klar.»

«Das ist nicht unser Problem, Senior.»

«Ich weiß. Aber ich hatte das Gefühl, Waltraud wollte sicherstellen, dass ihre Schwester nicht allein mit uns redet. Und dass wir sie nicht ernst nehmen, falls sie es doch tut.»

Tom setzte sich an den Schreibtisch. «Du vermutest also, es gibt da ein Geheimnis?»

Senior zupfte an seiner Uniform. «Ich weiß es nicht, Chef. Ich fand es nur merkwürdig, das ist alles.»

«Haben die beiden denn Anzeige erstattet?»

«Sie wollen es sich noch einmal überlegen.»

Tom dachte nach. «Ich vermute, die alten Damen sind mit der Situation überfordert. Oder sie sind sich nicht einig, wie sie vorgehen sollen. Für zwei so betagte Menschen ist das sicherlich eine große Belastung. Am besten fährst du morgen noch mal bei der Villa vorbei und schaust nach, ob alles in Ordnung ist. Womöglich setzt der Mann sie ja noch anderweitig unter Druck. Ich dachte eigentlich, meine Warnung wäre angekommen. Mag sein, dass ich mich getäuscht habe.»

Am selben Tag

Mascha eilte mit gesenktem Kopf auf das Revier zu. Es hatte wieder angefangen zu regnen, der Wind blies ihr eisige Tropfen ins Gesicht. Drinnen war es angenehm warm, die Heizung funktionierte also wirklich wieder.

Sie grüßte Senior, der hinter der Theke stand und Papiere sortierte, und öffnete die Tür zu Toms Büro. Alle waren bereits um den Tisch versammelt.

«Sorry», murmelte sie. «Ich hatte noch ein dringendes Telefonat mit meinem Chef.»

Tom sah sie an. «Ging es um den Stalker?»

Sie nickte, zog die Jacke aus.

«Ich habe auch Neuigkeiten, aber das kann warten. Fang du mit dem Stalker an. Oder glaubst du nicht mehr, dass er Kira in seiner Gewalt hat?»

«Ich bin fest davon überzeugt.» Mascha setzte sich.

Paul schob ihr einen Kaffeebecher hin und schenkte ihr ein. «Dann raus mit der Sprache, und danach schnappen wir uns den Mistkerl.»

«Wenn es in Ordnung ist, fasse ich ganz kurz zusammen, was wir über den Stalker wissen, damit Dennis ebenfalls im Bild ist.» Sie nahm ihren Laptop aus dem Rucksack und klappte ihn auf. «Also, meine Kollegen im LKA und ich sind seit einigen Wochen einem Mann auf der Spur, der sich mithilfe von infizierten Mails Zugriff auf die Webcam und das Mikro am Computer seines Opfers verschafft hat und auch in seine Wohnung eingedrungen ist. Anfangs wussten wir nur von einer jungen Frau, die er auf diese Weise bedrängt hat. Deshalb haben wir uns zunächst auf ihr persönliches Umfeld konzentriert, ohne Erfolg. Dann wurde hier in Sellnitz eine Frau in ihrem Ferienhaus überfallen, und die Umstände ließen darauf schließen, dass es sich um denselben Mann handelte. Seither sind wir sicher, dass wir es mit einem Serientäter zu tun haben. Inzwischen haben wir ein weiteres Opfer gefunden, von dem wir glauben, dass es das erste gewesen ist. Der Täter nimmt nämlich immer einen Gegenstand aus der Wohnung einer Frau mit und deponiert diesen bei der nächsten.»

«Was für eine kranke Scheiße», stieß Dennis hervor.

«Das ist noch nicht alles. Offenbar hat der Mann eine besondere Vorliebe für Narben, denn alle betroffenen Frauen leiden unter den Folgen von Unfällen und haben Fotos von ihren Narben auf Social Media gepostet. Bis auf die erste. Meine Kollegen haben deren Ex-Freund festgenommen, vieles deutete darauf hin, dass er der Täter ist, aber sie mussten ihn wieder laufen lassen. Er hat zugegeben, dass er seiner Ex-Freundin nachgestellt hat, für die anderen Taten gab es jedoch keine Beweise.»

«Aber das kann doch nicht …»

«Ich glaube auch nicht, dass er der Gesuchte ist», unterbrach Mascha den Kollegen. «Wir haben nämlich noch einen zweiten Verdächtigen, einen Familienvater namens Nils Braake hier aus Sellnitz. Von seiner IP-Adresse aus wurde eine der infizierten Mails verschickt. Leider blieb eine Hausdurchsuchung ohne Ergebnis, deshalb dachten wir, der Täter hätte sich ins WLAN der Familie gehackt. Für mich blieb er allerdings weiterhin verdächtig, denn er ist Hautarzt.»

«Ein Hautarzt, der von Narben besessen ist, wie krass», murmelte Lisa.

Mascha tauschte einen Blick mit Tom, der ihr aufmunternd zunickte. «In Absprache mit meinen Kollegen habe ich mich dem Täter auf Instagram als potenzielles Opfer angeboten, unter falschem Namen natürlich. Aber irgendwie muss er herausgefunden haben, wer ich wirklich bin. Er war in meinem Hotelzimmer. Und ich fürchte, dass er ein zweites Mal dort war und Kira ihn dabei erwischt hat.»

«Fuck.» Dennis schüttelte ungläubig den Kopf.

«Ich habe mir den Mann näher angesehen», fuhr Mascha fort. «Um es kurz zu machen, ich habe einige weitere Indizien gefunden. Es gibt eine Verbindung zum ersten Opfer, denn er hat sie ärztlich behandelt, nur ein einziges Mal in Vertretung, deshalb ist es den Kollegen nicht aufgefallen. Außerdem ist er erst seit einem Jahr Familienvater, er hat Silke Braake geheiratet, ihren Sohn adoptiert und sogar ihren Namen angenommen.»

«Klingt fast, als hätte er sich eine neue Identität geschaffen», sagte Björn.

«Das ist noch nicht alles. Silke Braake hat ihren ersten Mann bei einem Autounfall verloren, bei dem sie selbst schwer verletzt wurde.»

Tom begriff sofort. «Sie hat ebenfalls Narben.»

«Davon ist auszugehen.» Mascha trank von ihrem Kaffee. «Ich denke, sie ist das eigentliche Opfer Nummer eins. In gewisser Weise zumindest. Leider sind das weiterhin alles bloß Indizien, und da bei der Hausdurchsuchung nichts Belastendes gefunden wurde, stehen wir mit leeren Händen da. Dachte ich zumindest. Denn eben habe ich herausgefunden, dass Braake eine Zweitwohnung in Schwerin hat. Manchmal übernachtet er dort, wenn er abends die weite Fahrt auf den Darß nicht mehr antreten will.»

«Wie praktisch», meinte Paul trocken.

«Deswegen habe ich mit meinem Chef telefoniert. Ich gehe

davon aus, dass wir dort die fehlenden Beweise finden werden. Vor allem den Computer, mit dem er seine Opfer ausspäht. Oliver will einen Durchsuchungsbeschluss erwirken, aber er fürchtet, dass es heute nicht mehr klappt. Gefahr im Verzug besteht leider nicht, denn die Wohnung wird auch von Braakes Kollegen genutzt. Es ist also unwahrscheinlich, dass er Kira dort gefangen hält. Ich will aber nicht noch eine Nacht verstreichen lassen.»

«Hast du eine andere Idee?», fragte Tom.

Mascha holte Luft. Jetzt kam der schwierige Teil. «Wir könnten ihn unter einem Vorwand festnehmen und mit den Fakten konfrontieren. Irgendwie kriegen wir schon aus ihm heraus, wohin er Kira verschleppt hat.»

«Ich bin dafür», stimmte Paul sofort zu.

«Da muss uns aber was Gutes einfallen», gab Björn zu bedenken, «damit die Aktion wasserdicht ist.»

Lisa wollte ebenfalls etwas sagen, doch Tom hob die Hände. «Halt, stopp!»

Alle verstummten.

«Ich möchte Kira auch retten, das könnt ihr mir glauben, aber wir müssen nach den Regeln spielen. Zumal wir nicht sicher wissen, ob dieser Braake sie hat. Vieles spricht dafür, das gebe ich zu. Aber wir haben keine Gewissheit. Außerdem …»

«Moment, mir fällt da was ein», unterbrach Dennis ihn. «Ich sollte ja alles zu Kiras Verschwinden noch einmal durchgehen. Dabei bin ich auf etwas gestoßen.» Dennis tippte auf seinem Laptop herum. «Hier ist es. Eine Hotelmitarbeiterin hat ungefähr zu dem Zeitpunkt, als der Kollege Kira abgesetzt hat, einen dunklen Kombi hinter dem Gebäude stehen sehen. Er ist ihr aufgefallen, weil dort eigentlich nur das Personal parken darf, sie diesen Wagen aber nicht kannte. Sie hat ausgesagt, dass ein Kindersitz auf der Rückbank war.»

«Und Braake hat einen dreijährigen Adoptivsohn.» Mascha sah Tom auffordernd an.

«Hat die Zeugin den Wagen näher beschreiben können?», fragte er.

«Leider nicht.» Dennis hob bedauernd die Schultern.

«Aber Braake fährt einen dunklen Kombi.» Mascha suchte kurz in der Akte. «Hier steht es: Er ist Halter eines schwarzen Audi A4 Avant.»

«Das genügt nicht, das wisst ihr.» Tom hob hilflos die Schultern. «Wenn die Zeugin sich das Kennzeichen gemerkt hätte, wäre das ein Indiz. Aber ein dunkler Kombi ist zu vage.»

Mascha wusste, dass Tom recht hatte, aber sie war noch nicht bereit aufzugeben. «Es muss doch etwas geben, das wir tun können», sagte sie. «Wir haben keine Ahnung, wie es Kira geht. Sie ist seit zwei Wochen verschwunden. Wer weiß, ob sie überhaupt was zu essen bekommt. Oder wie kalt es dort ist, wo sie gefangen gehalten wird. Uns läuft die Zeit davon.»

Tom rieb sich die Stirn. «Daran muss ich auch ständig denken, das kannst du mir glauben. Trotzdem können wir nicht einfach jemanden festnehmen, nur aufgrund von Indizien und Spekulationen. Mal davon abgesehen, dass ich dieses Vorgehen mit Oliver und auch mit Kiras Chef in Stralsund absprechen müsste.»

Bevor Mascha darauf etwas erwidern konnte, schaltete Björn sich ein. «Was ist denn mit der Reisetasche? Wissen wir inzwischen, ob es wirklich Kiras ist? Vielleicht ist ja auch die DNA dieses Arztes daran. Das wäre doch der Beweis, den wir suchen.»

Ein guter Gedanke. Erwartungsvoll blickte Mascha zu Tom.

«Das ist die Neuigkeit, von der ich eben sprach», antwortete der. «Das Labor hat sich gemeldet. Sie haben an den Socken Hautschuppen gefunden, die DNA stimmt mit der von Kira überein. Und sie haben den Teilabdruck eines Daumens auf dem Reißverschluss sichergestellt sowie ein fremdes Haar. Beides könnte aber auch von der Person stammen, die die Tasche ausgeräumt und in den Müll geworfen hat.»

«Wir bräuchten eine Probe von Braake», sagte Björn.

Tom schüttelte den Kopf. «Auch das geht nur mit Beschluss, wie ihr wisst.»

«Was wäre, wenn wir den Kerl beschatten würden?», schlug Paul vor. «Wenn er Kira hat, führt er uns früher oder später zu ihrem Versteck.»

«Oder er merkt es sofort», sagte Lisa düster. «Er kennt Mascha und Kira, also hat er sich vermutlich auch ihre Kollegen angesehen.»

«Wir könnten es trotzdem versuchen», beharrte Paul.

Tom sah ihn an. «Ich bezweifle, dass das etwas bringen würde.»

Mascha klappte verärgert ihren Laptop zu. «Aber irgendwas müssen wir doch tun.»

Am selben Tag

Janine schob die Schreibtischschublade zu und schloss sie ab. Sie hatte hin und her überlegt und schließlich entschieden, den Schlüsselanhänger in der Buchhandlung zu verstecken. Hier war er hoffentlich sicher.

Seit dem Treffen an der Slipanlage fürchtete sie, er könnte versuchen, ihn an sich zu bringen. Sie hatte nicht vergessen, wie er darauf gestarrt hatte. Irgendwas hatte es mit dem Ding auf sich, aber sie erinnerte sich noch immer nicht daran.

Vorhin hatte sie ernsthaft überlegt, diesem Polizisten ihr Herz auszuschütten. Aber was hätte sie ihm sagen sollen?

Es gibt da jemanden, dem ich nicht über den Weg traue. Er ist gefährlich, er bedroht mich. Ich irre manchmal nachts draußen herum und erinnere mich später nicht, was ich getan habe, und ich glaube, es hängt mit diesem Mann zusammen.

So nett Herr André auch war, er würde sie sicherlich sofort in eine Klinik einweisen lassen, wenn sie ihm das erzählte.

Nein, das war keine Option.

Janine stand auf und kehrte ins Ladenlokal zurück. Eine ältere Frau stöberte durch die Krimi-Neuerscheinungen, sonst war niemand da.

«Ach, Frau Kaiser, da sind Sie ja», begrüßte die Frau sie. «Ich dachte schon, es wäre niemand hier.»

«Ich musste kurz etwas erledigen.» Janine trat näher. «Kann ich Ihnen helfen?»

Die Frau wandte sich ihr zu. «Ich wollte eigentlich nur fragen, wie es Ihnen geht. Ist mit dem Auto wieder alles in Ordnung?»

Jetzt erkannte Janine die Frau. Ihr Mann und sie hatten sie in der vergangenen Woche nach Sellnitz mitgenommen, nachdem sie orientierungslos in einer Scheune aufgewacht war. Sie hatte gegenüber dem Ehepaar behauptet, mit dem Wagen liegen geblieben zu sein.

«Alles repariert, zum Glück», sagte sie mit einem Lächeln. «Im Winter ist man ja ohne fahrbaren Untersatz vollkommen aufgeschmissen.»

«Da haben Sie recht, Frau Kaiser.» Die Frau nickte. «Und Ihrem Jungen geht es auch gut?»

«Bestens.» Janine wollte sich abwenden, aber die Kundin war anscheinend noch nicht fertig. «Ich habe von der Sache mit der Pistole gehört. Schrecklich, mit was man sich heute alles herumschlagen muss. Früher hätte es so was nicht gegeben.»

Janine versuchte, ihren Schreck zu verbergen. Empörung stieg in ihr auf. Nicht nur, weil die Geschichte offenbar bereits in Sellnitz die Runde machte, sondern auch, weil die Frau sich herausnahm, ungefragt ihre Meinung dazu kundzutun.

«Was genau meinen Sie damit, dass es das früher nicht gegeben hätte?», fragte sie scharf.

«Nun ja, die ganze Gewalt im Fernsehen und im Internet», erwiderte die Frau ein wenig defensiv. «Deshalb passieren doch solche Sachen.»

«Soviel ich weiß, gab es auch vor der Erfindung des Fernsehers schon Gewaltverbrechen.»

«Ich meine ja nur.» Die Frau klang beleidigt.

In dem Moment öffnete sich die Ladentür, und eine Mutter mit zwei Mädchen im Schlepptau kam herein. Dankbar wandte Janine sich ihnen zu. Wäre sie länger mit der alten Frau allein geblieben, wäre die Diskussion womöglich eskaliert. Sie musste darauf achten, dass der ganze Stress sie nicht zu dünnhäutig werden ließ. Aber das war leichter gesagt als getan.

Am Abend

Mascha atmete einige Male tief ein und aus, um die Nervosität zu vertreiben. Der leichte Nieselregen legte sich als feuchter Film auf ihr Gesicht und trübte die Sicht. Sie blickte die vom Licht der Straßenlaternen spärlich erleuchtete Straße auf und ab. Niemand zu sehen. Also dann. Sie drückte die Schultern durch und lief auf das Haus zu.

Niemand reagierte auf ihr Klingeln. Der schwarze Audi Avant, kaum mehr als ein Schatten in der Dunkelheit, stand in der Einfahrt, zudem brannte im oberen Stockwerk Licht, also musste Nils Braake zu Hause sein. Und zwar allein. Denn Mascha hatte in Erfahrung gebracht, dass Silke Braake mit ihrem Sohn für ein paar Tage auf Besuch bei ihren Eltern war.

Sie klingelte wieder, und diesmal hörte sie Schritte, die hinter der Tür verstummten. Ein paar Sekunden lang blieb es still, dann wurde vorsichtig geöffnet.

Nils Braake riss überrascht die Augen auf. Sein Blick schoss über ihre Schulter, und als er dort niemanden sah, entspannte er sich sichtlich.

«Frau Krieger», sagte er förmlich.

«Ich muss mit Ihnen reden.»

«Jetzt?»

«Komme ich ungelegen?»

Er betrachtete sie abschätzend, schien zu überlegen. Dann trat er einen Schritt zurück.

Der Flur des Einfamilienhauses war penibel aufgeräumt, die hellen Bodenfliesen glänzten. Kein Spielzeug lag herum, sämtliche Jacken, Mäntel und Mützen hingen ordentlich an der Garderobe.

Braake verschränkte die Arme. «Also, wie kann ich helfen? Geht es um Ihre … Narben?»

«Ich suche meine Kollegin, Kira Blanck.»

Er wirkte ehrlich überrascht. «Was habe ich damit zu tun?»

«Ich weiß, dass Sie sie entführt haben.»

«Entführt?» Braake lachte auf. «Sie haben zu viel Fantasie, Frau Krieger. Mascha.» Das letzte Wort kam mit Nachdruck.

«Ich biete Ihnen einen Tausch an. Lassen Sie Kira frei und nehmen Sie stattdessen mich.»

Der Arzt schüttelte ungläubig den Kopf. «Haben Sie getrunken? Was soll das, was wollen Sie von mir?»

Mascha drückte sich an ihm vorbei ins Wohnzimmer, ließ dabei ihren Blick wandern. Sie glaubte nicht, dass Braake Kira in seinem eigenen Haus versteckte, das hätte er nicht vor seiner Frau geheim halten können. Aber das bedeutete nicht, dass es keinen Hinweis gab, wohin er sie gebracht hatte.

Das Wohnzimmer gab nichts preis. Eine graue Polstergarnitur, eine Essecke aus hellem Holz. Das einzig Ungewöhnliche war, dass auch hier alles sauber und ordentlich aussah, fast so, als würde es sich um eine Ferienunterkunft handeln. Dass ein Kind in diesem Haus wohnte, war nur an den Fotos über dem Sofa zu erkennen.

«Ich glaube, es ist besser, wenn Sie wieder gehen.» Braake war ihr ins Wohnzimmer gefolgt.

Mascha drehte sich zu ihm um. «Sie wollen doch gar nichts von Kira, Sie können nichts mit ihr anfangen. Sie ist nicht Ihr Typ, sie hat keine Narben.»

Braakes linkes Auge zuckte. «Und bei Ihnen ist das anders, ja?»

«Sie haben doch die Fotos gesehen … von Maria.»

Er betrachtete sie schweigend.

«Na los», versuchte Mascha ihn zu überreden. «Bringen Sie mich zu Kira. Und dann …»

Er packte sie am Arm, das Gesicht mit einem Mal wutverzerrt. «Ich weiß nicht, was du vorhast, Schlampe. Aber ich rate dir, mich nicht zu unterschätzen.»

Mascha schluckte. Sie war froh, dass sie ihn endlich aus der Reserve gelockt hatte. Aber gleichzeitig schoss ihr das Adrenalin ins Blut. Auf was hatte sie sich da eingelassen? Hatte sie sich das wirklich gut überlegt?

«Ich will Sie nicht verarschen», beteuerte sie. «Ich meine es ernst.»

Er musterte sie abschätzend. «Also gut. Wenn du unbedingt willst, bringe ich dich zu dieser Kira. Und was dann?»

Er hielt noch immer ihren Arm umklammert, sein Griff war schmerzhaft, doch Mascha versuchte, sich nichts anmerken zu lassen.

«Dann zeige ich Ihnen meine Narben», sagte sie.

Er nickte langsam. «Wenn es dir ernst ist, musst du dir die Augen verbinden lassen. Und die Hände fesseln, damit ich sichergehen kann, dass du nicht irgendeinen Scheiß versuchst.»

Mascha hatte damit gerechnet, trotzdem wurde ihr schlagartig übel. Wenn sie zustimmte, begab sie sich in die Gewalt eines Mannes, der eine Frau brutal überfallen und gequält und eine Polizistin entführt und Gott weiß was mit ihr gemacht hatte. Sie hatte keine Möglichkeit einzuschätzen, wie weit seine Gewaltbereitschaft ging. Oder sein Sadismus.

«Okay», stimmte sie mit trockener Kehle zu.

«Du willst es wirklich wissen, na gut.»

Er verschwand im Flur, kehrte Sekunden später zurück, einen dunklen Schal in der Hand. «Umdrehen!»

Sie gehorchte.

Er legte ihr den Schal über die Augen und knotete ihn am Hinterkopf fest. «Mitkommen!» Er schubste sie voran.

Nach ein paar Schritten hielt er sie fest. «Stopp!»

Er packte sie an den Handgelenken, wenig später waren sie auf dem Rücken gefesselt, mit einem zweiten Schal, wie Mascha vermutete. Als er sie losließ, bewegte sie die Arme. Die Fessel saß fest. Mal eben schnell würde sie sich nicht befreien können, so viel war sicher.

Mascha hörte, wie Braake eine Tür öffnete. Mehrere Sekunden vergingen, in denen er sich vermutlich draußen umsah. Dann packte er sie und schob sie vor sich her. Der Weg zur Einfahrt kam ihr erstaunlich lang vor. Dann glaubte sie, eine Tür quietschen zu hören, so als wären sie durch das Gartentor auf die Straße getreten. Aber das konnte nicht sein, Braake würde sie wohl kaum gefesselt und mit verbundenen Augen durch Sellnitz spazieren führen.

Endlich blieben sie stehen. Eine Autoverriegelung piepste, Mascha hörte, wie Braake die Wagentür öffnete.

«Hinsetzen», forderte er sie auf und drückte ihren Kopf nach unten, damit sie sich nicht stieß.

Sie zögerte einen winzigen Moment, dann setzte sie einen Fuß in den Wagen. Kaum saß sie, knallte Braake die Beifahrertür hinter ihr zu. Mascha lehnte sich im Sitz zurück und schickte ein Stoßgebet gen Himmel. Was passieren würde, wenn ihr Plan nicht aufging, wollte sie lieber nicht wissen.

Braake stieg auf der Fahrerseite ein und beugte sich zu ihr, um sie anzugurten. Dann klackte die Zentralverriegelung. Mascha hörte, wie der Arzt den Fahrersitz verstellte, und ein heißer Schreck durchfuhr sie. Saßen sie etwa gar nicht in seinem Audi, musste er deshalb den Sitz zurechtrücken?

Verfluchter Mist.

Als Braake den Motor startete und der Wagen langsam auf die Straße rollte, schnürte sich ihr die Kehle zu. Die Erinnerung an einen Film, den sie vor vielen Jahren gesehen hatte, durchzuckte sie. Darin begab sich der Protagonist in die Hände des Mannes, der seine Freundin entführt hatte, um zu erfahren, was mit ihr geschehen war. Er bekam seine Antworten. Aber um welchen Preis?

Am selben Abend

Verdammt, warum dauerte das so lange? Mascha war seit zwanzig Minuten bei Braake, was machten die beiden da drin?

Tom saß mit Paul in Maschas Dienstwagen, der auf Höhe der Dönerbude am Straßenrand geparkt war. Nieselregen benetzte die Windschutzscheibe, aber sie ließen den Wischer ausgeschaltet, um sich nicht zu verraten. Doch selbst wenn die Sicht besser wäre, hätten sie von dem, was im Haus geschah, höchstwahrscheinlich nicht viel gesehen, denn an allen Fenstern im Erdgeschoss waren die Rollläden heruntergelassen.

Eben war ein roter Kleinwagen vorbeigefahren, ansonsten hatte sich seit ihrer Ankunft nichts auf der Straße gerührt. Das galt wohl auch für das andere Ende, wo Björn und Dennis Wache hielten. Sonst hätten sich die beiden gemeldet. Lisa war im Revier geblieben, um notfalls von dort aus Verstärkung zu organisieren.

Obwohl sie alle Eventualitäten durchgegangen waren, hatte Tom ein ungutes Gefühl. Mascha war mit diesem Typen allein, und er konnte sonst was mit ihr machen, ohne dass einer von ihnen davon etwas mitbekam. Sie gingen davon aus, dass er sie in seinem eigenen Haus nicht anrühren würde, selbst wenn seine Frau und sein Sohn gerade verreist waren. Das Risiko war einfach zu hoch. Aber das galt nur, solange er die Nerven behielt.

Immerhin gab es eine Rückversicherung. Sie hatten einen Sender an Braakes Audi befestigt, sodass sie ihn nicht verlieren konnten, sollte Maschas Plan funktionieren und er sie zu Kira bringen. Tom hätte Mascha auch gern mit einem Sender ausgestattet, doch die Gefahr war zu groß, dass er sie abtastete und sie vorzeitig aufflog.

Toms Handy klingelte, auf dem Display erschien Björns Name. Sie hatten ausgemacht, nicht über Funk zu kommunizieren, da es sich nicht um eine offiziell genehmigte Polizeiaktion handelte und sie keine Mithörer wollten.

«Was gibt's?», meldete Tom sich.

«Bei uns ist alles ruhig, könnt ihr erkennen, was im Haus passiert?»

«Negativ.»

«Warten wir noch?»

Tom zögerte. «Dennis soll aussteigen und einmal langsam vorbeigehen. Sein Gesicht kennt Braake höchstwahrscheinlich noch nicht.»

«Alles klar.» Die Verbindung wurde unterbrochen.

Eine Minute später tauchte Dennis vor dem Haus auf. Er blieb stehen und kramte ein Päckchen Zigaretten hervor, zündete sich eine an und sah sich dabei um. Dann überquerte er die Straße und trat an den Wagen.

Tom ließ die Scheibe herunter. «Und?»

«Alle Rollläden sind dicht, da sieht man nichts. Und der Wagen steht in der Einfahrt, aber das seht ihr ja selbst.»

«Das gefällt mir nicht. Was machen die da drin?»

«Das Gartentor, das zur Rückseite des Hauses führt, steht offen», sagte Dennis und zog an der Zigarette, den Blick auf die hell erleuchtete Imbissbude gerichtet. «Ich könnte nachsehen. In der Dunkelheit sieht mich niemand.»

Tom überlegte. «Mach das. Und beeil dich.» Nervös schloss er das Fenster und wandte sich an Paul. «Da ist irgendwas nicht in Ordnung, ich habe ein Scheißgefühl.»

Zwei Minuten später klingelte sein Handy erneut, diesmal war es Dennis. «Hier hinten kommt man durch ein weiteres Tor auf die Parallelstraße.»

«Verfluchte Scheiße», stieß Tom hervor.

«Das ist nicht alles. Die Straße ist nass, bis auf eine Parklücke direkt hinter dem Haus. Hier muss vor Kurzem ein Wagen gestanden haben.»

Am selben Abend

Mascha versuchte nachzuvollziehen, wohin sie fuhren, doch schon nach wenigen Minuten hatte sie vollkommen die Orientierung verloren.

Sie hoffte, dass sie in dem Audi saßen und Tom und die anderen dicht hinter ihnen waren. Doch ihr Gefühl sagte ihr etwas anderes. Der Innenraum kam ihr zu eng vor, außerdem glaubte sie sich zu erinnern, dass der Audi Ledersitze hatte.

Dabei war sie so sicher gewesen, dass ihr Plan wasserdicht war. Was für ein kolossaler Fehler. Man sollte seinen Gegner nie unterschätzen. Jetzt war sie auf sich allein gestellt.

Ihre einzige Hoffnung war, dass Braake sie tatsächlich dorthin brachte, wo er Kira versteckte. Aber da war Mascha längst nicht mehr so zuversichtlich.

Der Wagen hielt abrupt, Mascha wurde in den Gurt gedrückt. Es ging von der Straße ab auf einen holprigen Weg. Zweige kratzten über die Karosserie. Liebe Güte, wohin fuhren sie?

Mascha bewegte probeweise die Arme. Doch leider gab der Stoff nicht nach, und der Knoten saß fest.

«Lass das!», fuhr Braake sie vom Fahrersitz aus an. «Ich dachte, wir haben eine Vereinbarung.»

«Die Fessel schneidet mir das Blut ab», beklagte sich Mascha.

«Wir sind gleich da.»

Tatsächlich hielten sie wenig später, der Motor wurde ausgestellt. Braake stieg aus und knallte die Wagentür zu. Sekundenlang geschah nichts, dann wurde die Beifahrertür aufgerissen.

Er half ihr aus dem Wagen. Es roch nach Wald und Wasser, weit und breit war nichts zu hören, das auf eine menschliche Behausung schließen ließ oder zumindest auf eine Straße. Dafür plätscherte es leise.

«Wo sind wir?»

«Wirst du noch früh genug erfahren.» Er stupste sie voran.

Ein Riegel quietschte, eine Tür knarzte. Als Mascha ein paar vorsichtige Schritte machte, spürte sie Holzdielen unter den Füßen. Erstaunlicherweise war das Plätschern hier drinnen lauter.

Braake riss ihr den Schal von den Augen. Einen Moment lang sah Mascha nichts, alles war in Dunkelheit getaucht. Dann flammte ein Licht auf.

Am selben Abend

Tom lauschte dem Rufzeichen, während sein Blick hin und her schoss, in der Hoffnung, irgendwo den Wagen zu sehen, mit dem Nils Braake und Mascha mutmaßlich unterwegs waren. Paul kurvte ziellos durch die Straßen von Sellnitz, auch Dennis und Björn waren auf der Suche nach der Kollegin.

Sie hatten sich Zugang zum Haus verschafft und innerhalb von zwei Minuten war klar gewesen, dass niemand dort war. Zu Toms Erleichterung gab es auch keine Kampfspuren oder Hinweise darauf, dass Mascha gegen ihren Willen von Braake mitgenommen worden war.

Lisa hatte ihnen das Kennzeichen von Silke Braakes Mini durchgegeben, der auf der Parallelstraße gestanden haben musste. Und sie hatte die Fahndung nach dem Fahrzeug eingeleitet.

Endlich hob jemand ab. «Hallo?»

«Frau Braake? Hier ist die Polizei, mein Name ist Tom Engelhardt. Bitte bekommen Sie keinen Schreck, es ist alles in Ordnung, wir brauchen lediglich eine Information von Ihnen.»

«Ich verstehe nicht …»

«Es geht um Ihren Wagen.»

«Ist etwas damit?»

«Sie sind nicht mit dem Mini unterwegs, richtig?»

«Nein. Ich bin bei meinen Eltern, aber ich habe mich abholen lassen. Ich fahre nicht so gern über die Autobahn, ich …»

Der Unfall, natürlich. Deshalb hatte Silke Braake das Auto stehen lassen. Verflucht, warum hatten sie nicht an diese Möglichkeit gedacht? Und warum hatten sie das Grundstück nicht besser ausgekundschaftet? Tom ballte die Faust. Er hätte sich nie von Mascha zu dieser überstürzten Aktion überreden lassen dürfen.

«Wo haben Sie den Wagen geparkt?»

«Hinter unserem Haus. Das mache ich meistens so, von dort kann ich die Einkäufe besser reintragen. Aber was ist denn los?»

«Alles bestens. Haben Sie oder Ihr Mann vielleicht irgendwo eine Garage oder einen Schuppen angemietet?»

«Nein, haben wir nicht. Können Sie mir bitte verraten, was diese Fragen sollen?»

«Auch keine Scheune oder Hütte oder Ferienwohnung?»

«Nein. Was ist denn los? Ist Nils etwas passiert?»

«Soweit wir wissen, geht es Ihrem Mann gut, Frau Braake. Bitte machen Sie sich keine Sorgen. Vielen Dank für Ihre Zeit.» Tom beendete das Gespräch.

«Nichts?», fragte Paul vom Fahrersitz.

«Hätte mich auch gewundert. Wenn Braake Kira irgendwo versteckt hält, dann bestimmt nicht an einem Ort, den seine Frau kennt.» Tom legte das Handy weg und presste die Finger gegen die Schläfen. Die Sorge um Mascha fraß ein Loch in seine Brust.

«Und jetzt?», fragte Paul.

Am selben Abend

Um Mascha herum drängten sich bauchige, von Planen bedeckte Formen, dazwischen glitzerte Wasser im Licht der Stirnlampe, die Nils Braake eingeschaltet hatte. Mascha brauchte einige Sekunden, dann begriff sie, wo sie waren.

Ein Bootshaus. Vermutlich befand es sich irgendwo am Bodden. Im Sommer herrschte hier sicherlich reger Betrieb, aber nicht im Januar. Jetzt erkannte Mascha auch, dass einige Kajaks im schwarzen Wasser zwischen den Stegen dümpelten.

Kein schlechtes Versteck, schoss es ihr durch den Kopf. Sie blickte sich suchend um.

«Kira?» Sie machte ein paar Schritte auf die Stege zu, spähte zwischen die Boote. «Kira! Bist du hier irgendwo?»

«Du glaubst wirklich, dass deine Kollegin hier ist.» Es war eine Feststellung, keine Frage. Braake klang ehrlich erstaunt.

Mascha fuhr zu ihm herum. «Wo ist sie? Was haben Sie mit ihr gemacht?»

Der Arzt zuckte mit den Schultern, zumindest glaubte Mascha das. Wirklich sehen konnte sie es nicht, da das Licht der Stirnlampe sie blendete. «Tut mir leid, aber ich habe keine Ahnung, wo diese Kira steckt.»

«Aber Sie haben doch gesagt …»

«Ich dachte, wenn ich das Spiel mitspiele und so tue, als wüsste ich, wovon die Rede ist, würdest du in den Wagen steigen, ohne Widerstand zu leisten.»

Mascha starrte ihn an. Er klang aufrichtig, aber das konnte nicht sein. «Das ist nicht wahr.»

«Nimm es mir nicht krumm, Mascha. Oder Maria oder wie auch immer du heißen magst. Ich habe es getan, um endlich mit dir allein zu sein.» Er trat näher. «Jetzt kommt der Teil, auf den ich mich schon so lange freue.» Er griff sie an der Schulter, zog am Reißverschluss ihrer Jacke.

Mascha wich zurück. Doch hinter ihr war Wasser, ihr Fuß rutschte ab, sie konnte sich nicht halten, weil ihre Arme noch immer auf den Rücken gefesselt waren. Sie schrie.

Braake packte sie an der Jacke und zog sie zurück auf den Steg. «Aber nicht doch», murmelte er. «Ich tu dir nichts.»

Mascha machte sich los. «Fassen Sie mich nicht an.» Sie blickte sich um, suchte nach dem Ausgang.

«Ich werde dich jetzt von der lästigen Kleidung befreien», verkündete Braake ungerührt. «Und dann möchte ich sehen, ob du wirklich Narben hast.»

Mascha wollte protestieren, doch in dem Moment blitzte etwas in seinen Händen auf. Ein Messer, mit einer erschreckend langen Klinge.

Am selben Abend

Nichts.» Tom knallte das Handy aufs Armaturenbrett. «Das kann doch nicht sein.»

Er blickte nach draußen. Sie waren auf der Landstraße in Richtung Westen unterwegs und gerade in den Wald eingetaucht. Die Vorstellung, dass Mascha irgendwo hier mit einem perversen Gewalttäter allein war, unbewaffnet und ohne jede Hilfe, schnürte ihm die Brust zu.

«Wir finden sie, keine Sorge», sagte Paul.

«Ach, und wie? Es sind fast vierzig Minuten vergangen, seit Mascha das Haus betreten hat, der Kerl hat einen riesigen Vorsprung, womöglich sind sie gar nicht mehr auf dem Darß.»

«Sollten wir noch einmal seine Frau anrufen? Vielleicht fällt ihr doch noch was ein, wenn wir etwas mehr Druck machen.»

«Möglich wäre es.» Tom griff nach dem Handy. «Oder wir durchsuchen erneut das Haus. Bestimmt haben wir etwas übersehen. Irgendeinen Anhaltspunkt muss es geben.»

«Wie du meinst.» Paul fuhr an den Straßenrand, um den Wagen zu wenden.

Tom wählte Björns Nummer und stellte ihn auf laut. «Wir fahren zurück zum Haus», sagte er, als der Kollege sich meldete, «und suchen nach einem Hinweis auf mögliche Verstecke. Ist euch noch was eingefallen?»

«Nichts … außer dass in der Garage ein Kajak war. Sah ziemlich teuer aus. Kein Spielzeug für den Urlaub. Aber wie uns das weiterhelfen könnte, weiß ich nicht.»

«Ein Kajak?», rief Paul dazwischen. «Moment, da fällt mir was ein. Es gibt einen Kajak-Klub hier in Sellnitz, die haben ein Bootshaus am Bodden. Liegt ziemlich einsam am Rand des Vogelschutzgebiets.»

Tom setzte sich gerade auf. Verflucht, das musste es sein.

«Weißt du, wo genau das Bootshaus ist?», fragte er. «Findest du den Weg?»

«Klar.» Paul wendete und trat das Gaspedal durch. Während rechts und links die kahlen Bäume des Darßwaldes vorbeiflogen, gab er Björn die Details durch, damit die Kollegen zu ihnen stoßen konnten.

Am selben Abend

Innerhalb von zwei Sekunden wog Mascha ihre Optionen ab. Offenbar hatte Braake nicht vor, ihre Fesseln zu lösen, bevor er sie auszog, sondern wollte ihr die Kleider einfach vom Leib schneiden.

Da hinter ihr Wasser war, blieb ihr nur die Flucht nach vorn. Als er die Hand mit der Klinge nach ihr ausstreckte, duckte sie sich blitzschnell weg, unter seinem Arm hindurch, und hastete auf die Stelle zu, wo sie eben noch die Tür gesehen hatte.

«Miststück», zischte Braake hinter ihr.

Sie spürte, wie er ihre Jacke packte, doch sie schaffte es, ihn abzuschütteln. Zwei Schritte vorwärts, doch da, wo sie die Tür vermutet hatte, war bloß die hölzerne Wand des Bootshauses. Verflucht!

Das Licht der Stirnlampe zuckte hin und her. In seinem Schein erblickte Mascha die Tür, etwa einen Meter rechts von ihr. Sie wollte darauf zustürzen, doch Braake schnitt ihr den Weg ab.

«Komm nur», lockte er und schwang das Messer. «Lass uns spielen.»

Mascha drückte sich in einen Spalt zwischen der Wand und ein paar Kajaks, bewegte sich vorsichtig rückwärts. Ein Blick über die Schulter verriet ihr, dass es auch hier kein Entkommen gab, hinter ihr war wieder nur Wasser.

Auf den abgedeckten Booten lag ein Stein, wohl um die Plane

zu beschweren. Mascha schob ihn mit dem Fuß an, mit einem lauten Platschen fiel er ins Wasser. Im selben Moment duckte sie sich, sodass Braake sie nicht mehr sehen konnte.

«Was zum Teufel …», murmelte er.

Am zuckenden Lichtschein erkannte Mascha, dass er von der Tür wegtrat und den Blick in Richtung Wasser wandte. Das war ihre Chance. Sie stürzte hinter dem Bootsstapel hervor und rannte zur Tür, warf sich dagegen und stolperte nach draußen.

Zum Glück war es hier nicht ganz so dunkel wie im Bootshaus. Sie erkannte einen kleinen Parkplatz, auf dem einsam ein roter Mini stand, ein weiteres Gebäude, das verlassen wirkte, und einen Weg, der vom Bootshaus weg in den Wald führte.

Als sie losrannte, hörte sie, wie Braake hinter ihr aus dem Bootshaus trat. Sie widerstand dem Drang, über die Schulter zu blicken, um nachzusehen, wie groß ihr Vorsprung war. Mehr als ein paar Meter konnten es ohnehin nicht sein. Ihr blieb nichts anderes übrig, als um ihr Leben zu rennen.

Am selben Abend

Ich glaube, hier sind wir richtig», sagte Paul.

«Sicher?» Tom blickte zweifelnd nach draußen.

Außer einer schmalen, von Sträuchern gesäumten Fahrspur war nichts zu sehen. Vor wenigen Minuten hatten sie an einer ähnlichen Stelle gehalten, und Paul hatte überlegt, ob es die richtige Zufahrt zum Bootshaus war.

«Im Dunkeln sieht alles so fremd aus, aber das müsste es sein.» Paul lenkte den Wagen auf den Weg.

«Hoffen wir es», murmelte Tom.

Es hatte aufgehört zu nieseln, aber die Luft war schwer von Feuchtigkeit. Tom beugte sich vor und spähte durch die Windschutzscheibe.

«Halt, bleib stehen», rief er.

Paul bremste. «Was ist?»

«Moment.» Tom stieg aus und betrachtete im Licht der Scheinwerfer den matschigen Weg. Reifenabdrücke zeichneten sich darauf ab.

Er stieg wieder ein. «Hier ist kürzlich jemand gefahren.»

«Dann sind wir auf der richtigen Spur.»

«Wie weit ist es noch?», fragte Tom, den Blick wieder auf das Stück Weg geheftet, das von den Scheinwerfern erleuchtet wurde.

«Ein Kilometer, maximal.»

«Dann los, gib Gas.»

Am selben Abend

Mascha merkte, wie ihre Kräfte nachließen. Es war anstrengend, ohne Hilfe der Arme zu rennen. Zweimal schon war sie gestolpert und hatte sich eben noch auffangen können. Beide Male hatte es sie wertvolle Meter Vorsprung gekostet.

Der Lichtkegel von Braakes Stirnlampe leuchtete den Weg vor ihr gut aus. Er hatte sie fast eingeholt.

Anfangs hatte er geflucht und gedroht, während er ihr hinterherrannte. Doch nach einigen Hundert Metern hatte er damit aufgehört, wohl weil ihm aufgefallen war, dass ihn das zu viel Energie kostete.

Mascha versuchte, an gar nichts zu denken, außer an ihr Ziel: die Landstraße, die irgendwo vor ihr sein musste und wo sie auf Hilfe hoffen konnte. Doch lange durfte es nicht mehr dauern. Nicht nur das Licht, auch Braakes keuchender Atem kam ständig näher.

Vor ihr zwischen den Bäumen blitzte es hell auf. Ein Fahrzeug, eindeutig, und es bewegte sich auf sie zu. Mascha gab noch einmal alles, beschleunigte, hielt auf das Licht zu, das schnell näher kam.

Ihr fiel auf, dass Braake sich zurückfallen ließ, dann erlosch das Licht der Stirnlampe.

Mascha sah schlagartig kaum noch etwas und drosselte das Tempo. Plötzlich waren die Scheinwerfer vor ihr so hell, dass sie geblendet wurde. Der Wagen bremste quietschend, eine Tür würde aufgestoßen, dann hörte sie eine vertraute Stimme.

«Mascha, bist du in Ordnung? Geht es dir gut?» Noch bevor sie antworten konnte, schloss Tom sie in die Arme und presste sie an sich. «Großer Gott, Mascha, du bist es wirklich.»

«Wie hast du mich gefunden?», stieß sie schwer atmend hervor, den Kopf an seine Brust gelehnt. Sie zitterte am ganzen Körper, hätte am liebsten vor Erleichterung geweint.

«Frag nicht.» Er hielt sie von sich weg, betrachtete sie prüfend im Licht der Scheinwerfer. «Geht es dir auch wirklich gut?»

«Mir geht es großartig, ehrlich. Ich brauche nur jemanden, der mir die Arme losbindet.»

Mittwoch, 29. Januar

Sellnitz, am Vormittag

Es war wieder kälter geworden, für die kommende Nacht war sogar neuer Schnee vorhergesagt. Tom saß am Schreibtisch und überflog noch einmal die zahllosen Mails, die er in den vergangenen Stunden erhalten hatte. Von seinem Chef, aus dem Labor und von verschiedenen Vertretern der Presse. Er hatte die Besprechung der Soko Sturm für den späten Vormittag angesetzt. Zum einen hatte sein Team noch bis in die Nacht gearbeitet, zum anderen hatte er zuvor einiges erledigen müssen.

Nils Braake war noch in der Nacht gefasst worden. Er hatte versucht, sich zu Fuß aus dem Staub zu machen, da die einzige Zufahrt zum Bootshaus mit Polizeifahrzeugen versperrt gewesen war. Aber er war nicht weit gekommen. Laurel und Hardy hatten ihn mit dem Streifenwagen am Straßenrand aufgegabelt, er hatte keinen Widerstand geleistet. Tom hätte ihn gern selbst in die Mangel genommen, aber er wollte sich nicht mit Oliver Böhm anlegen, der sofort Anspruch auf den Festgenommenen erhob. Der Stalker gehörte dem LKA, hatte er behauptet, auch wenn ihr kleines Team in Sellnitz ihn gefasst hatte.

Es gab noch einen anderen Grund, weshalb Tom lieber die Füße stillhielt. Er wollte nicht zu viel Aufmerksamkeit auf die eigenmächtige Operation vom Vorabend lenken. Wenn sie nicht so verdammt viel Glück gehabt hätten, müsste er jetzt einen Haufen sehr unangenehme Fragen beantworten. Mal ganz abgesehen davon, was dann mit Mascha geschehen wäre. Dass es ihr gut ging, war ohnehin das Einzige, was zählte.

Sie hatte Braake gestern Abend nach Schwerin begleitet und die Nacht in ihrer Wohnung verbracht. Am Morgen hatte sie zusammen mit ihren Kollegen die erste Vernehmung des Verdächtigen durchgeführt, vor einer halben Stunde war sie nach Sellnitz zurückgekehrt.

Tom erhob sich und trat an den Besprechungstisch. Paul hatte bereits Kaffee gekocht, Lisa verteilte Becher, Mascha tippte etwas in ihren Laptop. Dennis und Björn kamen gerade zur Tür herein und brachten einen Schwung eisige Luft mit. Sie hatten an der erneuten Hausdurchsuchung bei den Braakes teilgenommen. Tom sah Björn fragend an, der wortlos den Kopf schüttelte. Das hatte Tom erwartet. Nils Braake hatte seine Fassade als Familienvater sauber von seinen anderen Aktivitäten getrennt.

Tom schnappte sich seinen Laptop und setzte sich. «Dann mal los», begann er. «Ich glaube, ich brauche nicht zu betonen, dass wir gestern mehr Glück als Verstand hatten. Ich will gar keine Worte darüber verlieren, nicht heute zumindest. Lasst uns lieber nach vorne blicken, es gibt genug zu tun. Aber zuerst …»

Ein lauter Knall ließ ihn innehalten. Alle Blicke schossen zur Heizung unter dem Fenster.

«Nicht schon wieder», stöhnte Paul.

Lisa legte die Hand auf den Heizkörper. «Noch ist sie heiß.»

«Hoffentlich bleibt das so.» Tom warf einen Blick auf die Uhr, gleich halb zwölf. «Mascha, fang du an. Lass uns bitte kurz wissen, wie es in Schwerin war. Und vor allem, ob Braake irgendwas über Kira gesagt hat.»

«Leider nicht.» Mascha seufzte. «Er hat alles gestanden, zumindest alles, was wir mehr oder weniger schon wussten. Er hat sogar zugegeben, dass er mich im Wald verfolgt hat und dass er bei dir eingebrochen ist, Tom, weil er dachte, ich würde dort wohnen. Aber er bestreitet, etwas mit Kiras Verschwinden zu tun zu haben.»

«Das kann nicht sein», stieß Lisa hervor.

«Leider haben meine Kollegen bisher keinen Hinweis darauf gefunden, dass er nicht die Wahrheit sagt», fuhr Mascha fort. «Nicht auf seinem Rechner, nicht in der Wohnung in Schwerin, nicht in seinem Wagen.» Sie wandte sich an Dennis und Björn. «Und in seinem Haus vermutlich auch nicht, oder?»

«Absolut nichts», bestätigte Dennis.

«Das Haar an der Reisetasche stammt ebenfalls nicht von ihm, genauso wenig wie der Daumenabdruck am Reißverschluss.» Mascha legte die Finger um ihren Kaffeebecher. «Ich fürchte, ich habe mich getäuscht. Schon gestern Abend hatte ich den Eindruck, dass Braake Kira tatsächlich nicht kennt. Das war nicht gespielt. Ich habe mich in diese Idee verrannt, weil alles so gut zu passen schien. Die Aktivierung der Malware auf dem Laptop, während Kira im Blickfeld der Webcam war, der Einbruch in mein Hotelzimmer, der Kombi mit dem Kindersitz hinter dem Hotel. Letztlich beweist das alles jedoch gar nichts.»

«Aber es ist nicht ausgeschlossen, dass er es trotzdem war», sagte Björn. «Die Kollegen in Schwerin lassen ihn doch wohl nicht so einfach vom Haken?»

«Ganz bestimmt nicht.» Mascha trank von ihrem Kaffee. «Aber wir sollten uns über alternative Szenarien Gedanken machen.»

«Und was bedeutet das für die Suche nach Kira?», fragte Lisa.

«Darüber wollte ich …»

Wieder knallte die Heizung, und Tom brach erschrocken ab. Dann war ein lautes Gluckern zu hören.

«Das darf doch nicht wahr sein», fluchte Paul und sprang auf. «Soll ich mal nach dem Heizkessel sehen?»

«Mach das», bat Tom.

Doch in dem Moment wurde die Tür aufgestoßen, und Senior steckte den Kopf herein. «Sorry, Leute. Ich wollte euch nur sagen, dass wir die Heizung abstellen mussten. Der Kessel ist undicht, der halbe Keller steht unter Wasser.»

Tom unterdrückte einen Fluch. «Informier bitte sofort den Handwerker.»

«Schon passiert.» Senior verzog sich wieder.

«Und nun?», fragte Björn.

«Noch ist es warm, also lasst uns weitermachen.» Tom warf einen Blick auf seinen Laptop. «Wir klären erst ein paar andere Dinge, und dann kommen wir auf die Suche nach Kira zurück. Es gibt nämlich Neuigkeiten.»

«Gute hoffentlich», murmelte Björn.

«Wie man's nimmt.» Tom sah ihn über den Bildschirmrand hinweg an. «Zunächst wäre da der Tod von Manuel Hertz. Ich habe noch einmal mit Manfred Süderholz gesprochen. Aus rechtsmedizinischer Sicht spricht nichts gegen einen Suizid.» Er warf Lisa einen verstohlenen Blick zu, die jedoch zum Glück ruhig und gefasst wirkte. «Und dann hat sich Kay Oswald vorhin gemeldet, Hertz' Chef. Er hat einen Brief von Hertz erhalten, dessen Zustellung sich offenbar verzögert hat. Es handelt sich eindeutig um einen Abschiedsbrief. Hertz entschuldigt sich bei Oswald für etwaige Umstände im Zusammenhang mit seinem Tod und bittet ihn, sich um den Nachlass zu kümmern, da er sonst niemanden hat. Eine Kopie des Briefs habe ich bereits per Mail erhalten, das Original will er später vorbeibringen.»

«Nichts über die Gründe für den Suizid?», fragte Mascha.

«Nur, dass er nach dem Tod seiner Frau keinen Sinn mehr in seinem Leben sieht. Kein Schuldeingeständnis, kein Wort über die Schulden oder das angebliche Erbe.» Tom lehnte sich zurück. «Ziemlich dünn, wenn ihr mich fragt.»

«Scheidet er damit als Verdächtiger für den Mord an seiner Frau und dem unbekannten Mann aus?», fragte Paul.

«Zumindest rutscht er auf der Liste der Verdächtigen nach unten, würde ich sagen.»

«Was denn für eine Liste?», wollte Dennis mit hochgezogenen Brauen wissen. «Ist da noch jemand drauf außer diesem Richter?»

«Ist der denn inzwischen vernehmungsfähig?», warf Björn ein.

«Leider noch nicht.»

Tom sah, wie Mascha fröstelte. Bestimmt steckte ihr die Konfrontation mit Braake noch in den Knochen. Tom presste die Lippen zusammen. Jetzt musste er nicht nur auf Lisa, sondern auch auf Mascha ein Auge haben.

«Es gibt aber eine weitere gute Nachricht», fuhr er fort. «Wir haben einen Treffer bei dem zweiten Skelett, es handelt sich tatsächlich um Walter Kublank, den Mann also, der bei Dirk Teschendorf eingebrochen ist und dabei höchstwahrscheinlich die CD mit den Fotos mitgehen ließ.»

«Dann trug er sie vermutlich bei sich, als er umgebracht und auf dem Kliff begraben wurde», schloss Lisa.

«Aber zwischen dem Einbruch und dem mutmaßlichen Todeszeitpunkt von Iris Hertz liegen mehr als sieben Jahre», gab Paul zu bedenken. «Ist es möglich, dass die beiden Taten gar nicht zusammenhängen?»

«Das glaube ich nicht», widersprach Mascha. «Das wäre ein zu großer Zufall.»

«Aber das würde bedeuten, dass Kublank es geschafft hat, sieben Jahre komplett unterzutauchen», wandte Björn ein.

«Er hatte die Beute aus dem Bruch», gab Dennis zu bedenken. «Davon konnte er vermutlich eine Weile ganz gut irgendwo im Ausland leben.»

«Und als alles aufgebraucht war, kam er auf den Darß, um die CD zu Geld zu machen», ergänzte Lisa. «Dort hat er Iris Hertz kennengelernt, und die beiden haben zusammen den Richter erpresst. So würde alles einen Sinn ergeben.»

«Bis auf eine Kleinigkeit.» Mascha schlug den Kragen ihres Pullis hoch. «Ich halte es für extrem unwahrscheinlich, dass einer der beiden in der Lage gewesen wäre, das Passwort zu knacken, mit dem die Daten auf der CD verschlüsselt waren.»

Einen Moment lang schwiegen alle.

«Da geht sie dahin, unsere schöne Theorie», murmelte Paul schließlich.

«Nicht unbedingt», wandte Björn ein. «Vielleicht lag der Zettel mit dem Passwort ja ebenfalls im Tresor. Teschendorf wäre nicht der Erste, der so leichtsinnig ist. Bestimmt dachte er, dass im Tresor ja keiner rankommt.»

«Möglich wäre es», räumte Mascha ein.

«Dann haben wir also zwei Opfer, ein mögliches Motiv und einen Tatverdächtigen», fasste Paul zusammen. «Das ist doch großartig.»

Lisa legte die Hand auf den Heizkörper. «Abgesehen davon, dass wir dem Verdächtigen nichts nachweisen können und es hier gleich scheißkalt wird.»

Björn schob seinen Kaffeebecher von sich weg. «Nicht zu vergessen, dass Kira nach wie vor spurlos verschwunden ist und unser einziger Verdächtiger in dem Fall anscheinend nichts mit ihrem Verschwinden zu tun hat.»

Am selben Tag

Hab ich's nicht gesagt, manche Probleme lösen sich von allein. In gewisser Weise zumindest. Wie gut, dass ich nichts überstürzt habe. Jetzt habe ich endlich eine Lösung für das Problem im Keller, präsentiert auf dem Silbertablett.

Den Tag habe ich mit Vorbereitungen verbracht, jetzt kann ich bald loslegen. Es wird ein Kinderspiel sein, diesem kranken Arschloch von Arzt den Tod der Polizistin in die Schuhe zu schieben. Da kann er noch so sehr seine Unschuld beteuern. Niemand wird ihm glauben.

Die Tasche mit den Lebensmitteln steht noch immer unangetastet im Kofferraum, ich wusste nicht, wohin damit, bin nicht dazu gekommen, sie abzuliefern. Jetzt wird das kleine Miststück sie nicht mehr brauchen, auch gut.

Ich lege die Plane, das Tape und das Messer daneben, schließe die Klappe und steige ein. Als ich den Motor starte, fallen die ersten Flocken. Der Schnee war eigentlich erst für die Nacht angekündigt. Na ja, was soll's. Davon abgesehen ist der Moment perfekt. Es ist längst dunkel, aber noch nicht sehr spät. Um diese Uhrzeit sind noch viele Fahrzeuge unterwegs, und ich falle nicht auf.

Es ist nur ein kurzes Stück, aber ich mache absichtlich einen Umweg. Zur Sicherheit habe ich auch mein Handy zu Hause gelassen. So kann niemand später nachvollziehen, wo ich gewesen bin. Während ich durch die Gegend kurve, gehe ich im Kopf noch einmal jeden einzelnen Punkt meines Plans durch, klopfe ihn auf etwaige Schwachstellen ab.

Alles Mögliche kann schiefgehen, das ist mir bewusst. Der größte Unsicherheitsfaktor jedoch ist die Frau selbst. Ich gehe davon aus, dass sie zu geschwächt ist, um echte Gegenwehr zu leisten. Aber ich muss auf der Hut sein. Immerhin ist sie Polizistin. Sie ist jung, körperlich fit und hat gelernt, mit solchen Situationen umzugehen. Das darf ich keine Sekunde lang vergessen.

Am Abend

Tom warf einen Blick aus dem Küchenfenster. «Schau mal, Romy, es hat angefangen zu schneien.»

Aber seine Tochter interessierte sich heute nicht dafür. Sie wedelte mit der Taschenlampe herum. «Komm in die Höhle, Papa, schnell! Es ist schon dunkel, wir müssen schlafen.»

Tom drehte sich zu ihr um. Die vergangene halbe Stunde hatten sie damit verbracht, unter dem Küchentisch eine gemütliche Höhle zu bauen. Tom hatte eine große Wolldecke über die Tischplatte gehängt, und Romy hatte sämtliche Kissen, die sie im Haus auftreiben konnte, angeschleppt und unter dem Tisch ausgebreitet. Als Letztes hatte sie die Bettdecken geholt, damit sie sich zudecken konnten. Und die Taschenlampe, die sie zu Weihnachten bekommen hatte. Denn vor dem Schlafen sollte Tom ihr noch eine Geschichte vorlesen.

Während er mit Romy an der Höhle gebaut hatte, waren Toms Gedanken nicht ein einziges Mal zu den vielen ungelösten Problemen auf seinem Schreibtisch im Revier gewandert, was ihm unendlich gutgetan hatte. Er hatte förmlich gespürt, wie ein Teil der Last von ihm abfiel und seine Schultern leichter wurden. Doch jetzt hatte die Realität ihn wieder fest im Griff.

Er beugte sich zu seiner Tochter hinunter. «Es ist schon spät, so langsam musst du ins Bett.»

«Bin ich doch schon.»

«Du kannst nicht in der Küche schlafen, Romy. Der Boden ist viel zu hart.»

«Der ist nicht hart, fühl mal! Ich habe ganz viele Kissen hingelegt.»

«Wir lassen alles aufgebaut, und morgen nach dem Kindergarten spielen wir weiter, in Ordnung?»

«Aber du hast gesagt, dass du heute mit mir in der Höhle schläfst.»

«Das hast du gesagt, Romy», verbesserte Tom sie. «Ich gehe noch nicht ins Bett. Mascha kommt gleich, wir haben was zu bereden.»

«Mascha darf auch in die Höhle.»

«Das ist sehr lieb von dir, Romy, aber …»

«Ich hole ihr eine Decke.»

Bevor Tom sie aufhalten konnte, krabbelte sie unter dem Tisch hervor und rannte die Treppe hinauf. Kurz darauf kehrte sie mit der Decke aus dem Gästezimmer zurück.

Tom musste lächeln. «Mascha wird sich freuen.»

Romy kuschelte sich unter die Decke. «Vorlesen!»

Tom blickte zweifelnd auf das Kissenlager, dann gab er sich geschlagen. «Also gut.»

Er kroch zu Romy unter den Tisch und ließ sich das Buch reichen. «Kalle Wirsch?», fragte er stirnrunzelnd. «Das haben wir doch schon aus.»

«Noch mal!»

Unbekannter Ort

Als Kira den Schlüssel im Schloss hörte, war sie wie erstarrt. So lange hatte sie auf diesen Moment gewartet, dass sie wertvolle Sekunden lang nicht sicher war, ob sie sich das Geräusch nur einbildete.

Dann endlich erwachte sie aus ihrer Erstarrung. Sie sprang auf und hastete so geräuschlos wie möglich auf ihre Position hinter der Tür, hob den Arm mit dem Ziegelstein.

Auch heute hatte sie wieder den ganzen Tag ausgeharrt, aber irgendwann mussten ihr die Augen zugefallen sein. Jetzt drang kein Licht mehr durch die Türritzen, doch Kira wusste nicht, ob es mitten in der Nacht oder eben erst dunkel geworden war.

Die Tür öffnete sich einen winzigen Spalt, das grelle Licht der Stirnlampe zuckte durch den Raum, erreichte jedoch zum Glück nicht Kiras Schlafplatz.

Sie presste die Lippen zusammen. Noch konnte sie nichts tun, denn die Tür befand sich zwischen ihr und ihrem Entführer. Sie musste den richtigen Moment erwischen, durfte nicht zu früh aus der Deckung treten, aber auch nicht zu spät.

Der Mann stieß die Tür ganz auf und machte einen Schritt nach vorn. Kira trat ebenfalls vor, ließ gleichzeitig den Arm mit dem Stein auf seinen Hinterkopf schnellen. Der Mann stöhnte auf, wankte jedoch nicht einmal. Kira hatte nicht gut genug gezielt und ihn nur seitlich gestreift.

Bevor sie noch einmal zuschlagen konnte, schoss der Mann

herum. Das Licht der Stirnlampe blendete Kira. Rasch schloss sie die Augen und duckte sich unter dem Mann hinweg, stürzte auf die offene Tür zu.

Verdammt, verdammt. In der Theorie war es so einfach gewesen. Und jetzt lief nichts nach Plan.

Doch Kira hatte nicht vor aufzugeben. Sie war so weit gekommen, sie würde auch den Rest schaffen. Sie stolperte über die Schwelle nach draußen, wo ihr der Wind Schneeflocken ins Gesicht blies. Im Laufen schaute sie sich blitzschnell nach allen Seiten um. Durch den Schleier aus Flocken nahm sie nur Schemen wahr, ein Gebäude, Bäume, ein Fahrzeug.

Instinktiv hielt Kira auf die dunkelste Stelle zu. Solange der Lichtkegel der Stirnlampe sie nicht erfasste, war sie in der Dunkelheit im Vorteil, schließlich hatte sie lange genug ohne Licht ausgeharrt.

Hinter sich vernahm sie ein unterdrücktes Fluchen, dann ein Klirren. Das Licht zuckte hin und her, erfasste Kira jedoch nicht. Sie erreichte den ersten Baum, verbarg sich hinter dem Stamm und horchte atemlos.

Die Schritte und das Licht schienen sich zu entfernen. Lief ihr Verfolger in die falsche Richtung? Falls ja, würde er es schnell merken. Kira zögerte kurz, dann verließ sie die sichere Deckung und rannte los.

Im selben Moment schoss der Lichtkegel herum. Vor ihr wurde es schlagartig hell, ihr eigener Schatten wurde riesengroß gegen eine Hauswand geworfen. Sie saß in der Falle.

Sellnitz, am selben Abend

Hinter den Fenstern von Toms Haus schimmerte einladend warmes Licht. Mascha klopfte sich den Schnee von der Jacke, bevor sie klingelte. Sekunden später wurde die Tür aufgerissen, und Romy stand vor ihr, im Schlafanzug, eine Taschenlampe in der Hand.

«Du darfst mit uns in der Höhle schlafen.»

«Das ist ja fantastisch.»

Hinter Romy tauchte Tom auf. «Lass Mascha erst mal reinkommen.»

Mascha schaffte es gerade noch, sich Schuhe und Jacke auszuziehen, bevor sie von Romy in die Küche verschleppt wurde. Neugierig bückte sie sich und begutachtete die Höhle unter dem Tisch.

«Sieht wirklich gemütlich aus.»

«Du hast auch eine Decke.» Romy schob sie ihr hin.

«Na dann.» Mascha sah Tom mit hochgezogenen Brauen an, dann machte sie es sich gemütlich und zog sich die Decke bis ans Kinn.

Romy gesellte sich zu ihr. «Los, weiterlesen, Papa.»

Tom lächelte Mascha entschuldigend an. «Nur noch das Kapitel zu Ende», sagte er.

«Klingt perfekt.»

Mascha schloss die Augen und lauschte Toms Stimme, die etwas von Wirschen, Wolden und Gilchen erzählte und sie in eine magische Welt entführte, in der es keinen von Narben besessenen Stalker, keinen Mörder und keine spurlos verschwundene Kollegin gab, und sie spürte, wie sie sich entspannte.

Als sie Stunden später erwachte, war es dunkel um sie herum. Nur das Licht der Straßenlaterne vor dem Haus fiel durch einen Ritz zwischen Wolldecke und Kissenlager. Romy lag neben ihr und schlief tief und fest. Tom hatte sich auf der anderen Seite auf dem Bauch ausgestreckt. Mit den Armen umschlang er ein Sofakissen, die Beine ragten aus der Höhle hinaus. Lächelnd schloss Mascha die Augen. Morgen früh würde sie sich wieder der Realität mitsamt ihren drängenden Fragen stellen. Aber heute Nacht, im Schutz der Höhle unter dem Küchentisch, waren alle Sorgen weit fort, und sie fühlte sich sicher und geborgen.

Und was nun?

Noch immer ist der Fall um die beiden Skelette vom Kliff nicht geklärt, auch wenn die Ermittler der Lösung des Rätsels ein großes Stück näher gekommen sind. Immerhin wissen sie inzwischen, wer die Opfer sind.

Doch noch stehen Mascha und Tom vor mehr Fragen als Antworten: Kannten sich die beiden überhaupt? Was hat ihr Tod mit den Fotos auf der CD zu tun? Wurden sie von derselben Person umgebracht? Und aus welchem Grund?

Was ist mit Kira geschehen? Wer hat sie entführt? Lebt sie noch? Hier wissen wir mehr als Mascha und Tom, aber das wird sich sehr bald ändern …

In den nächsten Tagen, wenn ich mit dem Schreiben des dritten Teils beginne, muss ich über Kiras Schicksal befinden, eine schwere Verantwortung. Zumal der Mann, der sie entführt hat, längst eine Entscheidung getroffen hat. Er will sie um jeden Preis tot sehen. Hat sie da überhaupt noch eine Chance?

Ich danke Ihnen, liebe Leserinnen und Leser, dass Sie meinen Ermittlern bis hierher gefolgt sind, ihnen zur Seite gestanden und die Daumen gedrückt haben. Und ich hoffe, dass Sie auch weiterhin Anteil an ihrer Suche nach der Wahrheit nehmen und sie bis zur Aufklärung des Falls begleiten.

Alles Gute bis dahin!

Karen Sander

Leseprobe
KAREN
SANDER
rororo
DER STURM
VERNICHTET
THRILLER

Die Identität der beiden Toten, die nach einem Sturm auf dem Darß an der Küste entdeckt wurden, ist endlich geklärt, doch von ihrem Mörder fehlt nach wie vor jede Spur. Kriminalhauptkommissar Tom Engelhardt und Kryptologin Mascha Krieger stehen wieder am Anfang. Da stellt sich heraus, dass die Frau sieben Jahre nach dem Mann getötet und in den Dünen verscharrt wurde. Sind die Ermittler die ganze Zeit einer falschen Spur gefolgt? Gibt es überhaupt eine Verbindung zwischen den Opfern? Die Morde scheinen mit einem Einbruch zusammenzuhängen, der vor fünfzehn Jahren begangen wurde. Doch bevor Mascha und Tom den Fall neu aufrollen können, wird eine weitere Leiche gefunden. Tom ist geschockt, denn er kennt die Tote ...

Weitere Informationen finden Sie unter www.rowohlt.de

Juni 2005

Sellnitz auf dem Darß, am Abend

Eine Windbö schlug gegen den Roller, Janine hielt mit aller Kraft dagegen. Seit Stunden heulte der Sturm um die Küste, zerrte an den mächtigen Kiefern, wirbelte Sand durch die Luft und nahm immer noch an Kraft zu.

Die Landstraße tauchte in ein Waldstück ein. Hier drückte der Wind mit weniger Gewalt gegen den Roller, dafür schluckten die Bäume den letzten Rest Tageslicht. Im Lichtkegel des Scheinwerfers wirbelten Blätter und abgerissene Zweige über die Fahrbahn. Die alten Eichen schwankten gefährlich. Sogar über die Windgeräusche und das Knattern des Motors hinweg hörte Janine sie ächzen.

Ihr wurde mulmig zumute. Was für eine idiotische Idee, bei diesem Wetter draußen herumzufahren! Sie hätte genauso gut bis morgen warten können. Aber sie wollte ihn unbedingt heute noch zur Rede stellen. Solange sie nicht mit ihm gesprochen hatte, würde sie kein Auge zutun.

Außerdem würde sie morgen früh vielleicht schon wieder der Mut verlassen haben. Auch jetzt war sie so nervös, dass ihr Magen sich schmerzhaft zusammenzog. Was würde er sagen, wenn sie es ihm erzählte? Würde er ihr die Schuld geben? Bestimmt. Aber das würde sie ihm nicht durchgehen lassen. Es war ihr gemeinsames Problem, und sie mussten es gemeinsam lösen.

Ein klein wenig freute Janine sich sogar. Sie hatte immer Kinder haben wollen. Wenn auch nicht so früh, nicht mit neunzehn. Aber nun, wo das kleine Wesen da war, wo es jeden Tag in ihr wuchs, empfand sie ein nie gekanntes, tiefes Glück.

Ein lautes Krachen riss Janine aus ihren Überlegungen, im nächsten Moment donnerte ein dicker Ast vor ihr auf die Fahrbahn. Janine schaffte es gerade noch zu bremsen. Mit wild klopfendem Herzen blieb sie stehen. Das war knapp gewesen. Sollte sie umkehren? Es wäre vernünftiger, keine Frage. Andererseits hatte sie schon mehr als die Hälfte der Strecke hinter sich gebracht. Sie konnte das Unwetter ebenso gut bei ihm aussitzen. Er würde sie ja wohl nicht einfach wieder fortschicken, vor allem nicht in ihrem Zustand.

Vorsichtig umfuhr Janine das Hindernis. Seit sie im Wald war, hatte sie kein anderes Fahrzeug mehr gesehen. Sie gab Gas. Es war ja nicht mehr weit. Vor ihr öffnete sich eine Lichtung, und Janine bemerkte, dass es inzwischen stockdunkel war. Zudem hatte Nieselregen eingesetzt. Auch das noch.

Ein Stück weiter vorn tauchten Lichter auf, ein Fahrzeug bog von einem Waldweg auf die Straße und kam ihr entgegen. Erst als Janine schon fast vorbei war, registrierte sie, dass sie den Wagen kannte. Sie bremste ab, blickte über die Schulter. Nur noch die Rücklichter waren zu erkennen, aber sie war sich sicher, dass es der Alfa Romeo gewesen war.

Kurz entschlossen wendete Janine den Roller. Sie machte sich keine Hoffnung, ihn einzuholen, aber zu seinem Haus zu fahren, wenn er gar nicht dort war, brachte nichts. Sie war wütend auf sich selbst. Wieso war sie Hals über Kopf losgefahren, ohne zumindest vorher anzurufen?

Der Regen wurde immer stärker, Janines dünne Jeansjacke war bereits vollkommen durchnässt. Der Wind wirbelte weiße Blüten über die Straße, die aussahen wie Schnee.

Plötzlich sah sie die Rückleuchten eines Fahrzeugs vor sich in der Dunkelheit. Hatte er sie ebenfalls erkannt und fuhr extra langsam, damit sie ihn einholen konnte? Jetzt leuchteten die Bremslichter auf, und der Wagen bog ab, verschwand erneut auf einem unbefestigten Weg. Was war hier los? Was machte er bei diesem Wetter im Wald?

Irgendetwas stimmte hier nicht. Ihr Instinkt sagte ihr, besser auf dem schnellsten Weg nach Hause zu fahren. Zumal es über ihr gefährlich knarzte und wohl nur eine Frage der Zeit war, bis der nächste Ast von einem Baum brach. Außerdem war sie inzwischen total durchgefroren. Es war zwar Mitte Juni, aber die Temperaturen erinnerten eher an März, dazu noch der Sturm, der ihr ins Gesicht schnitt. Wenn sie nicht morgen mit Fieber im Bett liegen wollte, sollte sie machen, dass sie heimkam, und sich unter die heiße Dusche stellen.

Aber dann würde sie nie erfahren, was hier vor sich ging.

Janine drosselte das Tempo und rollte auf den Waldweg. Zum Glück war der Boden nicht aufgeweicht. Die Lichter des Alfa Romeo hatten sich zwischen den Stämmen verloren. Janine gab vorsichtig mehr Gas. Solange kein Abzweig kam, musste der Wagen vor ihr sein. Hauptsache, sie entdeckte ihn rechtzeitig. Da sie nicht wusste, was gerade passierte, wollte sie lieber unbemerkt bleiben.

Als sie schon glaubte, den Alfa verloren zu haben, sah sie die roten Rücklichter vor sich und hielt erschrocken an. Während sie noch überlegte, ob sie den Roller abstellen und vorsichtig näher heranschleichen sollte, setzte sich der Alfa wieder in Bewegung.

Janine ließ ihm etwas Vorsprung, bevor sie nochmals die Verfolgung aufnahm. Minuten später hatte sie den Wagen erneut eingeholt. Der Motor lief nicht mehr, aber das Standlicht war eingeschaltet. Der Wald war hier lichter, zwischen den

Stämmen schimmerte das Meer hindurch. Sie schob den Roller ein Stück vom Weg hinunter und bewegte sich langsam auf das Auto zu. Dann erkannte sie, wo sie war.

Einige Meter vor dem Alfa Romeo, wo das Licht der Scheinwerfer sich in der Finsternis verlor, endete der Weg abrupt, dahinter ging es steil hinunter zum Meer. Das Kliff. Ihr heimlicher Treffpunkt.

Unversehens wurde Janine von Eifersucht erfasst, die wie eine scharfe Klinge in ihr Herz stach. Sie stöhnte auf. Noch keine zwei Wochen waren sie getrennt, und schon brachte er seine neue Freundin hierher? Wie konnte er ihr das antun!

Janine wollte loslaufen und ihn zur Rede stellen, als sie die zwei Gestalten vor dem Wagen bemerkte. Sie waren mit irgendetwas am Boden beschäftigt, machten ruckartige Bewegungen. Eine von beiden hielt einen dünnen, langen Gegenstand in den Händen.

Janine schlich näher, blieb jedoch in der Deckung der Bäume. Es sah aus, als würden die beiden im Sand graben. Aber das ergab keinen Sinn. Nicht im Dunkeln, bei Regen und Sturm. Es sei denn, sie wollten sichergehen, nicht beobachtet zu werden.

Die eine Gestalt warf den langen Gegenstand weg und kam auf den Wald zu. Janines Herzschlag setzte aus. Er war es, ganz sicher, sie erkannte ihn an seiner Haltung, an der Art, wie er die Schultern zurückdrückte. Die zweite Person, die auf der anderen Seite um das Auto herumlief, wirkte älter, ging leicht gebeugt.

Die beiden kamen genau auf Janines Versteck zu. Vor Angst war sie wie gelähmt. Großer Gott, was sollte sie tun?

Doch dann blieben sie am Kofferraum des Wagens stehen. Der jüngere Mann hob die Klappe an, die beiden beugten sich hinein und griffen nach etwas, das so schwer zu sein schien, dass sie es nur mit Mühe herauswuchten konnten.

Janine beobachtete fassungslos, wie die Männer das schwere Bündel um den Wagen herumtrugen, dann verschwanden sie aus ihrem Blickfeld. Minuten später warfen sie den langen Gegenstand in den Kofferraum und stiegen ein. Während der Alfa wendete und langsam an ihrem Versteck vorbeifuhr, war Janine noch immer unfähig, sich zu rühren. Sie stand einfach nur da und versuchte zu begreifen, was gerade geschehen war.

Als sie sich schließlich in Bewegung setzte, trugen ihre Füße sie automatisch zu der Stelle, wo Minuten zuvor der Wagen gestanden hatte. Mit aller Kraft gegen Wind und Regen gestemmt, suchte sie den Boden ab, konnte aber nichts entdecken.

Sie wollte sich schon abwenden, als im Sand zu ihren Füßen etwas aufblitzte. Sie bückte sich danach. Es war der Schlüsselanhänger mit dem Logo von Alfa Romeo, den sie ihm zum Geburtstag geschenkt hatte.

15 Jahre später

Donnerstag, 30. Januar

Sellnitz auf dem Darß, am Morgen

Aufwachen!»

Kriminalhauptkommissar Tom Engelhardt knurrte unwillig. Die Stimme riss ihn aus einem sehr angenehmen Traum. Er lag unter einem mit Palmenwedeln bedeckten Dach, der weiße Sand war kühl, die Luft warm, das türkisblaue Meer rauschte leise. Er wollte nicht weg.

«Los, aufstehen! Der Kaffee ist fertig!»

Neben Tom stöhnte jemand. Offenbar war er nicht der Einzige, dessen Nachtruhe brutal gestört wurde. Er schlug die Augen auf, und im selben Moment musste er lächeln.

Er lag noch in den Klamotten vom Vortag in der Höhle unter dem Küchentisch, die er am Abend zuvor mit seiner fünfjährigen Tochter aus Kissen und Decken gebaut hatte. Neben ihm rieb sich seine Kollegin Mascha Krieger die verschlafenen Augen. Offenbar waren sie beide so erschöpft gewesen, dass sie es nicht mehr ins Bett geschafft hatten. Vor dem Höhleneingang stand Romy und balancierte ein Tablett mit zwei dampfenden Espressotassen.

Ihm fiel ein, dass er irgendwann in der Nacht aufgewacht war und im schwachen Licht, das von der Straße hereinfiel, gesehen hatte, wie seine Tochter eng an Mascha gekuschelt lag. Mascha hatte den Arm um Romy gelegt und wirkte im Schlaf so entspannt, wie er sie bei Tag noch nie erlebt hatte.

Ein warmes Gefühl hatte sich in seiner Brust ausgebreitet,

und er hatte sich auf den Ellbogen gestützt und den beiden einfach beim Schlafen zugeschaut, fest entschlossen, bis zum Morgen wach zu bleiben, um den Moment so lange wie möglich auszukosten. Irgendwann musste er dann doch eingeschlafen sein.

«Papa! Der Kaffee!»

Rasch vertrieb Tom die Erinnerung und kroch unter dem Tisch hervor, zog im letzten Moment den Kopf ein, um sich nicht an der Tischplatte zu stoßen.

«Morgen, Romy. Du hast uns Kaffee gemacht? Das ist ja großartig!»

«Ich wusste nicht genau, wie viel Pulver ich nehmen muss.»

«Er schmeckt bestimmt fantastisch.» Tom nahm eine Tasse entgegen, reichte die andere Mascha, die sich ebenfalls erhoben hatte. «Wie hast du geschlafen?», fragte er sie.

«Erstaunlich gut. Wenn man bedenkt, dass es meine erste Nacht in einer Höhle war.» Sie nippte an ihrem Espresso. «Köstlich. Danke, Romy.»

Tom probierte ebenfalls. Etwas dünn, aber gar nicht so schlecht. «Das hast du echt toll gemacht, Romy, ich bin stolz auf dich.»

Seine Tochter strahlte übers ganze Gesicht. «Ich kann auch noch einen Kaffee machen.»

Bevor Tom antworten konnte, schrillte sein Handy in der Hosentasche. Er fischte es heraus.

«Ja?»

«Guten Morgen, Herr Engelhardt. Ich muss Ihnen leider mitteilen, dass der Kindergarten heute geschlossen bleibt. Eine Kollegin ist krank, die anderen kommen nicht durch den Schnee.»

«Den Schnee? Was soll das heißen?»

«Haben Sie mal aus dem Fenster geschaut?»

«Ähm …»

«Sorry, ich muss jetzt die übrigen Eltern benachrichtigen, Herr Engelhardt. Morgen haben wir bestimmt wieder normal geöffnet.»

«Aber ich ...»

Doch die Verbindung war bereits unterbrochen.

«Ist was passiert?», fragte Mascha besorgt.

«Kein Kindergarten heute. Schneefrei.»

«Juhu, schneefrei!» Romy begann, in der Küche herumzutanzen.

Tom stellte die leere Tasse auf der Spüle ab und trat ans Küchenfenster.

Es war noch dunkel, trotzdem erkannte er, dass der Vorgarten seines kleinen reetgedeckten Hauses im Schnee versank. Auch die Straße verbarg sich unter einer weißen Decke. Sein Bulli, der bei diesen Temperaturen ohnehin nicht ansprang, sah aus wie ein verschneiter Grabhügel.

«Heilige Scheiße», murmelte Mascha neben ihm.

Tom blickte auf die Uhr. Kurz nach sieben. Er musste eine Lösung für Romy finden, und dann eine für sein Team. Gestern Nachmittag war die Heizung im Revier ausgefallen, zum zweiten Mal innerhalb weniger Tage. Seine kleine Soko musste zwei mysteriöse Todesfälle am Kliff klären und eine verschwundene Kollegin finden. Sie brauchten einen warmen Ort, wo sie sich besprechen konnten.

Er drehte sich zu Romy um, die immer noch wie verrückt auf und ab hüpfte. «Romy, kannst du bitte mal damit aufhören?»

Sie blieb stehen. «Können wir heute Schlitten fahren?»

«Ach, Romy.» Er hockte sich vor sie. «Du hast keinen Kindergarten, aber ich muss trotzdem arbeiten.»

«Hast du kein schneefrei?»

«Leider nicht.»

«Kann ich mit aufs Revier?»

«Das geht nicht, Schatz. Da ist es eisig kalt, weil die Heizung kaputt ist. Ich rufe gleich bei Marianne an, hoffentlich hat sie Zeit.» Marianne war die Tagesmutter, die Romy normalerweise vom Kindergarten abholte und betreute, bis Tom Feierabend hatte.

«Ich kann auch zu Nicole gehen.»

Nicole war Romys Erzieherin und passte in ihrer Freizeit gelegentlich auf sie auf. Doch Tom wollte ihre Hilfsbereitschaft nicht ausnutzen, zumal Mascha angedeutet hatte, dass Nicole sich nicht ohne Hintergedanken so liebevoll um seine Tochter kümmerte. Tom wollte keinesfalls falsche Hoffnungen wecken.

Wieder meldete sich sein Handy. Er erhob sich.

«Morgen, Chef», begrüßte ihn Bernd Kruse, einer der Streifenkollegen.

«Morgen, Senior, was gibt's?»

«Wir haben ein Problem.»

Nur eins? «Was ist los?»

«Laurel und Hardy sind mit dem Streifenwagen im Straßengraben gelandet.»

Laurel und Hardy waren die Spitznamen der Kollegen Dominik Schmitt und Sebastian Kegel. Die beiden besaßen eine sehr entfernte Ähnlichkeit mit den berühmten Komikern, vor allem aber waren sie unzertrennlich.

«Dann sollen sie sich rausziehen lassen», sagte Tom ein wenig ungeduldig.

«Das ist es ja. Weit und breit ist kein Abschlepper verfügbar. Ich habe sogar schon versucht, einen Traktor zu organisieren. Keine Chance.»

Tom bemerkte Maschas fragenden Blick. «Einer der beiden Streifenwagen steckt im Schnee fest», erklärte er ihr leise.

«Dein Nachbar hat doch einen Pick-up.»

«Ich weiß nicht …»

«Bist du noch dran, Tom?», fragte Senior am Telefon.

Tom zögerte. «Schick mir ihren Standort», antwortete er dann. «Ich kümmere mich.»

Seufzend legte er auf. Wenn man ein so kleines Revier leitete, musste man alles selbst erledigen. Normalerweise störte ihn das nicht, aber hin und wieder nervte es.

«Ich kann das mit dem Streifenwagen übernehmen», sagte Mascha. «Gib mir drei Minuten im Bad.»

«Sicher?»

«Ich glaube, du hast genug anderes zu tun.» Sie ließ ihren Blick durch die Küche schweifen.

«Also gut. Du kümmerst dich um den Wagen, ich organisiere was für Romy und räume auf. Teambesprechung in einer Stunde hier bei mir.»

Am selben Morgen

Mascha rieb sich die kalten Finger, bevor sie Laurel ein Zeichen gab und sich hinter das Steuer des Pick-ups setzte. Sie hatte dem Eigentümer ihre Marke hingehalten und behauptet, sie brauche das Fahrzeug für einen Einsatz. Völliger Blödsinn, aber der Mann hatte ihr ohne zu zögern den Schlüssel ausgehändigt. Es hatte auch sein Gutes, wenn die Leute ihr Wissen über Polizeiarbeit aus US-Krimiserien bezogen.

Zum Glück war der Streifenwagen bloß in einem zugeschneiten Acker stecken geblieben. Es würde kein Problem sein, ihn da rauszuziehen. Der Pick-up verfügte über eine Seilwinde, aber für diese Aktion sollte das Abschleppseil genügen. Mascha hatte es am Heck des Streifenwagens befestigt und gab nun vorsichtig Gas, um ihn rückwärts herauszuziehen.

Erst tat sich nichts, dann ging ein Ruck durch den Wagen, und er setzte sich langsam in Bewegung. Aus den Augenwinkeln behielt Mascha Hardy im Auge, der die Operation in sicherem Abstand überwachte. Als er den Arm hob, bremste sie vorsichtig und stieg aus. Der Streifenwagen stand wieder auf der vom Schnee geräumten Fahrbahn, mit dem Heck zum Pick-up. Laurel stieg aus.

«Danke für die schnelle Hilfe.»

«Keine Ursache. Ihr kommt zurecht?»

«Klar doch.» Er rollte das Abschleppseil auf.

Mascha machte sich auf den Weg zurück nach Sellnitz. Tom hatte sie gebeten, Lisa, Björn und Dennis im Hotel abzuholen. Die drei Kollegen waren der Soko Sturm aus verschiedenen Dienststellen zugeteilt worden, genau wie Mascha, die eigentlich als Kryptologin im LKA in Schwerin arbeitete.

Unterwegs musste sie daran denken, wie sie heute Morgen aufgewacht war, Tom neben ihr in der Höhle unter dem Küchentisch, Romy davor, das Tablett mit den Kaffeetassen vor den Bauch gepresst. Mascha erinnerte sich nicht, sich je an einem Ort so zu Hause gefühlt zu haben, so willkommen und geborgen.

Kurz vor Sellnitz stauten sich die Autos, nichts ging mehr, weil ein Bus quer auf der Fahrbahn stand. Zum Glück tauchten Laurel und Hardy eine Minute später mit dem Streifenwagen auf und regelten den Verkehr, der Stau löste sich auf. Mascha winkte den beiden zu und fuhr rasch an dem Hindernis vorbei.

Der Hotelparkplatz war noch nicht geräumt, also hielt sie am Straßenrand. Sie nahm ihr Handy aus der Tasche, um den Kollegen Bescheid zu geben, doch in dem Moment klingelte es. Eine unbekannte Nummer aus Berlin.

«Ja, bitte?»

«Spreche ich mit Frau Krieger?» Eine Frauenstimme.

«Wer will das wissen?»

«Kant hier, Stasi-Unterlagen-Archiv, Berlin.»

Mascha durchfuhr ein heißer Schreck. Das war nicht gut. «Worum geht es?», fragte sie mit gepresster Stimme.

«Sie hatten mit meinem Kollegen Bruno Hirsch zu tun, ist das richtig?»

Maschas Gedanken rotierten. Bruno Hirsch hatte sie kontaktiert, nachdem ihre Anfrage beim Archiv abgelehnt worden war. Sie hatte versucht, an Informationen über ihre leibliche Mutter zu kommen, doch ohne einen Namen oder einen Nachweis, dass es sich tatsächlich um ihre Mutter handelte, durfte man ihr keine Auskunft geben.

Hirsch hatte schon einigen Menschen geholfen, die in einer ähnlichen Situation stecken wie sie. Unter dem Siegel der Verschwiegenheit hatte er ihr Kopien von Akten zukommen lassen. Die Namen waren geschwärzt gewesen, trotzdem hätte Hirsch die Unterlagen nicht herausgeben dürfen.

Mascha hatte ihm vor einigen Tagen gemailt, weil sie glaubte, die richtige Akte gefunden zu haben, aber noch nichts von ihm gehört. Nun wurde ihr allmählich klar, aus welchem Grund. Bruno Hirsch musste aufgeflogen sein.

«Ich weiß nicht, was Sie meinen», sagte sie, um Zeit zu gewinnen.

«Mein Kollege hat Ihnen Unterlagen geschickt.»

«Sprechen Sie von meiner Anfrage wegen meiner Mutter? Da habe ich leider einen abschlägigen Bescheid erhalten. Ich kann mich aber nicht erinnern, von wem der kam.»

Die Frau am anderen Ende stieß einen ungeduldigen Laut aus. «Nein, das meine ich nicht, Frau Krieger.»

Mascha erblickte ihre Kollegen, die durch den Schnee auf sie zustaksten. Lisa winkte fröhlich.

Mascha winkte zurück und drückte das Handy fest ans Ohr.

«Hören Sie Frau Kant, ich bin mitten in einem Einsatz, wenn sonst nichts ist …» Ohne eine Antwort abzuwarten, unterbrach sie die Verbindung.

Am selben Morgen

Es war früh, der Buchladen noch geschlossen. Janine Kaiser saß im Hinterzimmer an ihrem Schreibtisch, drehte den Schlüsselanhänger mit dem Alfa-Romeo-Logo in ihren Händen und versuchte sich zu erinnern. An ihren Traum von letzter Nacht, an die Ereignisse vor fünfzehn Jahren.

Was war Fantasie, was Realität? Wollte sie es überhaupt wissen?

Eigentlich hatte sie vor langer Zeit beschlossen, jene Nacht und alles, was darauf folgte, hinter sich zu lassen. Aber etwas in ihr schien damit nicht abgeschlossen zu haben, und so drängten die verschwommenen Bilder immer aufs Neue an die Oberfläche.

Gestern Nacht hatte sie zum ersten Mal seit einer Ewigkeit wieder davon geträumt, so konkret wie nie zuvor. Allerdings war sie davon überzeugt, dass das, was sie im Traum erlebt hatte, nie so geschehen war. Das konnte einfach nicht sein. Ihr Hirn hatte ihr eine wilde Mischung aus vagen Erinnerungen, ihren absurden Ängsten und den Ereignissen in Sellnitz in den vergangenen Tagen präsentiert.

In dem Traum hatte der Mann, den sie nie hatte wiedersehen wollen, zusammen mit einem anderen bei Regen und Sturm etwas am Kliff vergraben.

Etwas, das aussah wie eine Leiche.

Janine schüttelte den Gedanken ab. Vermutlich waren es solche Träume, die sie nachts in die Flucht trieben, sie dazu veranlassten, kopflos draußen umherzuirren und sich in Gefahr zu bringen. Nur erinnerte sie sich normalerweise nicht daran.

Poriomanie nannte man das. Eine Störung der Impulskontrolle, die unter anderem durch ein traumatisches Erlebnis ausgelöst werden konnte. Eine Weile war es so schlimm gewesen, dass sie einige Wochen in einer Klinik verbracht hatte. Die Therapeutin hatte damals vorgeschlagen, der Ursache für den Fluchttrieb mit Hypnose auf den Grund zu gehen. Aber Janine hatte Angst gehabt, vollständig die Kontrolle zu verlieren. Zumal sie nicht wusste, welche Erinnerungen während der Hypnose auftauchen würden und ob sie wollte, dass irgendjemand davon erfuhr.

Vielleicht hätte sie es wagen sollen. Vielleicht sollte sie es jetzt tun. Aber woher konnte sie wissen, ob das, was sie unter Hypnose ins Bewusstsein holte, wirklich geschehen und nicht wieder Einbildung war?

Zudem musste sie an Torge denken. Sie hatte einen Sohn, der nächsten Monat fünfzehn wurde und sie brauchte. Sie durfte nicht riskieren, dass er die Wahrheit erfuhr, er sollte unbelastet von der Vergangenheit aufwachsen.

Zwar stellte er manchmal Fragen, doch meistens gab er sich mit den Antworten zufrieden, die Janine sich vor vielen Jahren zurechtgelegt hatte. Es waren die gleichen, die sie auch den Leuten gegeben hatte, als sie plötzlich schwanger gewesen war. Und ihrem Großvater, dem einzigen Verwandten, der ihr damals geblieben war. Er war immer sehr hart gewesen, zu sich selbst und zu anderen. Und er hatte kein Verständnis gehabt für ihre Liebe zu Büchern. Doch er hatte ihr beigestanden, auf seine barsche Art. Hatte die Nachbarn abgewimmelt, die neugierige Fragen stellten, sie zum Arzt gefahren, sogar einen Kinderwagen gekauft.

Und trotzdem war Janine froh gewesen, als sie endlich in eine eigene Wohnung ziehen konnte. Zum ersten Mal in ihrem Leben durfte sie eigene Entscheidungen treffen, Dinge so tun, wie sie es für richtig hielt. Damals hatte sie sich vorgenommen, nur noch nach vorne zu blicken.

Kurz entschlossen legte sie den Schlüsselanhänger zurück in die Schublade. Schluss mit dem Grübeln.

Die Ladenglocke klingelte. Janine zuckte zusammen. Hatte sie vergessen abzuschließen? Durch die offene Bürotür konnte sie niemanden sehen, Bücherregale verstellten den Blick.

Sie schaute auf die Uhr. Noch nicht einmal acht. Sie hatte vorgehabt, vor Ladenöffnung den Papierkram zu erledigen. Wenn sie bis halb zehn fertig sein wollte, musste sie sich ranhalten. Aber vorher musste sie den frühen Kunden wieder loswerden.

Sie wollte sich erheben, als jemand ins Büro trat.

Janine blieb das Herz stehen.

Er lächelte. «Habe ich dich erschreckt?»

Weitere Titel

Wenn ich tot bin

Engelhardt & Krieger ermitteln

Der Strand: Vermisst

Der Strand: Verraten

Der Strand: Vergessen

Der Sturm: Vergraben

Der Sturm: Verachtet

Der Sturm: Vernichtet

Stadler & Montario ermitteln

Schwesterlein, komm stirb mit mir

Wer nicht hören will, muss sterben

Ich sehe was, und das ist tot

Bald stirbst auch du

Hüte dich vorm bösen Wolf